Sharon Gillenwater

Melodie des Frühlings

Roman

Sharon Gillenwater

Melodie des Frühlings

Roman

Gerth Medien

Die amerikanische Originalausgabe erschien im Verlag
Multnomah Books, USA,
unter dem Titel „Love Song“.

Aus dem Amerikanischen übersetzt von Karoline Kuhn.

Best.-Nr. 816 168
ISBN 978-3-86591-168-1
1. Taschenbuchauflage 2007
Umschlaggestaltung: George Angelini / Immanuel Grapentin
Satz: Die Feder GmbH, Wetzlar
Druck und Verarbeitung: GGP Media GmbH, Pößneck
Printed in Germany

Doch ich verlasse mich auf deine Liebe,
ich juble über deine Hilfe.
Mit meinem Lied will ich dir danken, Herr,
weil du so gut zu mir gewesen bist.

Psalm 13,6

Kapitel Eins

Andrea Carson schaute die menschenleere Hauptstraße von Buckley, einer Kleinstadt im Staat Texas, hinauf und hinunter und saugte dabei die ersten warmen Sonnenstrahlen des Märztages in sich auf. Sie setzte sich auf die Bordsteinkante und beobachtete eine Mini-Windhose, die den Staub auf dem Parkplatz des Landmaschinenhändlers auf der anderen Straßenseite aufwirbelte und zwischen Traktoren und Erntemaschinen verteilte.

Sie war zehn Jahre fortgewesen, aber manche Dinge hatten sich nicht verändert. So klappten hier immer noch um fünf Uhr nachmittags die Bordsteine hoch, wie ihr Großvater immer gesagt hatte, und erst um neun Uhr am nächsten Morgen wieder hinunter – außer sonntags, da blieben sie ganz oben.

„Jacksons Saatgut- und Futtermittelbedarf" sah noch genauso aus wie früher, und „Greenes Lebensmittelladen" war immer noch das einzige Geschäft am Ort, das an sieben Tagen in der Woche geöffnet hatte. Die verblichene grüne Markise vor der Apotheke war auch noch dieselbe – Andrea konnte sich nicht erinnern, sie einmal in ihrer ursprünglich wohl leuchtend grünen Farbe gesehen zu haben. Wahrscheinlich war das vor ihrer Zeit gewesen.

Heute war die Apotheke geschlossen, doch für den Fall, daß jemand dringend ein Medikament brauchte, klebte Mr. Findleys private Telefonnummer wie immer an der Tür. Darunter stand vorsichtshalber noch die Nummer seiner Tochter, die ihn suchen ging, wenn er zu Hause nicht zu erreichen war ... normalerweise war er dann am See beim Angeln. Andrea lächelte. So war es schon immer gewesen.

Aber manches hatte sich sogar in Buckley verändert. Außer der Post, der Bücherei und der Bank standen fast alle Ladengeschäfte leer. Der Plattenladen, wo sie früher jeden Cent ihres beim Babysitten verdienten Geldes für Musik-Cassetten ausgegeben hatte, hatte schon dichtgemacht, als sie nach Nashville gegangen war. „Knox' Damenoberbekleidung" war ein Jahr später fällig gewesen. Andrea erinnerte sich noch genau, wie der liebe alte Mr. Knox damals das „schönste blaue Ballkleid der Welt" extra für sie aufgehoben hatte ... Und mit der Zeit waren auch alle anderen Läden still und heimlich zugrunde gegangen. Buckley sah in etwa so heruntergekommen aus, wie Andrea sich fühlte.

Eine plötzliche Windbö ließ sie schaudern. Sie klappte den Kragen hoch und schlang sich die Arme um den Körper. Bis zu Danas Haus waren es nur vier Blocks, doch auf einmal zweifelte Andrea, ob sie die Kraft haben würde, so weit zu laufen.

*

„Blöd von dir, Andrea. Sehr blöd. Nachdem du über eine Woche im Bett gelegen hast, hättest du wirklich erstmal im Garten bleiben sollen!" schimpfte sie sich selbst aus. Ein paar Meter vor ihr stieß ein beigefarbener Pickup rückwärts aus einer Einfahrt, aber sie beachtete ihn kaum. Drei Viertel aller Pickups Amerikas hatten diese Farbe. Andrea nahm an, daß die Käufer sie wählten, weil man darauf den Dreck nicht so sah. Sie stützte das Kinn in eine Hand und fragte sich, ob der Sheriff sie wohl verhaften würde, wenn sie hier auf dem Bordstein einschliefe.

„Das wäre endlich mal was Aufregendes!" murmelte sie.

Doch noch während sie es aussprach, wurde ihr klar, daß ihr Problem nicht Langeweile war. Ganz egal, ob sie auf der Bühne einer ausverkauften Halle stand oder die einzige Menschenseele auf der Hauptstraße von Buckley war – es war das gleiche Gefühl der Einsamkeit, der inneren Leere. *Es wird schon besser werden, wenn ich erst wieder ganz gesund bin,* redete sie sich ein. *Es muß besser werden.*

*

Patrick Jamison trat auf die Bremse seines Autos und starrte die Frau an, die verloren und mit geschlossenen Augen auf der Bordsteinkante saß. Er hatte so oft von ihr geträumt, besonders in den ersten Jahren, nachdem sie fortgegangen war, daß er sie sogar aus 500 Metern Entfernung erkannt hätte. Ihr dunkelbraunes Haar war kürzer als damals in der Highschool, aber das hatte er neulich schon in einem Musikvideo mit ihr bemerkt. Es fiel nun nicht mehr über ihre Schultern, sondern umrahmte nur noch kinnlang ihr Gesicht.

Er hielt mitten auf der Straße an und kurbelte langsam das Fenster herunter. Sie war schrecklich dünn, aber hübscher denn je – die süße Andrea, deren Lächeln einmal der einzige Lichtblick in seiner dunklen Welt gewesen war. Das beliebteste Mädchen der Schule hätte ihn eigentlich übersehen müssen ... ihn, den schüchternen, ungeschickten Jungen, der erst vor kurzem nach Buckley gezogen war. Aber sie hatte ihn nicht übersehen. Als er sich im Englischunterricht mutig neben sie gesetzt hatte, hatte sie ihn freundlich begrüßt, und in den folgenden Wochen waren sie gute Freunde geworden.

Und Patrick hatte sich unsterblich in Andrea verliebt.

Während die Erinnerungen auf ihn einstürmten, betrachtete er ihr zartes Gesicht, das ihn so lange nicht losgelassen hatte, und eine Welle der Sehnsucht überflutete ihn. Mit klopfendem Herzen wandte er den Kopf ab. Er hatte Andrea nie gesagt, was er für sie empfand, und er hatte sie auch nie gebeten, mit ihm auszugehen. Schon als er sie das erste Mal singen gehört hatte, war ihm klargeworden, daß sie für etwas viel Größeres bestimmt war als für dieses Kaff in Texas. *Ganz ruhig, Junge,* sagte er sich jetzt. *Wir wollen doch keine alten*

Wunschträume wieder aufwärmen, oder? Du weißt doch, nicht nach den Sternen greifen!

Patrick holte tief Luft, dann drehte er sich wieder zu Andrea um und verzog das Gesicht. Sie hielt die Augen immer noch geschlossen, und sie sah sehr erschöpft aus. Er zog die Handbremse an und stellte den Motor ab.

„Hey, kleine Nachtigall! Steh auf, sonst wirst du noch wegen Landstreicherei verhaftet!" sagte er leise.

Ihre Augenlider flatterten, und sie blinzelte ein paarmal, offensichtlich verwirrt. Dann fiel ihr Blick auf ihn, und ein Lächeln erhellte ihr Gesicht, das ihm unwillkürlich einen Stich versetzte. „Patrick!"

Etwas mühsam stand sie auf und trat ans Fenster des Pickups. Ihre kränkliche Gesichtsfarbe und die dunklen Ringe unter ihren braunen Augen gefielen ihm überhaupt nicht.

„Hast du die falsche Ausfahrt genommen?" fragte er scherzhaft. „Ich dachte, du wärst jetzt irgendwo im Nordwesten auf Tournee?"

Ein Schatten zog über ihr Gesicht, doch dann lächelte sie, und die beiden Grübchen, die ihn schon in der Highschool ganz verrückt gemacht hatten, erschienen auf ihren Wangen. „Spionieren Sie mir etwa nach, Jamison?"

„Klar, Madam. Ich muß doch über den berühmtesten Sproß Buckleys auf dem laufenden sein!"

Jeder in Buckley wußte, daß ihre drei Alben es allesamt in die Charts der Countrymusik geschafft hatten und die letzten beiden jeweils über eine Million Male verkauft worden waren. Vor zwei Jahren war sie sogar für den begehrten „Horizon Award" nominiert worden, der den vielversprechendsten Nachwuchskünstlern Amerikas verliehen wurde. Alle Einwohner Buckleys hatten damals vor ihren Fernsehern geklebt und mit ihr mitgefiebert, und als sie schließlich doch nicht gewonnen hatte, hatten einige Frauen sogar geweint. Die Männer hatten sich darauf beschränkt, auf „diese Deppen da drüben in Nashville" zu schimpfen, die nicht wußten, was gut war.

Patrick streckte ihr zur Begrüßung die Hand hin, und sie legte ihre kleine Hand in seine große. Er schloß die Finger um ihre eiskalte Hand. „Du zitterst ja!"

„Der Wind ist kälter, als ich dachte."

Patrick ließ ihre Hand los. „Steig ein! Hier drin ist es warm." Er öffnete die Tür, sprang heraus, und sie hangelte sich am Steuer hoch. Auf halber Strecke verließen sie die Kräfte, und er griff schnell zu und stützte sie, ehe sie rücklings wieder aus dem Wagen fallen konnte. Er spürte, wie sie zitterte. „Bist du in Ordnung?"

„Ein bißchen wacklig. Ich habe gerade eine üble Lungenentzündung hinter mir. Ich schätze, ich hätte noch nicht aufstehen sollen." Sie saß neben ihm und schaute zu ihm hoch, und in ihren Augen spiegelte sich nicht nur Schwäche, sondern auch noch etwas anderes. Einsamkeit? Traurigkeit?

„Ruh' dich einen Moment aus. Ich hab's nicht eilig." Dankbar lehnte sie sich an ihn und legte ihren Kopf an seine Schulter.

„Ich bin drei Wochen in Mexiko gewesen, weißt du", erklärte er. „Sonst hätte ich sicher schon mitgekriegt, daß du hier bist. Wohnst du bei deiner Cousine?"

„Ja. Ich bin seit Donnerstag hier. Der Doc hat gesagt, ich bräuchte viel Ruhe."

„Ich glaube kaum, daß du die bei Dana bekommst! Dieses Mädchen hat mehr Energie als diese albernen Trommelhasen in der Duracell-Werbung!"

Ein leichtes Lächeln hob ihre Mundwinkel. „Ach, wenn sie will, kann sie auch langsam machen. Außerdem ist sie sowieso auf irgend so einer Antiquitäten-Messe, auf der sie sich schon vor Ewigkeiten einen Stand reserviert hat."

„Mußtest du denn den Rest deiner Tournee abblasen?"

Sie nickte. „14 Konzerte. Mein Manager versucht gerade, so viele wie möglich zu verschieben. Das reißt natürlich ein dickes Loch in den Sparstrumpf. Die Jungs von der Band haben sich ganz prima verhalten, aber ich fühle mich echt mies. Die meisten von ihnen haben Familie, und ich weiß genau, daß sie das Geld brauchen, aber sie wollten nicht, daß ich ihnen was bezahle. Na, wenigstens die Bühnenarbeiter haben ihr Geld bekommen. Ich hatte keine Vorstellung, was es bedeutet, wenn so viele Leute von einem abhängig sind!"

Ihre Stimme wurde immer leiser, und Patrick kämpfte gegen den Drang an, sie in die Arme zu nehmen und ihr zu versprechen, daß er alles für sie in Ordnung bringen würde. So niedergeschlagen kannte er Andrea überhaupt nicht. Früher hatten Schwierigkeiten sie nur angespornt. Sie hatte den Kurs gewechselt, wenn das nötig war, aber immer hatte sie sich voller Enthusiasmus und Zielstrebigkeit auf ihre Vorhaben gestürzt.

Gott hatte Patrick Jamison viel Nächstenliebe und tiefes Mitgefühl für andere Menschen geschenkt, doch das, was er jetzt empfand, ging weit über diese Begabung hinaus. Die Stärke seiner Gefühle für Andrea erstaunte ihn selbst. Er war bereit, für sie Berge zu versetzen oder gegen Riesen zu kämpfen ... alles zu tun, um sie vor jedem Übel zu beschützen. Zu seinem Ärger mußte er feststellen, daß er immer noch schrecklich verletzlich war, wenn diese Frau ins Spiel kam. Vielleicht sogar noch mehr als früher. *Vater, ich weiß, daß sie nicht für mich bestimmt ist. Aber ich möchte ihr so gern helfen. Bitte zeig mir, was ich tun soll,* betete er lautlos.

Er holte tief Luft, um sich zu beruhigen – und atmete dabei den süßen Duft ihres Parfüms ein, was ihn noch mehr durcheinanderbrachte.

„Du benutzt immer noch dasselbe Parfüm wie früher", murmelte er und hätte sich im selben Moment gern dafür geohrfeigt. Sie straffte sich und schaute ihn erstaunt an.

Schnell fügte er hinzu: „Ist das immer noch das einzige, auf das du nicht allergisch bist?"

Sie nickte und schob sich auf den Beifahrersitz hinüber,

während er hoffte, daß sie die Röte auf seinem Gesicht nicht bemerkte. Hastig redete er weiter. „Weißt du noch, wie dir Peter Collins mal diese Riesenflasche Parfüm zum Geburtstag geschenkt hat und darauf bestand, daß du es sofort aufsprühst? Wie hieß das Zeug noch?"

„‚Mitternachtsphantasie'! Und es hat widerlich gestunken."

„Ja, es roch wie einer dieser Wunderbäume fürs Auto."

„Das habe ich vor lauter Niesen gar nicht bemerkt", lachte Andrea und schaute ihm in die Augen. Er hatte schon immer sehr schöne Augen gehabt – braun mit kleinen grünen Punkten darin, doch früher war ihr nie aufgefallen, wie warm und liebevoll sie waren. Er war früher sehr gut darin gewesen, seine Gefühle zu verstecken. Nur einmal hatte er erwähnt, daß seine Eltern geschieden waren und er bei seiner Tante und seinem Onkel lebte, weil kein Elternteil ihn hatte haben wollen. Der Patrick Jamison ihrer Schulzeit war ein zutiefst unglücklicher und beinahe schmerzhaft schüchterner Junge gewesen. An seinem ersten Tag in der neuen Schule hatte er so allein und traurig ausgesehen wie ein verlassenes Hundebaby im Schneesturm, und er hatte ihr sofort leid getan.

„Was hast du in Mexiko gemacht?" fragte sie, um sich von seinen Augen abzulenken.

„Mein Vater hat dort einen medizinischen Hilfseinsatz geleitet. Ich bin mit ihm runtergefahren und habe ihm ein bißchen geholfen." Er grinste. „Sein Job sind Operationen. Ich bin allerdings mehr der Typ für Dachreparaturen und Malerarbeiten."

Andrea vermutete, daß das nicht das einzige war, was er konnte. Er hatte etwas an sich, eine Wärme, die früher allerhöchstens zu erahnen gewesen war. Im Rückblick wurde ihr klar, daß sie ihn kaum gekannt hatte, obwohl sie ihn immer für einen guten Freund gehalten hatte.

Sie hatte eine Menge Freunde gehabt und war oft der Mittelpunkt des allgemeinen Interesses gewesen, aber Patricks Schüchternheit hatte ihn immer ausgeschlossen. Er hatte sich definitiv zu seinem Vorteil verändert. Anscheinend hatte er sogar die Schwierigkeiten mit seinem Vater überwunden, denn er hatte eben mit deutlicher Zuneigung von ihm gesprochen. Doch nicht nur seine Ausstrahlung war entspannter und zufriedener. Er hatte auch an Gewicht zugelegt. Sein Körper war nicht mehr schlaksig, sondern sehnig und muskulös, und sein früher so schmales Gesicht mit der etwas zu großen Nase war nun ausgesprochen attraktiv. Patrick Jamison war ein sehr gutaussehender Mann geworden.

Viel zu gutaussehend, um noch nicht verheiratet zu sein.

Andrea war überrascht, wie sehr sie diese Erkenntnis enttäuschte. Sie warf einen unauffälligen Blick auf seine Hände. Kein Ring. Nun ja, viele verheiratete Männer trugen keinen Ring, schon gar nicht, wenn sie mit ihren Händen arbeiteten. Oder war es möglich, daß sich ihn bisher keine Frau geschnappt hatte?

Sie tätschelte lächelnd seinen Bauch. „Sieht aus, als ob da jemand gut für dich kocht!"

„Tja, Tante Della kocht einfach himmlisch."

„Was? Bekocht dich etwa keine liebende Gattin?"

Eine leichte Röte überzog sein Gesicht. „Nein, ich bin noch nicht in festen Händen."

Ein roter Kleinbus kam herangefahren und hielt neben Patricks Pickup. Das Fahrerfenster wurde heruntergekurbelt, und eine ältere Frau schaute heraus. Ihr schneeweißes Haar war zu einem festen Knoten zusammengebunden, und ihre tiefblauen Augen waren noch genauso klar und durchdringend, wie Andrea sie aus dem Englischunterricht in Erinnerung hatte. „Na, Patrick, gibst du jetzt auch Fahrstunden?"

„Nein, Miss Atkins. Ich habe nur eine Anhalterin aufgelesen." Er lehnte sich etwas zurück, so daß ihre ehemalige Lehrerin Andrea sehen konnte. „Was man doch heutzutage so alles auf der Straße findet!"

„Guten Tag, Andrea! Es tut mir leid zu hören, daß es dir nicht gutgeht. So wie du aussiehst, solltest du besser noch das Bett hüten. Du bist ja bleich wie ein Haufen alter Knochen!"

„Charmant wie immer", flüsterte Patrick.

„Ja, vielen Dank", murmelte Andrea. „Sie haben wohl recht, Miss Atkins. Ich hatte das Liegen so satt, aber ich denke, ich habe mir heute etwas zu viel zugemutet."

„Natürlich habe ich recht. Ich habe immer recht! Ich hab' im Radio gehört, daß du eine Lungenentzündung hast, und außerdem sollst du anämisch sein und eine Erschöpfungsdepression haben. Na, dann soll dich dieser gutaussehende Bursche zu einem Hamburger einladen. Nein, etwas mit Leber wäre noch besser. Und dann bringst du sie sofort nach Hause, klar, Patrick?" Ihre Stimme duldete keinen Widerspruch.

„Jawohl, Madam", antworteten Patrick und Andrea gehorsam im Chor, und dann brachen sie beide in Gelächter aus. Miss Atkins nickte zufrieden.

„Schönes Auto", sagte Andrea mit mühsam verborgener Heiterkeit. „Ich dachte, Sie würden Ihren alten Wagen fahren, bis der Rost Sie beide scheidet?"

„Ich fahre ihn ja auch noch, sonntags zur Kirche. Aber ich wollte einen etwas moderneren Wagen für längere Strecken. Ich habe ja jetzt viel Zeit für Ausflüge, und außerdem hat dieses Ding hier alle Schikanen." Ihre Augen blitzten vor Vergnügen, während sie ein paar Knöpfe betätigte. Die Fensterscheibe surrte daraufhin wieder hoch, die Hupe spielte den Refrain eines bekannten Liedes, und mit einem Winken rauschte Miss Atkins davon.

„Was ist denn mit der passiert?" sagte Andrea kopfschüttelnd. „Bis auf die weißen Haare sieht sie noch genauso aus wie früher, aber so hat sie sich doch damals nicht benommen, oder? Und vor allem hätte sie niemals einen knallroten Kleinbus gefahren!"

„Sie hat den Wagen gleich nach ihrer Pensionierung gekauft. Und sie hat gesagt, sie hätte jetzt so viele Kinder zu nützlichen Mitgliedern der Gesellschaft erzogen, wie es ihr möglich war, und sie wäre lange genug eine verhärmte alte Schreckschraube gewesen, so daß es jetzt an der Zeit wäre, ein bißchen Spaß zu haben."

Leise in sich hineinlachend wendete Patrick den Wagen und fuhr in die entgegengesetzte Richtung los. „Seitdem ist sie ganz schön rumgekommen. Im Herbst war sie in Mexiko, und sie hat vor, diesen Sommer durch Kanada zu touren. Sie geht sogar zu Tanzfesten, wenn es nicht allzu wild zugeht. Sieht auch immer noch gut aus, nicht?"

Andrea starrte ihn ungläubig an. „Das kann doch nicht dein Ernst sein!"

„Doch, ich schwör's dir. Soweit ich weiß, ist sie eine ganz schön feurige Tänzerin. Na ja, ich schätze, ihr Liebhaber hat was damit zu tun." Er fuhr achselzuckend Richtung Norden.

Andrea war sich nicht sicher, ob er sie verschaukeln wollte. „Ihr *Liebhaber*?"

„Ja, der alte Garner."

„Der Unternehmer Garner?"

„Genau der. Er sieht allerdings nicht sehr nach Unternehmer aus, wenn er in sein Western-Outfit steigt. Nun guck nicht so entsetzt, schließlich sind die beiden noch gar nicht so alt. So um die 60 vielleicht. Das ist doch kein Alter. Ich finde es jedenfalls toll, daß sie sich gefunden haben. Es muß doch trist sein, wenn man ein reifes Alter erreicht hat und niemanden an seiner Seite hat ... niemanden, der dich liebt und den du liebst."

Andrea lehnte ihren Kopf an die Nackenstütze und fragte sich, ob das auf sie bezogen war. In den letzten zehn Jahren hatte es für sie nur ihre Karriere gegeben. Ihre gesamte Zeit, Energie und alle ihre Gedanken hatten sich einzig darauf konzentriert, Erfolg zu haben. Sie hatte ihr Ziel erreicht – jedenfalls war sie auf dem besten Weg dorthin –, und sie hatte festgestellt, daß es nicht die Erfüllung war, die sie sich erhofft hatte. Der Ruhm hatte ihre Einsamkeit nicht vertrieben, und das viele Geld hatte die Leere in ihr nicht füllen können. Sie versuchte sich einzureden, daß alles gut werden würde, wenn sie erst wieder ganz gesund war. Doch tief innen wußte sie genau, daß das nur ein trügerischer Strohhalm war, an den sie sich klammerte, wenn ihr wieder einmal keine Ideen für neue Songs kommen wollten. Würde sie am Ende ganz allein oben auf der Erfolgsleiter stehen? Würde sie dann feststellen, daß es dort oben verflixt kalt und leer war?

Undeutlich nahm sie wahr, daß Patrick angehalten hatte. Sie schob die finsteren Gedanken beiseite und schaute aus dem Fenster. Sie standen auf dem Parkplatz des Hamburger-Lokals, das während der Highschoolzeit immer Treffpunkt ihrer Clique gewesen war. Nach der Ansammlung von Teenagern vor dem Laden zu urteilen, hatte sich daran nicht viel geändert. Patrick schaute sie mit funkelnden Augen an.

„Was darf's denn sein, Nachtigall? Ein Hamburger? Oder folgen wir Miss Atkins' Rat und bestellen einen Leber-Burger?"

Andrea mußte lachen. „Ein Cheeseburger tut's auch ... eine große Portion Pommes und eine Cola."

„Oh, oh, das wird aber ganz schön teuer! Kannst du dir das denn leisten?" zog er sie auf.

„Wieso ich? Ich dachte, du lädst mich ein!"

Grinsend gab er die Bestellung auf, drehte sich dann wieder zu ihr um und sagte: „Und wenn du brav alles aufgegessen hast, spendiere ich dir sogar noch einen Nachtisch."

Andrea stöhnte. „Dann mußt du mich aber nachher ins Haus tragen. Ich komme niemals die Treppe hoch, wenn ich soviel gegessen habe."

„Darüber läßt sich reden", sagte er leise.

Andrea schaute ihm in die Augen und hielt die Luft an. Übermut, Wärme und etwas, das sie nicht genau beschreiben konnte, lagen in seinem Blick. Wenn sie diesen Ausdruck richtig verstand, dann würde es ihm nicht das geringste ausmachen, sie bis ans Ende der Welt zu tragen.

Und ihr auch nicht.

Kapitel Zwei

„Du hast *was*?" Ihre Cousine Dana starrte Andrea entgeistert an. „Wie konntest du Patrick Jamison über den Weg laufen, wenn dir der Arzt strenge Bettruhe verordnet hat? Ist der Wüstling etwa hier auf dem Flur herumgeschlichen, als du ins Bad wolltest? Also wirklich!" Sie schaute Andrea kopfschüttelnd an.

Andrea lachte. „Na ja, ganz so war es nicht ... und er ist ganz und gar kein Wüstling!"

„Wittere ich da etwa eine Spur von Interesse?" Dana entfernte sorgfältig ein paar Lagen Verpackungsmaterial von der Kiste auf dem Tisch und packte eine blaue Glasvase aus.

„Wie viele davon hast du denn ergattert?" versuchte Andrea das Thema zu wechseln.

„Leider nur zwei. Aber lenk nicht ab!"

„Tu' ich ja gar nicht. Ich will dir die Vasen abkaufen."

„Nur über meine Leiche."

„Aber sie würden so gut zu der Vase passen, die Oma Henderson mir geschenkt hat!"

„Genau, und deshalb werde ich sie dir auch zum Geburtstag schenken. Und jetzt heul mir nicht die Ohren voll, daß das erst in zehn Monaten ist!"

„Keine Sorge. Und vielen Dank im voraus!" Andreas

Augen wurden feucht. Das passierte ihr viel zu oft in letzter Zeit.

„Die Kleine, der ich sie abgekauft habe, hatte keine Ahnung, was die Dinger wert sind. Ein nettes Ding übrigens. Kaum 18 Jahre alt und ziemlich schwanger. Sie brauchte das Geld dringend."

„Laß mich raten – du hast ihr so viel bezahlt, wie du selbst daran verdient hättest", mutmaßte Andrea, während sie in einen Apfel biß.

„Nicht ganz ... aber ich konnte sie doch nicht übers Ohr hauen!"

„Ja, was bist du nur für eine Antiquitätenhändlerin? Ich dachte immer, die Kunst besteht darin, etwas zu einem niedrigen Preis einzukaufen und es dann teuer wieder zu verschachern!"

„Tja, die meiste Zeit versuche ich das ja auch. Aber das war etwas anderes." Dana setzte sich an den Tisch und knabberte an einem Keks.

„Du hast eben einfach ein weiches Herz", sagte Andrea lächelnd.

Dana sah nachdenklich aus. „Nein, das war mehr. Ich habe gespürt, daß Gott es wollte, daß ich diesem Mädchen helfe. Er wollte, daß sie merkt, wie sehr er sie und das Baby liebt und daß er seine Hand über sie hält. Das hat er mir deutlich gemacht."

Andrea hatte gerade wieder in den Apfel beißen wollen, aber nun hielt sie ihn hoch und wedelte ihrer Cousine damit zu. „Du meinst, Gott hat mit dir geredet? Laut und deutlich?" Der zynische Ton in ihrer Stimme fiel sogar ihr selbst auf, aber das war einfach zu stark.

Doch Dana lächelte nur. „Nein, es war mehr ein Flüstern in meinem Herzen."

„Aber er hat geredet?"

„Diesmal schon. Manchmal ist es auch nur ein Gefühl. Nenn' es Intuition oder Gewissen – Gott ist da sehr flexibel."

Andrea grub ihre Zähne in den Apfel. Mit dem Wort *Gewissen* konnte sie etwas anfangen. Ihr eigenes Gewissen lief seit Monaten auf Hochtouren. Seitdem sie von zu Hause weggegangen war, hatte sie versucht, regelmäßig in die Kirche zu gehen, aber es hatte nicht lange gedauert, da hatte sie es ganz aufgegeben.

Bevor sie in der Musikszene Fuß gefaßt hatte, hatte sie jeden Gelegenheitsjob angenommen, der sich ihr bot, und hinzu kamen noch die Auftritte an den Samstagabenden. Manchmal hatte sie sogar am Sonntag gearbeitet, und wenn nicht, dann war es der einzige Tag gewesen, an dem sie sich einmal richtig hatte ausschlafen können. Manche der Läden, in denen sie aufgetreten war, waren alles andere als jugendfrei gewesen.

Und später dann, als sie mit ihrer Gruppe erste Erfolge zu verbuchen hatte, war sie eigentlich ständig unterwegs gewesen – zuerst als Vorgruppe bekannter Stars, dann auf eigenen Konzerttourneen. Gott war in weite Ferne gerückt. Sie war sich ziemlich sicher, daß er jedesmal eine Grimasse zog, wenn er zufällig an sie dachte.

Trotzdem, Danas Worte hatten etwas in ihr berührt, und sie wollte mehr davon hören. „Hast du dem Mädchen denn etwas davon gesagt?"

„Klar, ich habe ihr genau das erzählt, was ich dir eben gesagt habe", sagte Dana lakonisch und tauchte ihren Keks in das Milchglas.

„Einfach so? Ohne daß es dir blöd vorgekommen ist?"

„Na ja, es war schon ein bißchen komisch, aber ich habe ja gewußt, von wem die Anweisung gekommen ist und daß ich eine große Chance verpassen würde, wenn ich es nicht sage. Und als ich es ihr dann erzählt hatte, hat sie mich weinend umarmt, und ihr Mann hat auch ein paar Tränchen zerdrückt. Sie sagte, jedesmal, wenn es ihr wirklich schlecht geht, schickt Gott jemanden, der sie wieder aufbaut – und dieser Jemand war diesmal ich."

Andrea zielte mit dem Apfelrest auf den Mülleimer und zog eine Grimasse, als sie ihn knapp verfehlte.

„Das war der schlechteste Wurf, den ich je gesehen habe, vor allem für ein Mädchen, das mal die größte Hoffnung des Basketballteams war!“ lachte Dana. „Komm jetzt, sieche Base, und leg dich ein bißchen hin.“

Andrea gehorchte dankbar. Sie ließ sich auf das hellgrüne Sofa fallen, legte den Kopf auf ein Kissen und ließ sich bereitwillig von Dana zudecken.

„Und nach dem Mittagsschläfchen erzählst du mir alles über die Sache mit Patrick!“ nahm Dana das verdrängte Thema wieder auf.

„Okay, okay“, lächelte Andrea.

Sie träumte von sanften braunen Augen mit grünen Pünktchen darin. Dann wechselte der Traum, und sie sah sich selbst in einem fließenden gelben Ballkleid mit passendem Schleier. Sie lehnte sich aus dem Fenster eines mittelalterlichen Burgturmes und warf Patrick, der unten wartete, rote Rosen zu. In der glänzenden Ritterrüstung sah er gar nicht mal so übel aus, und er fing lachend ihre Rosen auf.

Plötzlich ertönte hinter ihm ein lautes Brüllen, und mit Schrecken sah Andrea einen riesigen, feuerspeienden Drachen aus dem Wald kommen. Patrick griff nach seinem Schwert, um sich dem Untier mutig entgegenzustellen, doch plötzlich schmolz die Klinge. Unbewaffnet stand er dem Drachen gegenüber, und auf einmal hatte er auch nur noch Jeans und T-Shirt statt der Rüstung an. Während der Drache immer näher kam, hörte Andrea plötzlich eine Sirene, und das alte Löschfahrzeug der Freiwilligen Feuerwehr von Buckley kam auf sie zugerast.

Mit einem erstickten Schrei wachte Andrea auf, und ihr wurde klar, daß das Telefon klingelte. Dana stand singend unter der Dusche, deshalb raffte Andrea sich auf und ging an den Apparat. Während sie sich meldete, versuchte sie ihren Kopf wieder klar zu bekommen.

„Hallo, Andrea! Hier ist Patrick." Eine kleine Pause folgte. „Habe ich dich geweckt?"

„Äh, ja." Andrea strich sich fahrig eine Haarsträhne aus dem Gesicht.

„Oh, entschuldige!" Er klang so zerknirscht, daß sie lächeln mußte.

„Schon gut. Ich hatte sowieso einen blöden Traum."

„Um was ging's denn? Hast du auf der Bühne einen Songtext vergessen?" zog Patrick sie auf.

„Viel schlimmer. Ein feuerspeiender Drache wollte mir ans Leder."

„Oh je! Bist du entkommen?"

Seine Stimme verursachte ihr eine Gänsehaut, und sie beschloß, ihm auf gar keinen Fall etwas von seiner Rolle in dem Traum zu erzählen. „Die Feuerwehr kam gerade mit heulenden Sirenen angerauscht. Ich nehme an, ich habe das Telefonklingeln in meinen Traum eingebaut."

Er lachte leise, und Andrea schloß die Augen und stellte sich sein lachendes Gesicht vor. Sie war überrascht, wie sehr sie sich danach sehnte, ihn wiederzusehen. Sie setzte sich aufs Sofa, legte die Beine hoch und kam sich vor wie ein Schulmädchen, das mit seinem ersten Verehrer telefoniert. Sie plauderten ein paar Minuten über dies und das, und sie begann sich zu fragen, ob das alles war, was er gewollt hatte.

„Ich muß morgen abend um sechs zu einer Besprechung in die Kirche", sagte er da. „Das dürfte nicht allzu lange dauern, und ich habe mich gefragt, ob ich auf dem Rückweg etwas zu essen besorgen und dann bei euch vorbeikommen soll."

„Das ist nett, aber du hast mich doch gestern erst zum Essen eingeladen."

„Na, ich muß doch sowieso etwas essen, und das tue ich lieber in Gesellschaft mit zwei hübschen Ladies als allein." Er machte eine Pause. „Oder möchtest du nicht, daß ich komme?"

„Doch, sehr gern sogar", sagte Andrea schnell. „Übrigens war es gestern wirklich schön mit dir."

„Mir hat's auch gefallen." Seine Stimme klang ein bißchen rauh. „Was hättet ihr denn gern zu essen?"

„Wir lassen uns gern überraschen. Den Nachtisch stellen wir, und du besorgst den Rest, ja?"

„Kommt nicht in Frage. Du bist eindeutig zu schwach für Küchenarbeit", protestierte Patrick.

„Einen Obstsalat werde ich wohl gerade noch hinbekommen", widersprach Andrea. „Außerdem hat Dana diese überirdisch guten Plätzchen aus Dallas mitgebracht. Sie hat sie bisher streng rationiert, also müßten noch einige übrig sein."

„Klingt verlockend", gab Patrick nach. „Ich komme dann also gegen sieben Uhr."

Sie legte auf, und Dana kam herein, ein Handtuch um den Kopf gewickelt. „Erzähle du mir noch einmal, du wärst nicht an Patrick interessiert!" zog sie Andrea auf.

„Ich sollte es besser nicht sein."

„Warum denn nicht?" Dana ließ sich neben Andrea aufs Sofa plumpsen.

„Zum Beispiel weil ich 200 Tage im Jahr auf Tour bin."

Dana schüttelte ungeduldig den Kopf. „Na und? Da würde sich sicher eine Lösung finden. Schließlich ist Patrick ein Traum von einem Mann!"

Andrea runzelte die Stirn und schaute Dana eindringlich an. „Läuft da etwa was zwischen euch beiden?"

„Nein, aber wie jedes weibliche Wesen in der Stadt, ob verheiratet oder nicht, schaue ich diesen Mann ausgesprochen gern an. Wir haben auch in der Kirche oft miteinander zu tun und sind gute Freunde – aber nicht mehr, keine Sorge! Er ist wirklich ein toller Mann ... auch auf den zweiten Blick. Aber er ist nichts für mich. Außerdem habe ich den Männern ganz abgeschworen. Die Guten sind sowieso schon alle vergeben." Sie bewarf Andrea mit ihrem nassen Handtuch. „Also, jetzt rück endlich raus mit der Sprache: Was ist gestern mit euch gewesen? Ich will jedes pikante Detail hören!“

Andrea lachte und erzählte von ihrer gestrigen Begegnung mit Patrick. Ein paar Details ließ sie dabei allerdings aus. Die Sicherheit und Ruhe, die sie gefühlt hatte, als sie mit ihm zusammen gewesen war; die Schauer, die seine Stimme ihr über den Rücken jagte, und die Tatsache, daß sie es kaum erwarten konnte, ihn wiederzusehen ... Diese Gefühle waren zu unerwartet, zu intim und neu für sie, als daß sie sie irgend jemandem hätte mitteilen können – nicht einmal Dana.

Kapitel Drei

Patrick schaute zum dritten Mal in fünf Minuten auf die Uhr und bog dann in Danas Straße ein. Auf halbem Weg kam ihm der Polizeichef von Buckley entgegen und hielt neben ihm an.

Er kurbelte die Scheibe herunter, kratzte sich unschlüssig am Ohr und fragte dann: „Sag mal, Patrick, kann es sein, daß du in der letzten Viertelstunde pausenlos um die Schule herumgefahren bist? Jemand hat bei uns angerufen und gesagt, ein Typ in einem dunklen Auto würde sich da herumtreiben, und es käme ihm verdächtig vor.“

Patrick lachte verlegen. „Ich bin dein Mann! Ich hab' eine Verabredung und bin zu früh dran. Leider ist mir nichts Besseres eingefallen, um die Zeit totzuschlagen.“

Er hatte es so eilig gehabt, die Besprechung in der Kirche hinter sich zu bringen, daß er sich freiwillig für mehrere Arbeiten gemeldet hatte, an die er sich jetzt schon nicht mehr erinnern konnte. Danach hatte er in Windeseile etwas zu essen besorgt – und dann festgestellt, daß er noch über eine Viertelstunde Zeit hatte.

Eines wußte er bereits über Frauen: Sie hatten normalerweise Verständnis dafür, wenn man ein paar Minuten zu spät kam. Tauchte man aber früher auf als geplant, war ihnen das gar nicht recht.

Nachdem er Andrea gestern nach Hause gebracht hatte, hatte er noch bei der Polizei angerufen, um sicherzugehen, daß sie von ihrer Anwesenheit in der Stadt wußten. Man hatte ihm versichert, daß Danas Haus und die Nachbarschaft überwacht werde.

Der Polizeichef blinzelte Patrick wissend zu und fragte: „Du triffst dich wohl mit Andrea, was?“

„Ich fahre zum Essen zu ihr und Dana.“

„Geht's ihr denn besser?“

„Sie sagt es jedenfalls.“

„Das ist gut. Wir patroullieren öfter am Haus vorbei, weißt du? Ihr Manager hat uns nämlich mitgeteilt, daß sie keinen Leibwächter dabeihaben wollte.“

Patrick runzelte die Stirn. „Leibwächter?“

Der Polizeichef nickte. „Schätze, sie kann sich nicht ohne Schutz in die Öffentlichkeit wagen, und er war um sie besorgt. Ich hab' ihm gesagt, er braucht sich keine Gedanken zu machen. Die Leute von hier werden ihr ganz sicher nicht zu nahe treten, und es kommen ja nicht oft Fremde hierher. Und auf die haben wir dann ein Auge, besonders auf die mit Kameras ... na ja, ich schätze, wenn sie dich eingeladen hat, wird sie dich auch sehen wollen, was?“ Er blinzelte Patrick zu. „Dann halt dich mal ran! Sag ihr, daß mir ihre Musik wirklich gefällt. Bin mächtig stolz auf die Kleine!“

Patrick beobachtete, wie er weiterfuhr, und atmete ein paarmal tief durch, um sich zu beruhigen.

Natürlich hatte er gewußt, daß Andrea berühmt war. Doch

er hatte sich nicht klargemacht, daß der Ruhm für sie eine solche Bedrohung darstellte, daß sie sich ohne Bodyguard nicht vor die Tür wagen konnte. Nachdenklich fuhr er die Straße hinunter zu Danas Haus und blieb noch eine Weile im Wagen sitzen.

Obwohl das Wohnzimmer hell erleuchtet war, verbargen die schweren Vorhänge, wer sich darin aufhielt. Patrick nahm das Essen und den Blumenstrauß und kletterte aus dem Auto. Dabei bemerkte er, daß Gehweg und Haustür von einer Außenlampe sehr hell beschienen wurde, und seine Sorge um Andrea nahm ein wenig ab.

Den Teddybär, den er für Andrea gekauft hatte, ließ er auf dem Beifahrersitz liegen. Plötzlich erschien es ihm zu kindisch, ihn ihr zu schenken. Blumen waren besser.

*

Als Andrea ihm die Tür öffnete und ihn warm anlächelte, blieben ihm die Worte zur Begrüßung fast im Hals stecken. Diese Grübchen und der liebevolle Glanz in ihren Augen ... plötzlich war er sich nicht mehr so sicher, ob dies ein rein freundschaftlicher Besuch war. Er ließ den Blick über sie gleiten und stellte fest, daß ihr der Pullover in sanftem Apricot ausgezeichnet stand und ihren hellen Teint betonte. Ihr kurzer Pagenschnitt ließ den zarten Nacken frei, und Patrick hatte das unbändige Bedürfnis, seine Hände in ihrem Haar zu vergraben und sie zu küssen.

Er verscheuchte diese Gedanken schnell wieder und lächelte zurück. „Hey, Madam, Sie seh'n heut aber mächtig fein aus!" sagte er in breitem texanischen Dialekt.

„Oh, vielen Dank, Sir", erwiderte sie, öffnete die Tür und fügte mit geziertem Augenaufschlag hinzu: „Kommen Sie doch herein. Wir haben Ihre Ankunft schon bangen Herzens erwartet!"

Patrick lachte. „Ihr habt wohl Hunger, was?"

„Genau!“ Andrea sah einen Anflug leichter Röte über sein Gesicht huschen, als er ihr die Blumen überreichte.

„Ich dachte, die heitern dich vielleicht ein bißchen auf“, sagte Patrick. „Da ja niemand von deinen Fans weiß, wo du steckst, bekommst du sicher nicht allzu viele Genesungswünsche und so was zugeschickt. Ich habe eben noch geschwankt, ob ich dir die hier oder lieber ein Paket Hühnerleber mitbringen soll, aber die Blumen haben einfach besser gerochen.“

„Ja, sie gefallen mir auch besser“, grinste Andrea.

Er folgte ihr in die Küche und begrüßte Dana. Andrea stellte wieder einmal fest, daß er ausnehmend gut aussah, wie er da so ganz selbstverständlich am Kühlschrank lehnte. Er trug ausgeblichene Jeans und ein Hemd mit Blockstreifen und wirkte so, als würde er sich rundum wohl in seiner Haut fühlen. In einem vornehmen Anzug hätte er vermutlich genauso ausgesehen.

Andrea begann sich zu fragen, ob sie in sein Verhalten ihr gegenüber vielleicht zuviel hineindeutete. War sie schon so einsam, daß sie sich sein Interesse nur einbildete? Sie öffnete den Schrank, um eine Vase für die Blumen herauszuholen. Als sie Patrick dabei am Arm berührte, durchfuhr es sie wie ein Schlag ... und das hatte nichts mit statischer Aufladung zu tun.

Das Lächeln war aus seinen Augen verschwunden, und sie wußte, daß er es auch gefühlt hatte.

„Danke übrigens für die Blumen“, sagte sie verlegen.

„Gern geschehen. Ich hoffe, du bist auf Blumen nicht auch allergisch!“

„Nicht das ich wüßte.“

Er schaute sie so eindringlich an, daß ihr die Knie weich wurden. „Hast du heute ein kleines Makeup-Kunstwerk an dir vollbracht, oder geht es dir wirklich besser?“

„Beides. Ich werde immer noch schnell müde und schlafe viel, aber langsam geht es mit mir aufwärts. Jeden Tag fühle ich mich ein bißchen kräftiger.“ Sie füllte die Vase mit Wasser. „Natürlich schlucke ich tonnenweise Vitamine und Spurenelemente und lauter solches Zeug, da wäre es auch ein Wunder, wenn es mir nicht langsam besser ginge!"

Nachdem sie die Blumen vorsichtig in die Vase gestellt hatte, roch sie daran und sog den süßen Duft der Nelken in sich auf. „Nochmals danke."

„Keine Ursache", sagte er und begann eilig, die Lebensmittel auszupacken. „Dana, soll ich das hier in den Kühlschrank stellen?"

„Warte, das mache ich schon", sagte Dana. „Willst du einen Eistee?"

„Oh ja, gerne."

Nachdem sie die Blumen ins Wohnzimmer gebracht hatte, nahm Andrea den Obstsalat aus dem Kühlschrank und stellte ihn auf den Tisch. Patrick legte die mitgebrachten Steaks auf eine Platte und füllte den Kartoffelsalat, den er besorgt hatte, in eine Schüssel, während Andrea die Brötchen in einen Korb legte.

Als sie sich an den Tisch gesetzt hatten, fragte Dana Patrick, ob er beten wollte. Andrea war darauf vorbereitet gewesen, weil Dana vor jeder Mahlzeit betete, aber sie hatte nicht damit gerechnet, daß Patrick ihre Hand ergreifen würde.

„Alte Familientradition", grinste er und reichte Dana seine andere Hand. „Tante Della sagt, so zeigt man allen am Tisch, daß sie willkommen sind und dazugehören." Er lachte, während Andrea ihre Hand Dana hinstreckte. „Als Kind dachte ich immer, die Erwachsenen haben sich das ausgedacht, damit ich nicht während des Gebets schon mal am Essen naschen konnte!"

Andrea mußte ebenfalls lachen. Sie neigte den Kopf und versuchte, andächtig auszusehen, aber das war gar nicht so einfach, wo sie Patricks Hand so überdeutlich in ihrer spürte. Doch dann lauschte sie aufmerksam Patricks tiefer, liebevoller Stimme:

„Himmlischer Vater, danke für das gute Essen, und danke, daß du Andrea hierher zu uns gebracht hast. Bitte sei ganz nah bei ihr und hilf ihr, wieder gesund zu werden. Amen."

Er ließ Andreas Hand scheinbar nur widerwillig los, und sie hätte seine am liebsten für immer festgehalten.

„Wie sieht es aus mit der Organisation des Gemeindeausflugs?" fragte Dana Patrick und bediente sich an den Steaks.

Er schüttelte den Kopf. „Wie es scheint, habe ich in einem Anfall geistiger Umnachtung fast alle Jobs übernommen. Nicht genug damit, daß ich fürs Grillen zuständig bin, ich habe mich auch noch bereit erklärt, sämtliche Einkäufe zu erledigen!" Er füllte sich großzügig Kartoffelsalat auf den Teller und reichte dann die Schüssel an Andrea weiter. „Ihr beide seid nicht zufällig ganz wild darauf, mir zu helfen, oder? Ich habe nämlich nicht die leiseste Ahnung, wieviel und was man für so einen Haufen Leute einkaufen muß", fügte er hoffnungsvoll hinzu.

„Klar, ich helfe dir. Ich hab' so was schon öfters gemacht", bot Dana an. „Es ist nicht so schwierig, was das Grillfleisch angeht. Kompliziert wird erst das ganze Drumherum – Beilagen, Soßen und so weiter."

Die Konversation wendete sich bald Danas Plänen zu, ein Stadtmuseum einzurichten.

„Wir haben doch schon ein Museum, oder?" fragte Andrea. „Dieses alte Gebäude neben der Bank." Sie wedelte mit ihrer Gabel in die ungefähre Richtung und lachte, als Patrick sich vorsichtshalber duckte.

„Na ja, Museum würde ich das nicht nennen. Sie haben zwar eine Menge Kram rumstehen, aber eigentlich ist da nicht genug Platz, um das Zeug auch wirklich auszustellen. Wir brauchen einfach was Größeres!"

Patrick stürzte sich auf den Obstsalat und blinzelte Andrea zu: „Ich hoffe, du hast beim Obstschneiden nicht aus Versehen Teile deiner Finger mit hineingeschnippelt, geschwächt, wie du bist!" Dann wendete er sich Dana zu. „Hast du schon was im Auge?"

„Ja, das alte Warenlager von Knox' Laden wäre ideal. Es ist riesig, ganz gut in Schuß und hat selbst eine lange Geschichte vorzuweisen. Ich bin mir nicht ganz sicher, aber es könnte sogar das älteste Gebäude der Stadt sein. Mr. Knox hat es immer gut gepflegt."

„Und jetzt hoffst du, daß seine Erben es der Stadt schenken?"

„Könnte doch sein. Ich bleibe jedenfalls dran. Vermutlich muß ich eine Art Ausschuß oder so etwas gründen, bevor ich mich mit meinem Anliegen an die Stadtverwaltung wende."

„Das wird ein Haufen Arbeit!"

Dana grinste. „Und ob! Willst du der erste freiwillige Helfer sein?"

Patrick hob abwehrend die Hände und schüttelte den Kopf. „Nein danke! Ich bin schon in mehr Ausschüssen, als mir lieb ist. Aber wenn es ans Hämmern, Streichen und Sägen geht, kannst du mir Bescheid geben. Da gehe ich dir gern zur Hand."

„Ein Museum gleich neben deinem Antiquitätenladen wäre natürlich eine gute Sache", sagte Andrea.

„Antiquitätenladen? Willst du etwa ein Geschäft aufmachen?" wollte Patrick wissen.

„Ich habe es vor, ja. Ich hab' das kleine Gebäude gleich neben Knox' Warenlager gekauft. Einmal, weil ich schon eine ganze Weile von einem Laden träume, und zweitens, weil es billig war und eine wunderschöne Stuckdecke hat!"

*

Später saßen sie im Wohnzimmer und knabberten an den leckeren Plätzchen, als plötzlich das Telefon klingelte. Es war Patricks Tante Della, und er runzelte die Stirn, während er mit ihr sprach. Dann legte er auf und drehte sich zu Dana und

Andrea um. „Ich muß los. Eine meiner Stuten bekommt ein Fohlen, und es gibt Komplikationen. Der Tierarzt ist schon unterwegs, aber ich mache mich am besten auch gleich auf den Weg."

„Willst du nicht noch was von dem Kartoffelsalat mitnehmen?" fragte Dana.

„Nein, nein, den könnt ihr vertilgen. Gegen ein paar von den Plätzchen hätte ich aber nichts einzuwenden."

Andrea packte ihm einige von den köstlichen Plätzchen ein und begleitete ihn hinaus zum Wagen. „Schönes Auto. Ist das neu?"

„Etwa ein Jahr alt. Aber ich fahre ihn nur, wenn ich die Damenwelt beeindrucken will."

„Aha, du versuchst mich also zu beeindrucken?"

Er hob die Schultern. „Wer weiß? Andererseits – ich nage zwar nicht am Hungertuch, aber bei deinem Jahreseinkommen dürfte dich so ein Auto wohl kaum beeindrucken, oder?"

„Macht dir das etwas aus?"

„Was, daß du mehr verdienst als ich? Nein, und ich hoffe, dir auch nicht. Mir ist es egal, ob du reich oder arm bist. Ich mag dich so oder so. Du warst für mich da, als ich damals neu in der Stadt war, und jetzt bin ich für dich da."

Eine Haarsträhne fiel ihr ins Gesicht. Er schob die Strähne sanft hinter ihr Ohr zurück und strich mit den Fingerspitzen leicht über ihre Wange. „Ich bin immer für dich da."

Ihre Augen schimmerten, und selbst im Dämmerlicht konnte er die Sehnsucht in ihnen sehen, die seine eigenen Gefühle widerspiegelte. Er trat zurück und öffnete die Autotür. „Tut mir leid, daß ich schon fort muß."

Sie schaute ihn eindringlich an. „Mir tut es auch leid."

Aus einem Impuls heraus nahm er den Teddybär vom Beifahrersitz und hielt ihn hoch. „Süß, was?"

Ihr Gesicht hellte sich auf. „Ist der niedlich!" Sie spitzte übertrieben die Lippen und sagte: „Geht der kleine Cowboy nie ohne seinen Teddy ins Bettchen?"

Er hob eine Augenbraue. „In den letzten 20 Jahren bin ich eigentlich ganz gut ohne einen ausgekommen!" Er reichte ihr das Stofftier, und sie nahm es erfreut entgegen.

„Sieh nur, was für ein süßes Gesicht er hat, und er ist so weich und kuschelig!"

„Deshalb habe ich wohl auch gleich an dich gedacht, als ich ihn gesehen habe", sagte er und hätte sich im selben Moment die Zunge abbeißen können. Warum war ihm das bloß herausgerutscht?

„Hat dir schon mal jemand gesagt, daß du ein Schatz bist?" fragte sie ruhig.

„Klar, das höre ich dreimal täglich", brummelte er und ließ den Wagen an. „Geh jetzt ins Haus, ich warte so lange, Nachtigall."

Sie versuchte ein Lächeln, doch als sie sich mit dem Teddy im Arm umdrehte, sah er Tränen in ihren Augen glitzern. Am liebsten hätte er sie in die Arme genommen und nie mehr losgelassen. Doch er bremste sich.

Sie ist krank und allein und weit weg von allem, was ihr etwas bedeutet. In dieser Situation würde sie sich vermutlich zu jedem Mann hingezogen fühlen, der ein bißchen nett zu ihr ist. Also halt dich zurück, Junge, ermahnte er sich selbst.

Als sie sicher im Haus verschwunden war, gab er Gas und raste nach Hause. Er war schon fast an der Ranch angekommen, als ihm auffiel, daß er fast doppelt so schnell fuhr, wie erlaubt war.

Ungläubig schüttelte er den Kopf. „Oh Herr, ich glaube, mich hat's ganz schön erwischt. Ich fühl' mich wie ein verliebter Teenager, und ich fahre auch wie einer. Ich schaff' das nicht. Wie soll ich mit dieser Situation umgehen? Wie kann ich ihre Einsamkeit lindern, ohne sie und mich zu verletzen?"

Patrick fuhr das letzte Stück Weges schweigend und lauschte auf ein Zeichen von Gott. Ein Gedanke kreiste wieder und wieder in seinem Kopf herum, doch er wußte nicht, ob Gott zu ihm sprach oder ob er nur den Ruf seines eigenen Herzens hörte:

„Du mußt sie nur lieben."

Kapitel Vier

Am Wochenende ging es Andrea deutlich besser. Obwohl sie immer noch schneller müde wurde als sonst, fühlte sie sich nicht mehr die ganze Zeit über wie ein nasser Waschlappen. Doch trotzdem schien sie diese melancholische Gemütsstimmung einfach nicht abschütteln zu können.

Der Arzt hatte ihr erst gestern gesagt, sie solle sich deshalb keine Gedanken machen – es sei ganz normal, daß man sich niedergeschlagen fühle, wenn man an Anämie leide. Er hatte ihr versichert, daß sie wieder ganz die alte sein würde, wenn sie erst gesund war.

Aber sie war sich da nicht so sicher. Nachdenklich schaute sie das alte Klavier an, das Dana von ihrer Urgroßmutter geerbt hatte. Andrea war sein warmer, tiefer Klang wohlvertraut, und unter normalen Umständen hätte sie jeden Tag Stunden an dem Instrument zugebracht, bis der Hunger sie in die Küche getrieben hätte.

Ihr Blick wanderte zu der elektrischen Gitarre, die sie aus Nashville mitgebracht und bisher nicht ein einziges Mal angerührt hatte. Keine Melodie geisterte in ihrem Kopf herum, wie es sonst immer war, und kein Refrain hallte in ihrem Herzen wider. Normalerweise pfiff oder sang sie den ganzen Tag vor sich hin, doch auch danach verspürte sie jetzt kein

Bedürfnis mehr. Vielleicht war in ihrer Seele einfach keine Musik mehr.

„Schluß damit, Carson!“ befahl sie sich selbst. „Es ist ein wunderbarer Tag, und du wirst dich jetzt aufraffen!“

Dana war zu einem Immobilienverkauf in den Nachbarstaat gefahren. Sie hatte Andrea gefragt, ob sie mitkommen wolle, doch obwohl Andrea Lust hatte mitzukommen, befürchtete sie doch, daß das noch über ihre Kräfte gehen würde. Sie wollte nicht, daß Dana ihretwegen früher zurückfahren mußte und hatte deshalb beschlossen, zu Hause zu bleiben.

Langsam wanderte sie im Garten umher, genoß die warme Morgensonne und redete weiter auf sich ein:

„Du brauchst bloß ein bißchen frische Luft und etwas Sinnvolles zu tun, um nicht nur herumzusitzen und dich in ein lebendes Sofa zu verwandeln.“

Sie stellte fest, daß im Blumenbeet dringend Unkraut gezupft werden mußte.

Vorsichtig ließ sie sich neben dem Beet auf die Knie nieder. Die Pflänzchen waren zart und die Erde weich, und während sie nach und nach das Unkraut zwischen ihnen entfernte, fielen die Anspannung und die Frustration ein wenig von ihr ab.

Ein prächtiger Roter Kardinal landete in einer Ulme neben ihr, und sie betrachtete den hübschen Vogel. „Guten Morgen, Schönheit!“ sagte sie leise. „Ist der Frühling nicht wunderbar?“

Der Vogel flog davon, doch Sekunden später landete eine Drossel auf beinahe exakt derselben Stelle. Die Drossel sang eine Reihe kurzer, wunderschöner Melodien, ahmte Rufe anderer Vögel nach und wiederholte alles etwa ein dutzendmal. Andrea hörte dem Tier lächelnd zu.

Zum hundertsten Mal an diesem Morgen wanderten ihre Gedanken zu Patrick. Sie hatte seit Dienstag nichts mehr von ihm gehört. Seufzend wandte sie sich wieder dem Blumenbeet zu und zupfte weiter Unkraut. Sie wußte, er würde sofort kommen, wenn sie ihn anrief, doch sie wünschte sich, er käme ganz von selbst vorbei. Andrea schaute zu der inzwischen verstummten Drossel hoch und fragte sie: „Was meinst du, ob er darauf wartet, daß ich anrufe?"

Der Vogel neigte den Kopf ein wenig, als würde er über ihre Frage nachdenken. „Vielleicht denkt er ja auch, daß ich ihn gar nicht sehen will?" Zur Antwort stimmte die Drossel ein neues Lied an.

Andrea stand noch eine Weile unschlüssig herum, dann ging sie ins Haus und wusch sich die Hände. Anschließend suchte sie in dem schmalen örtlichen Telefonbuch Patricks Nummer heraus. Während sie die Nummer wählte, fragte sie sich, ob er wohl am Samstag morgen um elf zu Hause war. Er war es, doch er klang verschlafen, als er sich beim vierten Klingeln meldete.

„Hallo, Patrick! Hier ist Andrea. Tut mir leid, wenn ich dich geweckt habe."

„Keine Sorge. Ich war schon auf. Ich warte gerade darauf, daß der Kaffee endlich durchgelaufen ist." Seine Stimme klang etwas tiefer als sonst, und er sprach leise und entspannt. Andrea konnte den Fernseher im Hintergrund hören, und sie stellte sich vor, wie Patrick mit ausgewaschener Jeans und T-Shirt auf dem Sofa saß, das Haar noch zerwühlt und die nackten Füße auf dem Tisch – eine Vorstellung, die ihren Herzschlag unwillkürlich beschleunigte.

Sie hörte unverkennbare Geräusche und lächelte: „Du schaust ‚Tom und Jerry', stimmt's?"

Er lachte leise in sich hinein. „Erwischt. Ich finde die beiden einfach zu lustig! Aber jetzt sag mal, wie geht's dir?"

„Besser, obwohl ich immer noch viel zu schnell aus der Puste bin."

„Ich habe gerade an dich gedacht, weißt du?"

Die letzten Überbleibsel von Andreas melancholischer Stimmung waren plötzlich wie weggeblasen. Sie ließ sich aufs Sofa plumpsen. „Wenn man bedenkt, was du dir gerade im

Fernsehen ansiehst, bin ich mir nicht so sicher, ob das schmeichelhaft für mich ist!" sagte Andrea. Er lachte, und ihr Herz machte einen Sprung.

„Das hatte nichts mit Tom und Jerry zu tun, keine Sorge. Ich habe schon die ganze Woche vorgehabt, dich anzurufen, aber ich bin einfach nicht dazu gekommen. Im Moment haben wir hier die reinste Geburtenexplosion. Ich bin keinen Abend vor elf nach Hause gekommen."

„Wie geht es denn der Stute, die am Dienstag gefohlt hat?"

„Oh, gut! Dank einem guten Tierarzt und einem Haufen Gebete sind Mutter und Kind durchgekommen. Eine Weile habe ich gedacht, wir verlieren beide. Das kleine Kerlchen wollte um jeden Preis bleiben, wo es war. Aber es ist noch mal gutgegangen. Und heute früh um drei ist noch ein kleines Stutfohlen geboren worden. Deshalb bin ich auch so verschlafen. Was hast du denn heute vor?"

„Nichts. Dana ist weg, und ich fange vor lauter Langeweile schon an, mit den Vögeln zu sprechen."

„Antworten sie denn?"

„Das schon, aber ich habe gewisse Schwierigkeiten mit der Übersetzung."

„Sicher haben sie dir empfohlen, hierherzukommen und den Tag auf meiner Ranch zu verbringen."

„Aha, das war also Luftpost! Ich würde liebend gern kommen, aber du müßtest mich abholen. Der Onkel Doktor hat mir nämlich strengstens untersagt, mich selbst hinters Steuer zu setzen. Außerdem ist Dana mit dem Auto weg."

„Ich komme gleich vorbei! Schmeiß dich aber nicht in Schale. Es ist ein bißchen staubig hier draußen."

„Ach, tatsächlich? Und ich dachte, ihr leckt jeden Tag den Fußboden sauber! Ein bißchen Dreck macht mir gar nichts aus, keine Sorge."

Er gähnte herzhaft, und Andrea sah genau vor sich, wie er sich dabei streckte. „Das klingt, als ob du noch ein bißchen Schlaf bräuchtest."

„Der Motor muß halt erst richtig warmlaufen."

Andrea fragte sich, warum sie nur die ganze Zeit so albern grinsen mußte. Zum Glück konnte er das nicht sehen!

„Ich könnte dich so etwa um Viertel nach Zwölf abholen, okay?"

„Klar! Ich werde bereit sein, Cowboy." Sie verabschiedeten sich, und Andrea summte leise vor sich hin, während sie Patricks Teddybär auf den Arm nahm. „Tja, mein Süßer, ich muß dich wohl nach einem ganz gewissen Cowboy benennen, wie's aussieht."

Sie machte sich schnell etwas zu essen, dann zog sie sich um. Ein lockeres, schlichtes Baumwollkleid, flache Stoffschuhe – fertig. Auch beim Make-up war sie zurückhaltend. Ein bißchen Wimperntusche, dezenter Lippenstift und einen Hauch Rouge auf die Wangen.

Während sie ihr Haar bürstete, hörte sie einen lauten Motor die Straße heraufdröhnen. Als der Wagen in die Auffahrt einbog, rannte sie zum Fenster, um zu sehen, was das für ein Auto war. Patrick streckte gerade seine langen Beine aus einem schnittigen, knallroten Sportwagen heraus. Andrea konnte einen Oldtimer nicht vom anderen unterscheiden, aber sie sah, daß dieser alte Wagen liebevoll restauriert worden war.

Sie schnappte sich ihren Pullover und ihre Handtasche und rannte hinaus. „Patrick, der ist ja toll! Gehört er dir?"

Seine funkelnden Augen verrieten die Antwort, noch ehe er bejahend nickte. Andrea ging um das Auto herum, bewunderte die saubere Lackierung, den blitzenden Chrom, die geschwungenen Kotflügel und die riesigen runden Scheinwerfer. Innen hatte der Wagen ein hölzernes Lenkrad und einladende rote Lederbezüge. „Was ist das denn für einer?"

„Ein 33er Chevy Coupé."

„Hast du ihn selbst restauriert?"

„Jawohl. Ich habe etwa eine Trillion Arbeitsstunden hineingesteckt."

„Und wahrscheinlich auch fast ebensoviel Geld, nicht wahr?"

Er lachte. „Da könntest du recht haben. Du weißt doch, Männer werden nicht erwachsen, sie kriegen nur teureres Spielzeug." Er öffnete die Beifahrertür und deutete eine Verbeugung an. „Madam – nehmen Sie Platz. Ich habe übrigens ein paar Sachen nachträglich eingebaut, zum Beispiel einen stärkeren Motor, eine Stereoanlage, eine Klimaanlage und Sicherheitsgurte."

Lächelnd stieg Andrea ein und sah ihm zu, wie er um den Wagen herumging. Er hatte einen lockeren Gang und machte große Schritte. Das Lederhemd und die Jeans unterstrichen den Eindruck, den er auf Andrea machte: Ein Mann, der mit sich und der Welt in Einklang war, der wußte, wer er war und was er tat.

Er bemerkte ihren Blick. „Was ist?" fragte er leise.

„Ich habe gerade darüber nachgedacht, wie sehr du dich seit der Schulzeit verändert hast", sagte sie. Das war nicht gelogen.

„Damals ging es mir ziemlich mies. Tante Della und Onkel Ray haben ein paar Jahre gebraucht, um den Schmerz wegzulieben." Er fuhr los. „Na ja, sie waren ja nicht allein. Daß ich zu Jesus gefunden habe, hat schon sehr viel ausgemacht. Und daß ich mich schließlich mit meinem Vater auseinandergesetzt und ein paar Dinge mit ihm geklärt habe."

Sobald sie aus der Stadt heraus waren, trat er das Gaspedal durch, und ein paar Sekunden später hatten sie die Geschwindigkeitsbegrenzung bereits überschritten.

Andrea lachte begeistert auf. „Wie schnell fährt er?"

„Ich hab' es noch nicht ausprobiert. Das Ding hat mich zu viel Nerven gekostet, als daß ich es jetzt gleich zu Schrott fahren wollte." Er grinste schief. „Außerdem bin ich die reinste Memme, was körperliche Schmerzen angeht, und Tante Della kann Gejammer nicht ausstehen. Das mußte ich am eigenen Leibe erfahren, als ich beim Bullenreiten mitgemacht habe."

„Bullenreiten? Wolltest du dich umbringen?“ Andrea hatte das scherzhaft gemeint, doch kaum hatte sie es ausgesprochen, verdunkelte sich seine Miene.

„Ja, das wollte ich wohl“, sagte er schlicht.

Sie legte ihm die Hand auf die Schulter. „Tut mir leid. Ich wollte ... ich hätte das nicht sagen sollen.“

Ihre Berührung durchfuhr ihn wie ein Stromschlag. „Schon gut. Du konntest das ja nicht wissen. Es war in dem Sommer nach unserer Abschlußprüfung. Ich war so verbittert und so wütend auf meine Eltern, daß ich mich irgendwie abreagieren mußte. Und um ehrlich zu sein, es war mir egal, ob ich dabei umkam oder nicht. Es schien nicht viel zu geben, wofür es sich zu leben gelohnt hätte.“ *Denn du warst ja fortgegangen*, fügte er lautlos hinzu.

„Und was passierte dann?“

„Ein paar Rodeos habe ich ganz gut überstanden, nur ein paar Kratzer und blaue Flecken. Ich bin sogar einige Male plaziert worden und habe mich schon für einen echten Helden gehalten.“ Er schüttelte den Kopf und lächelte dünn. „Aber beim letzten Ritt wußte ich schon, daß ich in echten Schwierigkeiten war, bevor sie überhaupt das Gatter geöffnet hatten. Dieser Bulle warf den Kopf nach hinten, und ich konnte in seine blutunterlaufenen Augen blicken. Mann, der hatte mich auf der Abschußliste stehen. Am liebsten hätte er mich gleich in der Box umgebracht. Als sie das Tor aufmachten, schoß er raus wie eine Rakete, und er bockte und verdrehte sich dabei noch – es war unglaublich! Unsere Wege trennten sich schon nach ein paar Sekunden, und ich wachte erst im Krankenhaus wieder auf. Mit einer Gehirnerschütterung, zwei gebrochenen Rippen und einem gebrochenen Arm. Ich habe nicht lange gebraucht, um mir darüber klarzuwerden, daß dies ein äußerst schmerzhafter Weg war, um Selbstmord zu begehen. Das Dumme war bloß, daß ich sonst keinen Job hatte. Mein Vater bot mir an, mir das College zu finanzieren, aber das habe ich abgelehnt. Sein Geld war das letzte, was ich wollte, und ich hatte schon die Highschool nur mit Ach und Krach geschafft."

„Ja, weil dein Leben ein Chaos war! Du bist doch nicht dumm, Patrick Jamison!"

„Danke, Madam!" Er lächelte sie an, nicht nur, weil sie das gesagt hatte, sondern vor allem, weil ihre Hand noch immer auf seiner Schulter lag.

„Die Rancharbeit hat mir gefallen, aber mir war klar, daß ich als Cowboy nie genug Geld verdienen würde, um mir eine eigene Farm zu kaufen. Onkel Ray und Tante Della waren wirklich lieb, aber ich fühlte mich trotzdem irgendwie nicht zu ihnen gehörig. Und ich wollte es auch so. Ich habe mich nicht getraut, sie zu lieben, weil ich Angst hatte, daß sie mich eines Tages vielleicht nicht mehr haben wollten."

„Wie deine Eltern?"

„So kam es mir damals jedenfalls vor. Inzwischen habe ich verstanden, wie schlecht es meinem Vater damals gegangen ist, als Mutter ihn verlassen hat. Er hatte mit seinem eigenen Schmerz zu viel zu tun, als daß er mir mit meinem hätte helfen können. Deshalb hat er mich hierher zu Tante Della und Onkel Ray geschickt. Es war eine häßliche, gemeine Scheidung. Anscheinend hat er also nur versucht, mich zu beschützen, und ich habe gedacht, daß er mich nicht mehr liebt." Andreas Finger schlossen sich fester um seinen Arm, und er bemerkte eine kleine Falte zwischen ihren Augenbrauen. „Guck nicht so. Ich will nicht, daß du meinetwegen Falten bekommst! Mein Dad und ich haben inzwischen wieder ein gutes Verhältnis zueinander."

„Und was ist mit deiner Mutter?"

„Oh, das ist schon schlechter." Er zuckte mit den Schultern, als ob es ihm egal wäre, aber Andrea merkte, daß ihn die Situation immer noch sehr schmerzte. Sie wollte gern mehr darüber hören, aber sie hatte auch Angst, ihm zu nahe zu treten und dadurch den Augenblick zu zerstören. Also wechselte sie das Thema.

„Der Frühling ist meine liebste Jahreszeit. Alles ist so neu und grün. Sehe ich Gespenster, oder ist der Hügel da übersät mit wilden Blumen?"

Als sie näher heranfuhren, wurden die gelb leuchtenden Blumen deutlich sichtbar. „Du meinst die da drüben, die aussehen, als wären sie von jemanden, der mit einer riesigen Spraydose vorbeigekommen ist, gelb aufgesprüht worden?" meinte Patrick und beugte sich vor.

„Vielleicht war es ja Mutter Natur", mutmaßte Andrea.

„Wohl eher Gottvater", sagte Patrick ruhig.

Andrea ließ ihren Blick über die weite Prärielandschaft schweifen und seufzte wohlig. „Er hat wirklich ein Händchen für Landschaften, was?"

„Oh ja, das hat er!" Patrick drosselte die Geschwindigkeit und bog auf eine Schotterstraße ab. Sie fuhren unter einem Torbogen mit der Aufschrift „Smoking Pipe Ranch" hindurch, und ein schweres Holzschild verkündete: „Besitzer: Ray und Della Jamison; Patrick Jamison". Darunter war eine rauchende Pfeife in das Holz eingebrannt.

„Das sieht aber nicht so aus, als würdest du nicht dazugehören", kommentierte Andrea.

„Nein. Mir gehört die Ranch inzwischen zur Hälfte. Einen Anteil haben sie mir geschenkt, und den Rest hab' ich mir sauer verdient. Als Onkel Ray begriff, daß ich mit dem Rodeo-Quatsch aufhören wollte, bot er mir an, mir das Ranchgeschäft von der Pike auf beizubringen und mir ein anständiges Gehalt auszuzahlen. Er sagte, wenn ich fünf Jahre durchhalten und mich als würdig erweisen würde, bekäme ich ein Viertel der Ranch überschrieben. Ich habe meinen Teil des Handels eingehalten und er seinen. Ich habe ein paar Abendkurse in Wirtschaft und Ranchmanagement belegt und gelernt, einen Computer zu bedienen. Das Ding ist wirklich nützlich, aber Onkel Ray weigert sich, es auch nur anzufassen, also habe ich die Buchhaltung übernommen. Diesen Teil meines Jobs kann ich allerdings absolut nicht leiden. Zum Glück haben wir inzwischen einen Angestellten, der den meisten Papierkram erledigt. Wir hatten ein paar gute Jahre, und meine Investitionen haben sich bezahlt gemacht. Und vor einem halben Jahr habe ich dann das nächste Viertel gekauft. Das reicht mir. Wenn Onkel Ray und Tante Della mal sterben, erbt ihr Enkel ihren Anteil. Aber der ist erst 17 und lebt in Houston. Seine Eltern haben eine Import-Export-Firma und nicht das geringste Interesse an der Ranch. Der Junge dagegen würde am liebsten jedes Wochenende hier draußen verbringen. Er hat Rancherblut in den Adern."

Sie fuhren über einen niedrigen Hügel, und Patrick hielt den Wagen an. Andreas Blick schweifte über das weite Tal zu den flachen Hügeln hinüber. Die lebhaften Kontraste der Felder, Weiden und Straßen erinnerten sie an eine Patchworkdecke. Zu ihrer Rechten erstreckte sich eine große Weide, über und über mit bunten Wiesenblumen bedeckt. Rinder in den unterschiedlichsten Farben grasten friedlich auf der grünen Fläche. Andrea erkannte ein paar rote Herefords mit ihren weißen Gesichtern, und die Schwarzen waren schottische Angus, aber sie hatte keine Ahnung, welcher Rasse die Hellbraunen angehörten.

Eine unbefestigte Straße führte am Rand der Weide entlang und zog sich fast durch das gesamte Tal, bis sie eine scharfe Linkskurve machte. Der Weg sah aus wie eine große braune Schleife, die von den akkurat gesetzten Zaunpfosten mit dem straff gespannten Stacheldraht zusammengehalten wurde. Ein weiterer Zaun trennte die geschwungenen Linien eines frisch gepflügten Feldes von dem sanften Grün der nächsten Weide.

Zu ihrer Linken lag das Wohnhaus, die große Scheune, verschiedene kleinere Gebäude und Koppeln. Mit der frisch gestrichenen weißen Front und dem grünen Dach sah das langgestreckte einstöckige Ranchhaus einladend und gemütlich aus. Wild wachsende farbenprächtige Blumen auf der Strecke zwischen Wohnhaus und Koppeln erhöhten diesen Eindruck rustikaler Unbeschwertheit noch.

„Oh Patrick, ist das schön hier!“ Andrea freute sich über sein glückliches Gesicht. „Ich kann verstehen, warum du die Ranch so liebst! Wenn ich ein Zuhause wie dieses hätte, würde ich nie wieder wegwollen!“

Einen Moment lang schaute er sie so intensiv an, daß ihr die Luft wegblieb. Dann wandte er den Blick ab. „Wo lebst du eigentlich im Moment?“

„Ich habe eine Wohnung in Nashville, aber ich bin so gut wie nie dort. Meistens sitze ich in meinem Tourbus, in einem Flugzeug oder in einem Hotelzimmer“, seufzte sie. „Letztes Jahr war ich 200 Tage unterwegs, und im Jahr davor auch. Mein Manager wollte mir sogar noch mehr Konzerte aufbürden, aber da habe ich nicht mitgemacht. Diese Tournee sollte im März beendet sein, und wir hatten vor, bis August zu pausieren. Aber jetzt werden wir wohl die Konzerte nachholen müssen, die wegen meiner Krankheit verschoben wurden.“

„Wie ist dein Manager denn so?“

„Er macht seinen Job sehr gut. Er stellt die richtigen Kontakte her, organisiert die richtigen Konzerte, und er verschafft mir die besten Plattenverträge. Bevor ich ihn hatte, bin ich auf keinen grünen Zweig gekommen, habe nur in kleinen Klitschen gespielt. Mein vorheriger Manager hat behauptet, das müßte so sein, damit ich mir beim ‚einfachen Volk‘ einen Namen mache. Aber die Leute in diesen miesen Spelunken waren nicht das einfache Volk, mit dem ich aufgewachsen bin!“

Patrick schaute sie von der Seite an. „Wie schlimm war es?“

„Puh! Die schlimmsten Kneipen hatten die Bühne mit Maschendraht abgesichert, damit die Band nicht mit Bierflaschen und so weiter bombardiert werden konnte. Das hielt allerdings manche feurigen Verehrer auch nicht ab. Einmal hat so ein tätowierter Motorradtyp eine riesige Drahtschere ausgepackt und einfach den Draht durchgeknipst, um mir einen Besuch abzustatten. Die Jungs von der Band haben sich schützend vor mir aufgebaut, aber selbst sie alle zusammen waren keine ernsthafte Behinderung für ihn. Zum Glück hatte der Laden zwei Arnold Schwarzenegger ähnliche Rausschmeißer, die den Kerl davon überzeugt haben, daß das Ganze keine gute Idee war. Danach hatten die Bandmitglieder dann wirklich die Nase voll, und ich auch. Wir haben den Manager gefeuert und sind zurück nach Nashville gegangen. Ich habe dann einen Job angenommen und Führungen durch die Country Music Hall of Fame gemacht. Die Band trennte sich, und die Musiker kamen bei anderen Gruppen unter. Ein paar Monate später hat Kyle – mein jetziger Manager – mich bei einem Benefizkonzert singen gehört. Er hat mich zwei Tage später unter Vertrag genommen und mir versprochen, daß ich nie wieder in so heruntergekommenen Schuppen auftreten müßte. Dann hat er eine erstklassige Band für mich zusammengestellt. Die ersten Jahre haben wir noch in Clubs und ähnlichem gespielt, aber nur in richtig guten. Und jetzt treten wir nur noch in größeren Hallen auf."

„Er nimmt dich zu hart ran", sagte Patrick finster.

„Er will eben, daß ich Erfolg habe", verteidigte Andrea ihren Manager.

„Den hast du doch auch, oder?"

„Schon, aber es kann noch viel besser werden! Es ist gar nicht so leicht, den Stand zu halten, den wir jetzt erreicht haben. Countrymusik erlebt zur Zeit einen richtigen Boom, und da versuchen natürlich eine Menge Leute, ein Stück vom Kuchen abzubekommen. Es kommt mir so vor, als würden dauernd neue hoffnungsvolle Nachwuchsstars aus dem Boden sprießen, und einige von denen kommen gleich mit dem ersten Album in die Charts."

„Das war bei dir doch auch so."

„Ja, aber ich habe lange Zeit darauf hingearbeitet. Klar, das haben die meisten anderen auch getan, trotzdem gibt es tatsächlich ein paar, die gleich im ersten Jahr in Nashville den Durchbruch erleben.“ Sie starrte aus dem Fenster und dachte an die endlosen Autobahnkilometer, die vor ihr lagen, an all die Städte und Gesichter, Tage und Nächte, die allzu bald wieder zu einem bunten Karussell verschwimmen würden. Die Einsamkeit.

„Andrea?“ Patricks Stimme klang besorgt.

„Ich bin mir nicht sicher, ob ich es schaffe. Ich weiß noch nicht mal, ob ich es überhaupt noch will.“

„Ach, du bist eben noch nicht richtig wieder auf dem Damm. Wenn du erst deine alte Energie wieder hast, wird alles wunderbar laufen. Du liebst doch deinen Job! Du gehst da raus auf die Bühne und begrüßt das Publikum, und dein Gesicht leuchtet wie eine Neonreklame. Und wenn du anfängst zu singen, und die Leute toben vor Begeisterung, dann bist du genau da, wo du hingehörst. Du machst den Leuten mit jedem einzelnen Lied ein unbezahlbares Geschenk, weißt du?“

„Woher weißt du das?“ sagte sie und schaute ihn überrascht an.

Er legte den ersten Gang ein und fuhr an. „Weil ich ein Fan von dir bin, du Dummkopf. Ich finde, jedes deiner Lieder ist etwas ganz Besonderes.“

„Das meine ich doch gar nicht. Woher weißt du, wie ich aussehe, wenn ich auf die Bühne gehe?“

„Ich habe einen Cousin in Boulder, den ich ab und zu besuche. Einmal, vor ein paar Jahren, bist du dort zufällig aufgetreten, als ich gerade da war, und wir sind hingegangen.“

„Hey, das Konzert war schon Wochen vorher ausverkauft! Wie seid ihr denn an die Karten gekommen?“

„Die haben wir einem dieser Schacherer vor dem Eingang zu einem ziemlich hohen Preis abgekauft. Aber es hat sich gelohnt. Du hast eine tolle Show geboten.“

„Warum bist du hinterher nicht zum Bus gekommen und hast Hallo gesagt?"

„Welcher Bus?"

„Nach dem Konzert sind wir immer hinten beim Tourbus und reden mit den Leuten, die unserem Manager Backstage-Ausweise abgeschwatzt haben. Normalerweise sind das Journalisten oder irgendwelche Leute, die beim Preisausschreiben gewonnen haben, manchmal auch kranke Kinder, die einen Wunsch erfüllt bekommen. Und natürlich die ganz harten Fans. Ich versuche immer, mit jedem ein paar Minuten persönlich zu sprechen." Sie schwieg einen Moment. „Wolltest du nicht Hallo sagen?"

„Doch, klar, aber erstens hatten wir natürlich keine Backstage-Ausweise, und zweitens mußte mein Cousin am nächsten Morgen früh raus."

„Ich wünschte, du wärst vorbeigekommen."

„Ich auch."

Kapitel Fünf

„Wissen Sie übrigens, daß wir Patrick wegen Ihnen aus dem Haus geworfen haben?" lachte Ray Jamison, und das Funkeln in seinen Augen verriet Andrea, daß jetzt wieder eine dieser „Also wirklich, dieser Junge!"-Geschichten kommen würde ... die vierte in weniger als einer Stunde!

Andrea schaute Patrick an und lächelte amüsiert, als sie sah, daß er dunkelrot angelaufen war. „Nein, ich glaube nicht, daß er das erwähnt hat!"

„Tja, kleine Lady, zunächst mal müssen Sie wissen, daß ich wirklich nichts gegen Countrymusik habe. Sie gefällt mir sogar. Natürlich mag ich die älteren Sänger am liebsten, die in meiner Jugend berühmt waren, aber ich bin noch nicht so ein alter Knochen, daß ich nicht auch an den neueren Sachen Gefallen finden würde. Und Ihre Songs finde ich ganz besonders gut."

„Danke", sagte Andrea. Sie konnte sich nicht vorstellen, daß irgend jemand Ray Jamison für einen alten Knochen hielt. Er war groß und schlank, mit nur einer Spur von Grau in seinem sandfarbenen Haar. Die Zeit und die Sonne hatten ihre Spuren in sein Gesicht eingegraben, aber zweifellos verdrehten sich noch immer einige Damen die Hälse nach ihm, wenn er einen Raum betrat. Er sah Patrick ähnlich genug, um sein Vater sein zu können, und daß er ihn liebte wie einen Sohn, war offensichtlich.

„Also dann", fuhr er jetzt fort. „Jedenfalls war Patrick der erste in der Schlange von den Leuten, die Ihre erste Single kaufen wollten." Er grinste und zwinkerte Patrick zu.

„Das kann ja keine allzu lange Schlange gewesen sein", lachte Andrea.

„Na, ich habe mich jedenfalls sehr gefreut, als die zweite Single rauskam, denn da bekamen wir endlich mal was anderes zu hören. Die erste lief hier nämlich rauf und runter, den ganzen Tag lang. Und die zweite genauso. Es war eine Wohltat, als endlich das komplette Album erschien, das kann ich Ihnen sagen! Wenigstens waren es dann unterschiedliche Lieder, die den ganzen Tag durchs Haus dröhnten. Mein lieber Neffe hatte nämlich zu allem Überfluß beschlossen, daß Ihre Songs laut am besten klängen. Er hat die Lautsprecher völlig ruiniert. Als er neue kaufen ging, erwarteten wir ihn mit dem Rest der Stereoanlage an der Tür und sagten ihm, es sei nun an der Zeit, sich eine neue Bleibe zu suchen."

„Laß dich nicht von ihm an der Nase herumführen, Andrea", grinste Patrick. „Ich hatte mein eigenes Haus fertig gebaut und wollte sowieso ausziehen. Die Stereoanlage war rein zufällig der erste Einrichtungsgegenstand."

Patricks Tante Della tätschelte ihm tröstend den Arm. Sie war eine kleine, erfreulich runde und vor Wärme überquellende Person, die jedem das Gefühl vermittelte, ein hocherwünschter Gast an ihrem Tisch zu sein. Ihr blondes Haar trug sie als praktischen Kurzhaarschnitt. „Wie geht es denn Ihrer Familie, Andrea?" wollte sie wissen. „Ich habe mal mit Ihrer Mutter zusammen auf der Landwirtschaftsmesse einen Stand gemacht. Sie hatte immer so viele gute Ideen."

„Meinen Eltern geht es beiden sehr gut, danke. Mein Vater hat sich vor ein paar Jahren pensionieren lassen, und sie haben sich unten am Buchanan-See ein Häuschen gekauft. Letztes Jahr waren sie in Europa, den ganzen letzten Monat haben sie in Australien verbracht, und nächste Woche fliegen sie von dort aus nach Neuseeland. Mein Vater hat gestern am Telefon sogar etwas von einem Bootsausflug in die Antarktis gesagt, aber Mama meinte, allein bei dem Gedanken würde ihr schon ganz kalt!"

Della schauderte. „Oh, mir auch! Von mir aus könnte es immer Sommer sein."

„Wir sollten jetzt so langsam aufbrechen", sagte Patrick. „Ich möchte Andrea die Ranch zeigen, bevor ihr wieder die Puste ausgeht."

„Ja, spotte nur!" lachte Andrea. „Es war wirklich schön, Sie beide mal wieder gesehen zu haben", verabschiedete sie sich von Ray und Della.

„Uns hat's auch gefallen. Kommen Sie doch mal wieder vorbei! Sie sind uns jederzeit willkommen, auch ohne Patrick. Die Tür ist immer offen, und wir werden Sie auch bestimmt nicht zwingen, uns vor dem Abendbrot ein Ständchen zu singen. Obwohl wir auch nichts dagegen hätten, wenn Sie's tun", meinte Ray grinsend.

„Ich hatte in letzter Zeit nicht viel Grund zum Singen, aber ich hoffe, das ändert sich bald", sagte Andrea. „Vielen

Dank übrigens für den Eistee und die Plätzchen. Die waren einfach köstlich!"

„Altes Familienrezept", sagte Ray ernsthaft.

Della lachte. „Ja, ganz frisch aus dem Supermarkt!"

Patrick ergriff Andreas Hand. „Komm, Weib! Der Tag ist schon halb verronnen. Oder heißt es zerronnen? Egal. Jedenfalls müssen wir jetzt gehen." Er legte ihr den Arm um die Schultern, als sie zum Auto gingen. „Wirst du schon müde?"

„Es geht." Das war keine sehr erschöpfende Auskunft, doch es würde genügen müssen. Die Tatsache, daß er den Arm um sie gelegt hatte, war eigentlich nicht der Rede wert. Doch seine Nähe, die Kraft und Wärme seines Körpers und der leichte, würzige Duft seines Aftershaves brachten Andrea völlig durcheinander. Vielleicht hatte es auch etwas mit der Art zu tun, wie er sie ansah – voller Zärtlichkeit und ein bißchen besorgt.

„Bist du sicher, daß du eine Ranchbesichtigung durchstehst?"

„Aber klar! Ich will unbedingt die Fohlen sehen, von denen du erzählt hast."

„Das läßt sich machen." Er öffnete ihr lächelnd die Beifahrertür und trabte dann um das Auto herum auf die Fahrerseite.

*

Zuerst fuhren sie zu den Pferdekoppeln. Die Fohlen waren noch sehr scheu, deshalb beobachteten Patrick und Andrea ihre Bocksprünge vom Zaun aus. Das Hengstfohlen trabte in Imponierhaltung vor dem kleinen Stutfohlen herum und neigte stolz den zierlichen Hals.

„Der fängt ja früh an! Wirst du sie behalten?" fragte Andrea.

„Ich denke schon, obwohl wir im letzten Jahr einige Pferde verkaufen konnten. Ein paar an Freizeitreiter, aber es waren auch drei fertig ausgebildete Pferde für die Rinderarbeit dabei. Cutting ist ein beliebter Turniersport geworden, und wir haben einige echte Talente auf der Ranch. Damit kann man richtig Geld verdienen."

„Cutting? Was ist das?"

„Eine Disziplin auf Westernreitturnieren, die sich aus der Arbeit der Cowboys entwickelt hat. Ein Reiter muß ein Rind aus der Herde aussondern, und das Pferd muß selbständig verhindern, daß das Rind wieder zurückläuft. Der Reiter darf das Pferd nicht beeinflussen. Deswegen heißt es ‚Cutting', also schneiden, weil das Pferd dem Rind den Weg abschneidet. Es ist schon faszinierend, wie schnell die Pferde sich dabei auf der Hinterhand herumwerfen. Die Reiter müssen sich richtig am Sattelhorn festklammern, um nicht runterzufallen. Diese Pferde hier sind sogenannte Quarter Horses, die traditionellen Cowboypferde. Siehst du die stark bemuskelten Hinterbeine? Die brauchen sie fürs Cutting."

„Nehmt ihr denn hier auf der Ranch auch noch Pferde für die Arbeit mit den Rindern, oder macht man das jetzt nur noch zum Spaß auf Turnieren?"

„Nein, wir machen das zum Teil noch per Pferd. Aber wir haben mehr als genug Pferde dafür. Ich habe einen Freund, der unsere Pferde ausbildet. Grant ist kein Profi, aber er ist trotzdem sehr gut." Patrick sprang vom Zaun herunter. „Ich habe ihn beim Rodeo kennengelernt. Er war einer der besten Bullenreiter, die ich je gesehen habe. Zwei Ritte noch, und er hätte die Weltmeisterschaft in der Tasche gehabt. Doch dann ist ein Bulle gestürzt und hat ihn unter sich begraben. Er ist nie wieder auf einem Rodeo gewesen." Patrick starrte traurig auf den Boden.

„Und wie geht es ihm jetzt?"

„Ein Knie ist steif, er humpelt ziemlich stark. Aber er beklagt sich nie. Zum Glück hat er von den inneren Verletzungen keine Folgeschäden davongetragen. Er hat ein Stück Land hier in der Nähe. Es ist der Teil von einer Ranch, die mal seiner Familie gehört hat, und er hat sich in den Kopf gesetzt, sie eines Tages ganz zurückzubekommen."

Auf dem Weg zu Patricks Haus kamen sie an zwei kleineren Gebäuden vorbei, in denen die Rancharbeiter wohnten.

„Wieviele Cowboys beschäftigt ihr denn?" wollte Andrea wissen.

„Drei. Zwei davon sind Singles und wohnen in dem Haus hier. Der andere lebt mit seiner Frau und seinen beiden Kindern da drüben, wie man sieht." Er zeigte auf das zweite Häuschen, in dessen Vorgarten eine bunte Kinderschaukel stand.

Particks Haus lag ein paar hundert Meter den Weg hinunter, und Andrea musterte Patrick unterwegs aus den Augenwinkeln heraus. „Wieso habe ich bloß das Gefühl, daß du dir Sorgen machst, weil Grant diese Ranch zurückkaufen will?"

„Tja, er ist regelrecht besessen von dem Gedanken, weißt du? Es gibt für ihn kaum etwas anderes. Ich fürchte, daß er eines Tages aufwacht und merkt, daß er sein Leben verpaßt hat. Vielleicht hat er dann sein Land, aber niemanden, der sich mit ihm daran freut."

„Und du? Denkst du denn über eine Heirat nach?" fragte Andrea direkt.

Er warf ihr einen Blick zu, doch sie schaute gerade weg, so als ob sie an einer Antwort eigentlich gar nicht interessiert wäre. *Ich denke pausenlos daran, seit du wieder hier bist*, dachte er, aber laut sagte er: „Ach, ich würde schon ganz gern irgendwann mal heiraten und ein paar Kinder in die Welt setzen. Aber ich hab's nicht eilig damit. Wie ist es denn mit dir?"

Sie drehte sich zu ihm um. Für einen Moment meinte er eine brennende Einsamkeit in ihren Augen zu sehen, aber dann verbarg sie ihre Gefühle mit einem Lächeln. „Ich überlege manchmal, wie es wohl wäre, verheiratet zu sein. Ich weiß bloß nicht, ob ich es überhaupt schaffen könnte, meine Karriere und eine Ehe unter einen Hut zu bringen. Manche Leute kriegen das wohl hin, aber bei den meisten klappt's nicht! Und das letzte, was ich will, ist ein Versprechen zu geben, das ich nicht halten kann." Sie schaute starr geradeaus. „Das Musikgeschäft ist nicht gut für die Ehe."

„Kein Geschäft ist gut für die Ehe, wenn es alles andere verschlingt. Bei meinen Eltern war das so."

„Der Arztberuf hat es deinem Vater sicher nicht leicht gemacht, ein normales Familienleben zu führen", stellte Andrea fest.

„Oh, mein Vater war nicht das Problem. Er ist ein orthopädischer Chirurg, und er hatte ziemlich geregelte Arbeitszeiten. Manchmal gab es Notfälle in der Nacht und so etwas, aber das kam nicht allzu oft vor. Meine Mutter war der Workaholic in der Familie. Sie ist Anwältin, und zwar eine sehr gute. Das allein ist ja völlig in Ordnung. Aber leider hat ihr Job ihr mehr bedeutet als alles andere. Er tut es noch."

„Und es tut immer noch weh ...", ergänzte Andrea.

Er zuckte die Achseln. „Manchmal! Ich bitte Gott dann immer, daß ich keine Bitterkeit ihr gegenüber empfinde, aber es passieren immer wieder Dinge, die alles erneut aufwühlen. Ich scheine da einfach nicht weiterzukommen. Und deshalb habe ich beschlossen, unsere Beziehung so zu führen, wie sie es die ganze Zeit schon wollte: nämlich gar nicht. Ich rufe sie nicht mehr an, ich schreibe ihr nicht, ich belästige sie nicht mit Besuchen oder ähnlichem."

„Wie lange geht das denn schon so?" fragte Andrea voller Mitgefühl.

„So etwa ein Jahr."

Der finstere Ausdruck, der über sein Gesicht zog, verriet ihr, daß sie Salz in seine Wunden gestreut hatte. „Es tut mir leid, ich hätte mich nicht einmischen sollen."

„Ist schon in Ordnung."

Sie hatten das Haus erreicht. Auf der großzügigen Veranda stand einladend eine alte Hollywoodschaukel. Als sie das Haus betraten, schaute Andrea sich anerkennend um. Das gesamte Erdgeschoß war ein einziger großer Raum mit einem offenen Wohn- und Eßbereich und einer rustikalen Küche. Man sah zwar deutlich, daß hier ein Mann lebte – es gab keine Schnörkel, keinen Schnickschnack –, aber alles war sehr geschmackvoll eingerichtet. Ein bequemes Ledersofa, dazu passende Möbel aus hellem Holz.

Andrea sah wieder das Bild vor sich, wie Patrick hier auf diesem Sofa lag und Zeichentrickfilme anschaute. Sie lächelte. Die großen Fenster boten einen atemberaubenden Ausblick über das Tal und die Hügelkette dahinter. Die ganze hintere Wohnzimmerwand wurde von einem gigantischen Regal eingenommen, das vor Büchern förmlich überquoll. In einer Ecke stand ein gedrungener Eisenofen mit einer getönten Glasscheibe, und Andrea stellte sich vor, wie gemütlich es sein mußte, wenn man sich an einem kalten Winterabend vor diesen Ofen setzte und den Flammen zuschaute.

Plötzlich fühlte sie einen Arm um ihre Taille, und Patrick fragte sie leise ins Ohr: „Geht's dir gut, Schatz?"

Sie spürte einen wohligen Schauer. *Jetzt fall' nicht gleich in Ohnmacht, weil er dich Schatz genannt hat. Sowas sagen diese Jungs vom Land doch dauernd*, ermahnte sie sich. Aber es schien ihr, als bedeutete es mehr. Er hatte das Wort so ausgesprochen, als ob es wichtig wäre. Sacht lehnte sie sich an ihn. „Doch, mir geht's gut. Ich habe mir nur gerade ein Feuer im Ofen vorgestellt. Das ist so eine Angewohnheit von mir – wenn ich mir etwas bildlich vorstelle oder eine Idee für ein Lied habe, muß ich immer die Augen zumachen, dann ist es intensiver."

Er grinste sie an und trat einen Schritt zurück. „Hoffentlich machst du das nicht beim Autofahren!"

Sie schnippte mit den Fingern. „Ach, deshalb hupen die Leute hinter mir immer!"

„Siehst du!" Er ergriff ihre Oberarme, drehte sie sanft herum und lenkte sie zur Tür hinaus. „Den Rest vom Haus zeige ich dir später. Die Sonne wartet nicht auf uns."

Langsam fuhren sie den Weg hinunter und steuerten auf

die Rinderweiden zu. Andrea gab zu, daß sie sehr wenig Ahnung von Vieh hatte. „Ich weiß nur, daß du Fleischrinder züchtest und daß die Schwarzen Angus und die Roten mit den weißen Köpfen Herefords sind. Das war's aber auch schon."

Er schüttelte lächelnd den Kopf. „Wie kann man nur aus Texas kommen, Countrymusik machen und keine Ahnung vom Landleben haben?"

„Weil ... weil ich in der Stadt aufgewachsen bin und mein Vater in der Ölindustrie tätig war, wie du weißt! Frag mich etwas über Bohrtürme oder Ölpreise, und ich quatsche dir eine Stunde das Ohr voll. Ich kann dir auch was über Gemüsegärten und etwa 30 verschiedene Rosensorten erzählen, aber mit der freien Natur kenne ich mich nicht aus. Als Kind habe ich mich dafür einfach nicht interessiert."

„Hattest du nicht eine Freundin namens Becky, die auf einer Ranch lebte?"

„Ja, aber mit der habe ich mich nur über Jungs unterhalten!"

Er lachte leise. „Das überrascht mich nicht. Du hattest ja eine ganz schöne Auswahl."

„Das hört sich ja an, als ob ich die Freunde wie Unterhemden gewechselt hätte!" protestierte sie.

„Hast du das nicht getan? Die Hälfte aller Jungs an der Schule hatte doch mehr als nur ein Auge auf dich geworfen. Ein Wunder, daß deine Lippen nicht wund waren vom vielen Küssen." Aus seinen Augen blitzte der Übermut, und sie boxte ihm lachend gegen die Schulter.

„Paß bloß auf, Jamison! Ich kann Mikado!" Dann fiel ihr Blick auf einen riesigen Kaktus am Weg. „Oh, schau nur, er blüht!"

Patrick nickte. „Die Kühe fressen die Dinger für ihr Leben gern."

Sie runzelte die Stirn und schaute ihn ungläubig an. „Was? Die haben doch riesige Stacheln!"

„Gut beobachtet für eine Stadtpflanze! Sie fressen ja auch nur die Früchte, wenn sie reif sind und runterfallen. Wir haben allerdings auch schon in sehr trockenen Jahren die Stacheln mit einem kleinen Flammenwerfer abgebrannt, so daß das Vieh die ganze Pflanze fressen konnte. Für sie ist das ein ganz besonderer Leckerbissen. Die Frau von Jack, unserem Cowboy, paniert die Dinger sogar und brät sie in der Pfanne. Sie behauptet, daß sie toll schmecken, aber ich habe es noch nicht probiert. Und Tante Della macht eine Marmelade aus den Früchten, die wirklich lecker ist. Ein paar Rancher hier in der Gegend experimentieren ein bißchen herum und versuchen, eine stachellose Art zu züchten, die sie dann als Viehfutter verwenden wollen. Die glauben, daß in der Kakteenzucht noch eine große Zukunft liegt. Ich bin mir da aber nicht so sicher."

Andrea erfuhr auf dieser Spazierfahrt noch viele andere interessante Dinge über das Ranchleben.

„Das hier ist Winterweizen", erklärte Patrick. „Er wird im Herbst eingesät, und dann lassen wir die Kühe ihn im Winter abweiden. Er hat mehr Nährstoffe als Gras."

„Und was soll hier mal wachsen?" fragte Andrea interessiert und zeigte auf ein frisch gepflügtes Feld.

„Sudan, das ist eine Art Zwischending von Zuckerrohr und Gras. Das dient ebenfalls als Viehfutter. Wenn man die Rinder zu früh dranläßt, bekommen sie Koliken, aber wenn es etwa so hoch ist" – er hielt die Hand in Schulterhöhe –, „können sie es gefahrlos fressen. Einen Teil davon wollen wir auch zu Heu machen ... das heißt, wenn die Viecher nicht wieder wie letztes Jahr den Zaun niedertrampeln und sich selbst bedienen. Komm, laß uns zum Wasserloch fahren! Dort bekommen wir bestimmt jede Menge Rinder zu Gesicht."

Er öffnete ein Tor, und sie fuhren über die Weide, zwischen Unmengen von Kakteen hindurch. Nach ein paar Minuten erreichten sie ein großes Wasserloch, das zu ebenmäßig geformt war, als daß es ein natürlicher Teich hätte sein können.

Zwei weißgesichtige Herefordrinder standen mit den Vorderbeinen im Wasser und hoben neugierig die Köpfe, als sie das Auto erblickten. Eine Herefordkuh kam mit ihrem Kalb gemächlich auf den Wagen zugetrottet.

„Mal sehen, ob ich noch ein paar anlocken kann", sagte Patrick und drückte mehrmals auf die Hupe. Andrea fuhr erschrocken zusammen. Eine Weile passierte gar nichts, doch dann kamen langsam aus allen Richtungen Rinder angelaufen, und einige von ihnen rannten sogar im holprigen Galopp auf das Auto zu, ein unmelodisches Willkommen brüllend. Besonders die jüngeren Rinder führten sich auf wie übermütige Kinder. Sie jagten einander über die Weide, rannten sich gegenseitig über den Haufen und machten ungelenke Bocksprünge.

„Mögen diese Viecher dich so gern, daß du bloß zu hupen brauchst, und schon kommen sie alle angelaufen?" fragte Andrea ehrfürchtig.

Patrick seufzte dramatisch. „Leider bin nicht ich es, den sie so mögen. Sie denken, daß ich ihnen was zu futtern bringe. Liebe geht eben durch den Magen."

„Aber du hast doch gar nichts zu fressen dabei."

„Nein, heute nicht. Sie bekommen alle paar Tage Kraftfutter, aber im Moment gibt es so viel Gras, daß sie eigentlich nichts brauchen."

„Dann hast du sie also reingelegt. Wie gemein!"

„Irgendwie schon, aber es ist eine gute Methode, um die Herde zu kontrollieren. Und das muß man jeden Tag tun, auch wenn sie nicht gefüttert werden."

„Macht ihr nicht mehr so etwas wie einen Weideabtrieb?"

„Doch, natürlich. Jeden Herbst und jedes Frühjahr werden sie einmal zusammengetrieben. Manche Rancher nehmen dazu inzwischen Helikopter, aber wir machen es auf die altmodische Art – mit Pferden. Dann werden die Kälber gebrannt, Wurmkuren und Impfungen werden durchgeführt und so weiter. Trotzdem muß man das ganze Jahr über ein Auge auf sie haben, sie möglichst oft durchzählen und so. Die Rancharbeiter schauen auch immer nach ihnen, wenn sie in der Gegend zu tun haben."

Er zog ein kleines Ringbuch aus der Hemdtasche. „Das ist immer noch die beste Methode, um den Überblick zu behalten: Einfach die Nummer und Rasse jedes einzelnen Tieres aufschreiben und dann so oft wie möglich nachzählen. Das machen die Rancher schon seit 100 Jahren so, und bisher hat noch keiner eine bessere Idee gehabt. Auf dieser Weide hier sollten 35 Stück sein. Die sind jetzt aber nicht alle hier. Ein paar werden im Schatten ein Mittagsschläfchen halten oder so. Das schreibe ich mir auf, und wenn dieselben Tiere das nächste Mal auch fehlen, muß ich die ganze Weide abreiten und nach ihnen suchen. Es kommt aber relativ selten vor, daß eines verlorengeht. Normalerweise geht es bei dem ganzen Kontrollieren vor allem darum, zu beobachten, wie die Kälber sich entwickeln, ob die Tiere alle in einem guten Futterzustand sind, ob eins krank ist oder ob sie mal wieder einen Zaun umgenietet haben und Nachbars Weiden abgrasen. Dann tue ich sogar ein gutes Werk, wenn ich sie mit Hupen wieder anlocke. Ach, sieh mal, das kleine braune Kalb da. Das ist höchstens einen Tag alt."

„Welches denn?" Andrea setzte sich auf und schaute aus dem Fenster. Sie sah drei verschieden braun getönte Kälber.

„Das, was so ulkige Bocksprünge macht. Es ist noch nicht so ganz sicher auf den Beinen, siehst du?" Er schob sich den Hut aus dem Gesicht. „Rutsch mal hier rüber."

Als Andrea sich näher an ihn heranschob, legte er den Arm um sie und zog sie an sich. „Irgendwie habe ich bisher gar nicht gemerkt, daß Rinderzählen so viel Spaß machen kann!" murmelte er.

„Ich auch nicht. Vielleicht hätte ich mich öfter mit Cowboys verabreden sollen." Sie strahlte ihn übermütig an.

Plötzlich erscholl direkt unterhalb des Fahrerfensters ein lautes, ziemlich jämmerliches Blöken. Andrea stützte sich mit einer Hand am Lenkrad und mit der anderen an Patricks breiter Brust ab und schaute hinaus, um die Ursache für das seltsame Geräusch zu erkunden. Es war ein unglücklich aussehendes braunes Kalb, das die Nummer Vier trug. „Oh, das arme Kleine!“ rief Andrea mitleidig. „Was hat es denn?“

„Wahrscheinlich Hunger. Seine Mama hat es vermutlich mit einem Babysitter alleingelassen und ist mit ihren Freundinnen zum Essen ausgegangen.“

„Einem Babysitter?“ Andrea schaute Patrick ungläubig an.

„Ja, ob du's glaubst oder nicht, die wechseln sich mit dem Kälberhüten ab. Man sieht recht oft, daß vier oder fünf Kälber um eine einzelne Kuh herumspringen, während die anderen grasen oder trinken gehen. Anscheinend haben sie da eine Art wortlose Absprache oder sowas. Ah, da kommt ja seine Mutter.“ Patrick zeigte auf eine Kuh, die durch die Kakteen auf sie zugetrottet kam.

„Woher weißt du denn, daß das seine Mutter ist? Die sehen doch alle gleich aus!“ rief Andrea in gespielter Verzweiflung.

„Ach, wenn du sie öfters siehst, fallen dir auch mehr Unterschiede auf. Jedes Tier hat seine Besonderheiten. Siehst du den kleinen dunklen Fleck da auf ihrer Schulter?“ Als Andrea nickte, fuhr er fort: „Ich war am Montag morgen hier, als das Kalb gerade zur Welt gekommen war. Es hat eine ziemlich auffallende weiße Blesse am Kopf, siehst du?“

Sie beobachteten die glückliche Wiedervereinigung von besorgter Mutter und hungrigem Kalb. Andrea lehnte sich auf dem Sitz zurück. Patrick zog den Arm weg und legte ihn über die Rückenlehne. Andrea verspürte ein gewisses Bedauern darüber, lenkte sich aber schnell ab, indem sie auf ein Kalb deutete, das dem anderen verblüffend ähnlich sah, und sagte: „Das dort sieht fast genauso aus wie unser ‚Verlorener Sohn‘, aber es ist ein bißchen dunkler, und ich glaube, es ist auch größer, richtig?“

„Du lernst schnell! Das dort ist vor zwei Wochen zur Welt gekommen. Seine Mutter ist die Große da drüben mit dem verdrehten Horn.“ Er zeigte auf eine Kuh, die links von ihnen stand. „Die ist älter als ich.“

„Was? Du willst mich wohl verschaukeln!“

„Nein, ehrlich, Onkel Ray behauptet, daß sie 30 Jahre alt ist. Sie hat ihr erstes Kalb in dem Jahr bekommen, in dem ich geboren wurde, und seitdem jedes Jahr eins gehabt. Sie hat sich ihren Ruhestand wirklich redlich verdient!“ Ein lautes Geräusch, ähnlich einem heiseren Bellen, ließ Andrea herumfahren. Patrick legte ihr den Arm sofort wieder schützend um die Schultern und erklärte: „Aha, da kommt der Pascha!“

Andrea staunte, als ein riesenhafter rotbrauner Fleischberg von einem Bullen in Sicht kam. „Wow! Der sieht ja toll aus!“

„Ja, er ist ein hübscher Kerl. Und ganz schön was dran, nicht wahr? Onkel Ray hat früher nur reinrassige Herefords gezüchtet, aber vor ein paar Jahren hat er ein paar sogenannte ‚Beefmasters‘ dazugekauft. So heißen diese Rotbraunen wie er. Wie der Name schon sagt, haben sie viel Fleisch, und sie haben die Herde wirklich verbessert, deshalb kreuzt er jetzt immer Beefmaster-Bullen mit Hereford-Kühen. Wenn eine Färse, also eine junge Kuh, das erste Mal gedeckt wird, lassen wir allerdings einen Longhorn-Bullen ran. Das Kalb wird dann nicht so groß, und die Kuh hat es bei der ersten Geburt leichter.“

„Oh, habt ihr noch Longhorns? Ich dachte, die gibt es gar nicht mehr! Sind hier auf dieser Weide auch welche?“

„Nein, die müssen wir getrennt von den anderen halten, weil sie so aggressiv sind. Deshalb werden sie ja auch nicht mehr gezüchtet. Sie sind wirklich gefährlich. Manchen haben wir sogar die Hörner abnehmen müssen, weil sie die anderen sonst regelrecht aufgeschlitzt hätten. Wenn sie keine Hörner mehr haben, verlieren sie ihren Stolz, und das tut mir in der Seele weh. Aber was soll ich machen? Komm, wir schauen mal, ob wir ein paar finden.“

Er nahm den Arm von ihrer Schulter und ergriff das Lenkrad. „Du darfst ruhig da sitzenbleiben, wo du bist", sagte er mit einem warmen, schelmischen Lächeln.

Andrea lachte glücklich, während sie losfuhren. Sie fühlte sich so frei und leicht wie schon seit Jahren nicht mehr.

Hier so ganz nahe bei ihm zu sitzen, das war wie nach Hause kommen, und in diesem Moment hatte sie das Gefühl, daß sie nie mehr von ihm weg wollte.

Kapitel Sechs

Andrea und Patrick saßen am grasbewachsenen Ufer eines der drei Bäche, die sich durch Patricks Land hindurchschlängelten. Sie blinzelten ins Sonnenlicht und genossen die friedliche Stille um sich herum. Ein Falke segelte lautlos in weiten Kreisen über sie hinweg; ein Falter flatterte dicht vor Andreas Nase herum, und vom anderen Ufer hörte man das Klopfen eines Spechtes, auf der Suche nach einem kleinen Imbiß in der Rinde eines Baumes.

Ihre Bemühungen, ein paar von den Longhornrindern zu finden, war ein voller Erfolg gewesen. Besonders die jeweils fast einen Meter langen Hörner hatten Andrea beeindruckt, die der legendären Rinderrasse ihren Namen gegeben hatten. Der Gedanke, daß Patrick jeden Tag mit diesen gefährlichen Tieren zu tun hatte, machte ihr allerdings Angst.

Sie waren auch am Gemüsegarten der Jamisons vorbeigefahren. Es war der größte Garten, den Andrea je gesehen hatte, und er brachte so viel Ertrag, daß nicht nur für die

Familie Jamison, sondern für alle Angestellten reichlich Gemüse vorhanden war.

Andrea lehnte sich auf ihre Ellenbogen zurück, schaute in den Himmel und beobachtete den Flug des Falken. „Ich habe mal gehört, daß man einen Rancher niemals fragen darf, wie groß seine Ranch ist oder wie viel Stück Vieh er hat, weil das für ihn genauso sei, als hätte man ihn gefragt, wieviel Geld er im Jahr macht."

„Genau!" Patrick schaute sie an und grinste. „Aber du willst es trotzdem wissen, stimmt`s?"

„Also, mich interessiert es wirklich nicht, wieviel Geld du verdienst, aber ich wüßte gern, wie groß die Ranch ist. Mir kommt es vor, als wären wir heute mindestens 30 oder 40 Kilometer herumgefahren."

Er lachte. „Du mußt bedenken, daß wir des öfteren gewendet haben und Strecken auch wieder zurückgefahren sind! Wir haben ungefähr 10 000 Hektar Land, das wären also aneinandergereiht etwa 10 Quadratkilometer."

Sie pfiff leise durch die Zähne. „Nicht schlecht!"

„Es gibt größere Ranches in der Gegend, aber das hier ist schon okay. Tante Dellas Großvater hat mit einem kleinen Stück Land angefangen, und jede Generation hat etwas dazugekauft." Er schaute zur Sonne hoch und runzelte die Stirn. „Wir sollten so langsam aufbrechen. Es wird bald abkühlen, und wir haben noch einen ganz netten Fußmarsch zum Wagen."

Schweigend gingen sie an dem sandigen Ufer des Baches entlang und lauschten dem melodischen Murmeln des glasklaren Wassers. Am Ufer wuchs kniehoch sattes grünes Gras, und Weiden bildeten einen malerischen Hintergrund. Andrea dachte, daß sie noch nie an einem so friedlichen Ort gewesen war. Die leisen Geräusche der Natur schienen direkt in ihre Seele einzudringen und gaben ihr ein Gefühl inneren Friedens, wie sie es noch nie verspürt hatte.

Sie hatten erst den halben Weg zum Auto zurückgelegt,

als die Müdigkeit sie plötzlich überkam. Sie sagte nichts und versuchte, das Schwächegefühl, das sich einstellte, zu ignorieren. Fast den ganzen Tag über hatte sie nicht daran gedacht, daß sie sich eigentlich gerade von einer schweren Krankheit erholte. Sie hatte sich gesund gefühlt, war völlig entspannt und glücklich wie seit Jahren nicht mehr. Doch nun spürte sie ihre Grenzen wieder sehr genau, und lautlos kämpfte sie gegen die Erschöpfung an.

Als sie die schmale Stelle des Baches erreichten, an der sie vorhin hinübergesprungen waren, beschloß Andrea, zur Vorsicht lieber ihre Schuhe auszuziehen. Sie war sich nicht sicher, ob sie den Sprung diesmal schaffen würde. Als sie die Schuhe ans andere Ufer hinüberwarf, schaute Patrick sie mit einem Stirnrunzeln an.

„Du willst doch wohl nicht hindurchwaten, oder?"

„Eigentlich nicht! Aber ich weiß nicht, ob ich so weit springen kann. Irgendwie sieht der Bach jetzt breiter aus als vorhin."

Patrick hob eine Augenbraue. „Ist er aber nicht." Er legte ihr den Arm um die Taille, um sie zu stützen, und runzelte wieder die Stirn. „Andrea, warum hast du mir denn nicht gesagt, daß du nicht mehr kannst? Du zitterst ja!"

Bevor sie reagieren konnte, hatte er sie schon hochgehoben.

„Patrick! Du mußt mich nicht tragen. Ich brauche bloß eine kleine Pause, dann geht's schon wieder."

„Schweige, Weib!" sagte er gespielt streng. „Genieß es einfach. Widerstand ist zwecklos. Ich lasse mich sowieso nicht davon abbringen."

Andrea lachte und legte ihm die Arme um den Hals. „Na ja, wenn du dich unbedingt wie ein Macho aufführen willst, bitte. Du machst deine Sache nicht schlecht."

Er blinzelte ihr zu. „Dann merk dir das gut!" Er überquerte den Bach mit einem einzigen langen Schritt und setzte sie dann vorsichtig ab, damit sie ihre Schuhe aufheben konnte.

Kaum hatte sie sie in der Hand, nahm er sie wieder auf die Arme und trug sie den Rest des Weges bis zum Auto.

Andrea fand es ausgesprochen schade, daß sie so rasch den Wagen erreicht hatten und er sie dann wieder sanft auf den Boden stellte. „Vielen Dank! Ich gebe es nicht gerne zu, aber ich bin wirklich total am Ende."

„Du hättest etwas sagen sollen!" Er öffnete die Beifahrertür, faßte sie um die Taille und hob sie ins Auto.

„Ich weiß, aber ich finde es einfach schrecklich, vor mir selber zuzugeben, daß ich alles andere als auf der Höhe bin."

„Mir scheint, du bist genauso stur, wie du hübsch bist", sagte er eher beiläufig.

Was sollte sie darauf bloß antworten? Sie beschloß, es nicht einmal zu versuchen. Statt dessen ließ sie ihren Kopf an die Nackenstütze sinken und befahl scherzend: „Nach Hause, James!"

Patrick berührte in bester Chauffeur-Manier seine Hutkrempe mit den Fingerspitzen und sagte gehorsam: „Jawohl, Madam!"

⋆

Als sie wieder in seinem Haus waren, fragte Patrick besorgt: „Möchtest du dich hier auf dem Sofa ausruhen, oder soll ich dich nach Hause bringen?"

Andrea schlief praktisch schon im Stehen ein, aber sie wollte auf keinen Fall hier fort. „Vielleicht komme ich ja wieder in die Gänge, wenn ich mich ein bißchen hingelegt habe", mutmaßte sie. Mit Mühe gelang es ihr, ihre schmutzigen Schuhe auszuziehen, bevor sie geradewegs auf das Sofa zusteuerte. Patrick verschwand für einen Augenblick und kam gleich darauf mit einer Wolldecke, einem Kissen und einem Glas Wasser zurück.

Nachdem sie einen großen Schluck getrunken hatte, streckte sie sich auf dem Sofa aus. Patrick war sofort an ihrer

Seite, deckte sie sorgfältig zu und stopfte die Decke um sie herum fest.

„Du würdest einen tollen Vater abgeben", murmelte Andrea.

Einen Moment lang sah er fast verzweifelt aus. „Ich hoffe, das werde ich eines Tages auch sein", sagte er leise und strich ihr eine Haarsträhne aus dem Gesicht. „Schlaf gut, Nachtigall."

Die nächsten zwei Stunden verbrachte Patrick in seinem Lieblingssessel und beobachtete die schlafende Andrea. Er nahm ihre Gesichtszüge in sich auf und prägte sie sich ein. Den Nachmittag mit ihr zu verbringen, war in mancher Hinsicht ein Fehler gewesen, das wurde ihm jetzt klar. Mit jeder Stunde, mit jedem Lächeln waren seine Gefühle für sie stärker geworden. In den kurzen Momenten, in denen sie ihm ihre Traurigkeit und Schwäche offenbart hatte, hatten die Zärtlichkeit und der Wunsch, sie zu beschützen, ihn beinahe überwältigt.

Je mehr Zeit er mit ihr verbrachte, um so härter würde es für ihn sein, wenn sie eines Tages wieder fortging. Und trotzdem würde er jede Sekunde bis dahin genießen und die kostbaren Momente für den Rest seines Lebens tief in seinem Gedächtnis bewahren.

„Ich will etwas haben, das nicht für mich bestimmt ist, Herr", flüsterte er. „Hilf mir, damit richtig umzugehen."

Draußen wurde es dunkel, und er merkte, daß es im Haus kühl wurde. Er stand auf, knipste eine Lampe an und entfachte ein Feuer im Ofen. Kurze Zeit später begann Andrea sich zu regen, und Patrick ging in die Küche, um etwas zu essen zu machen.

Als er mit einer kleinen Suppenterrine und ein paar Broten wieder ins Wohnzimmer kam, setzte sie sich verschlafen auf und strich sich zerstreut durch die Haare. Sie sah immer noch erschöpft aus, als sie ihn aus ihren großen braunen Augen anblinzelte. Er mußte an sich halten, um sie nicht in seine Arme zu nehmen. „Hallo, Schlafmütze. Willst du etwas essen?“ fragte er mühsam beherrscht.

„Puh!“ Sie gähnte und streckte sich. „Ich glaube schon. Was gibt’s denn?“

Er lachte leise. „Aha, auch noch Ansprüche haben! Käsebrote und eine Gemüsesuppe. Aus der Dose. Da kann ich nicht viel falsch machen.“

„Klingt gut!“ Sie schaute aus dem Fenster und stellte fest, daß es draußen stockdunkel war. „Oh! Wie lange habe ich denn geschlafen?“

„Ein paar Stunden.“ Er setzte sich neben sie aufs Sofa.

„Na, das ist ja wieder typisch für mich. Ich bin eben die reinste Stimmungskanone“, sagte sie mit bedauernder Miene.

„Ach, mir war’s ganz recht. Ich hab’ ein bißchen ausgeruht und ein paar Sachen erledigt.“ Er hoffte, daß sie ihn jetzt nicht fragte, was für „Sachen“ er erledigt hätte. Er war sich nämlich alles andere als sicher, ob sie es als „Sache“ bezeichnen würde, wenn er verraten müßte, daß er sie angestarrt und über sie mit Gott gesprochen hatte.

„Komm, ich bete fürs Essen“, sagte er und reichte ihr die Hand. Sie senkten die Köpfe, und er dankte Gott für den Tag, den sie zusammen verbringen konnten, und für das Essen, das auf dem Tisch stand. Danach nahm er sich ein Brot und betrieb ein wenig leichte Konversation.

„Hast du gestern die Charts der Countrymusik auf dem Musikkanal im Fernsehen gesehen?“ fragte er sie. Sie schüttelte den Kopf. „Ich hab’s aufgenommen. Willst du sehen, wie deine Songs stehen und was die Konkurrenz macht?“

„Oh ja, gerne!“ Sie aß ihre Suppe, während er den Videorecorder anstellte.

Der erste Bericht handelte von den Dreharbeiten an einem neuen Musikvideo eines der bekanntesten Countrysänger. Dann folgte ein Interview mit einer Sängerin, die eine Nebenrolle in einem Film spielte. Weiter ging es mit einem Nachwuchsstar, dessen Album die Millionengrenze überschritten hatte, und damit, daß die Plattenfirma den jungen Künstler mit einer nagelneuen Harley Davidson überraschte.

„Beim letzten Mal haben sie jemandem ein Segelboot geschenkt. Ist das im Plattengeschäft so üblich?" fragte Patrick ungläubig während einer Werbeunterbrechung.

„Tja, zwischen den Plattenfirmen herrscht ein harter Konkurrenzkampf, und deshalb versuchen sie, ihre Pferdchen bei Laune zu halten. Als mein zweites Album Platin bekam, haben sie eine Riesenparty für mich geschmissen und meinen Tourbus mit exklusiven Möbeln ausgestattet, einschließlich vergoldeter Armaturen im Bad!" Sie mußte lachen, als Patrick sich an einem Löffel Suppe verschluckte, und klopfte ihm fürsorglich auf den Rücken. „Na ja, ich halte nicht viel von Motorrädern oder Rennbooten, und irgendwas mußten sie sich schließlich einfallen lassen."

Die Sendung ging weiter, und ein Foto von Andrea erschien auf dem Bildschirm, auf dem sie einfach umwerfend aussah. Patrick hielt die Luft an. Es war wirklich ein ausgezeichnetes Bild – schlicht und doch sehr elegant. Andreas dunkles Haar war in der Mitte gescheitelt und umrahmte weich ihr Gesicht, und der schwarze Pullover mit dem weiten Ausschnitt ließ ihren schlanken Hals gut zur Geltung kommen. Ein schwaches Lächeln umspielte ihre Mundwinkel und brachte die kleinen Grübchen in ihren Wangen zum Vorschein, doch ihre dunklen Augen schauten ernst und geheimnisvoll.

„Die beliebte Sängerin Andrea Carson erholt sich zur Zeit an einem unbekannten Aufenthaltsort von einer Lungenentzündung", sagte die hübsche Moderatorin gerade. „Ihr Manager Kyle Wilson teilte uns mit, daß der Strom von Genesungswünschen und Blumensträußen nicht abreißt, seit Andrea vor einigen Wochen während eines Konzerts in Tucson, Arizona, zusammengebrochen war."

Das Bild wechselte, und man sah einen Raum voller Postsäcke, Blumen und Geschenke. Ein Reporter hielt einem Mann, der aussah wie einer dieser Herzensbrecher aus schlechten Vorabendserien, ein Mikrophon unter die Nase. Das mußte der Manager, Kyle Wilson, sein. Patrick wußte, daß es albern war, aber der Kerl war ihm sofort unsympathisch, und das nicht nur, weil er Andrea so hart rannahm.

„Die Sympathiebezeugungen von Andreas Fans sind wirklich überwältigend", sagte Kyle. „Ich habe heute morgen mit ihr gesprochen, und sie sagt, daß sie sich schon viel besser fühlt. Wir haben ihr bereits einen Teil der Briefe und Päckchen zugeschickt, und ich bin sicher, daß das ihre Lebensgeister beleben und ihre Genesung beschleunigen wird!"

„Haben Sie eine Ahnung, wann sie wieder auftreten wird?" fragte der Reporter.

„Sobald der Arzt ihr grünes Licht gibt. Wir hoffen, daß das in wenigen Wochen der Fall sein wird, aber natürlich darf sie sich nicht anstrengen, solange sie nicht vollkommen wiederhergestellt ist. Sobald sie wieder auf dem Damm ist, werden wir die Konzerte nachholen, die wegen ihrer Krankheit abgesagt werden mußten. Schließlich will Andrea ihre treuen Fans nicht enttäuschen. Aus diesem Grund wollte sie ja auch das Konzert in Tucson nicht ausfallen lassen, obwohl sie an diesem Tag bereits sehr krank war. Sie liebt ihre Fans eben genauso, wie sie sie lieben!"

Jetzt wechselte die Einstellung wieder zurück zur Moderatorin der Musiksendung. „Wir wünschen Andrea Carson natürlich ebenfalls gute Besserung! Sie ist eine sehr engagierte junge Künstlerin, die für ihr Publikum alles gibt, und sie hat ganz bestimmt noch eine große Zukunft vor sich. Wir freuen uns schon auf Ihre Rückkehr ins Showbusiness, Andrea!"

Patrick schaltete den Fernseher ab und schaute Andrea nachdenklich an. Er hatte nicht gewußt, daß sie während eines Konzertes zusammengebrochen war. Sie hätte in ein

Krankenhausbett gehört statt auf die Bühne! Selbst Patricks Mutter, die wirklich karrierebesessen war, hätte für ihren Job nicht ihre Gesundheit ruiniert.

Auch die unglaubliche Menge von Grußkarten und Blumensträußen hatte Patrick irritiert, besonders, da ihm vollkommen bewußt war, daß sie nur von einem sehr kleinen Prozentsatz ihrer Fans stammten. Er hatte natürlich gewußt, daß sich ihre Platten millionenfach verkauften, aber er hatte sich diese Zahlen nie in Leuten, sondern nur in CD-Stapeln vorgestellt. Jetzt wurde ihm auf einmal klar, wieviele Menschen wirklich von Andreas Musik begeistert waren.

Die Worte der Moderatorin klangen in seinen Ohren nach. *„Gibt alles für ihr Publikum ... hat noch eine große Zukunft vor sich ...“* All das war wahrhaftig nicht neu für ihn. Warum hatte er jetzt trotzdem das Gefühl, in einen dunklen Schacht ohne Boden zu stürzen?

Während er mit dem Wechselbad seiner Gefühle zu kämpfen hatte, hatte er nicht auf Andreas Reaktion auf die Sendung geachtet. Jetzt stand sie langsam auf und ging zum Fenster hinüber. Er knipste die Lampe aus und gesellte sich zu ihr. Das Mondlicht übergoß das Tal mit einem silbernen Schimmer, und Tausende von Sternen funkelten am dunklen Himmel. Irgendwo schrie eine Eule, und draußen in der Ferne heulten ein paar Koyoten.

Patrick warf Andrea einen Blick zu. Sie stand sehr gerade da, die Arme wie ein Schutzschild vor der Brust gekreuzt. Er stopfte seine Hände in die Taschen seiner Jeans, damit sie ihm keinen Streich spielten. „Du hast mir gar nicht erzählt, daß du auf der Bühne zusammengebrochen bist“, sagte er leise.

„Nicht? Ich hab' wohl nicht daran gedacht“, sagte sie abwehrend und blickte starr geradeaus.

„Warum hast du denn überhaupt versucht, das Konzert durchzuziehen?“

„Ich bin ein paar Tage davor beim Arzt gewesen, und er hat mir Antibiotika und Hustensaft verschrieben und gesagt, ich solle mich schonen. Wir hatten zwei Tage Konzertpause, und ich habe brav meine Medizin geschluckt und praktisch rund um die Uhr geschlafen. Kurz vor dem Konzert fühlte ich mich schrecklich, aber da war es schon zu spät, um es abzublasen. Diese Leute hatten gutes Geld hingelegt, um mich singen zu hören, und ich fand, es war meine Pflicht aufzutreten. Manche von ihnen waren Hunderte von Kilometern gefahren, um das Konzert zu hören ... na ja, als ich dann auf der Bühne stand, war mir klar, daß das Ganze ein großer Fehler gewesen war. Ich war so schwach, daß ich nicht gerade stehen konnte, und ich mußte mich tatsächlich auf einen Hocker setzen. Es fühlte sich an, als ob ein Riese auf meiner Brust Polka tanzen würde. Ich teilte also dem Publikum mit, daß ich mich nicht besonders gut fühlte, aber daß ich wenigstens ein paar Lieder singen wollte, damit sie nicht ganz umsonst gekommen wären. Aber ich habe nicht mal den ersten Song zu Ende gebracht, bevor ich in Ohnmacht fiel."

„Also hat dieser Kyle dich nicht gezwungen, das Konzert zu geben?"

„Nein. Er hat gesagt, ich soll tun, was ich für richtig halte. Er war zu dem Zeitpunkt in Los Angeles und konnte nicht beurteilen, wie schlecht es mir ging. Dummerweise war ich so daneben, daß ich anscheinend nicht mehr wußte, was ich für richtig halten sollte ... jedenfalls hat er den ersten Flug von Los Angeles genommen, als er hörte, daß ich im Krankenhaus lag. Ich war 24 Stunden lang bewußtlos, und als ich aufwachte, war er da. Ich bin noch nie im Krankenhaus gewesen, und ich weiß nicht, was ich ohne ihn angefangen hätte."

Patricks Meinung über den Manager änderte sich, als er das hörte, doch gleichzeitig wuchs auch die Eifersucht in ihm enorm an.

„Ich war an ein Sauerstoffgerät und an wer weiß wieviele Monitoren angeschlossen, und dann überall diese Schläuche. Es war wirklich beängstigend."

Er spürte, wie sie bei der Erinnerung an diese Zeit erschauerte. Hier, im Mondlicht, in seinem Haus, vor seinem Kamin schien es nur zu natürlich, daß er einen Schritt näher trat und die Arme um sie legte. Er legte seine rauhe Wange an ihr weiches, duftendes Haar und schloß die Augen.

Sie verspannte sich fast unmerklich, doch dann lehnte sie sich sacht an ihn und umfaßte seine Hände mit den ihren. „Kyle konnte meine Familie nicht erreichen, weil die gerade auf dieser Tour durch Australien waren. Als er es endlich geschafft hatte, mit ihnen in Kontakt zu kommen, war ich schon wieder einigermaßen auf dem Damm, deswegen habe ich ihnen gesagt, sie sollen die Reise nicht abbrechen. Dana ist dann gekommen und hat mir Gesellschaft geleistet. Als sie da war, ist Kyle zurück nach Los Angeles geflogen."

„Ich bin froh, daß Dana dort war", sagte Patrick. „Wenn ich das alles bloß gewußt hätte ... ich hätte dir wenigstens Blumen geschickt oder einen riesigen Strauß Luftballons."

„Das wäre toll gewesen. Aber ich hätte sowieso nicht gewußt, wohin damit. Zuerst durfte ich gar keine Blumen im Zimmer haben, und später kamen dann so viele Sträuße, daß Dana das ganze Krankenhaus damit versorgen konnte."

„Vielen Leuten liegt was an dir", stellte Patrick fest.

„Ich weiß, und ich weiß es auch wirklich zu schätzen. Irgendwie glaube ich sogar, daß ich diese Leute liebe, obwohl ich sie gar nicht kenne."

„Aber?"

Sie holte tief Luft. „Ich weiß nicht, ob ich das richtig erklären kann."

„Laß dir Zeit. Ich habe heute nichts anderes vor."

Sie zögerte, und ihre Finger schlossen sich fester um seine Hände. „Es gibt sehr viele Leute, die meine Musik mögen, und es gibt auch viele, die mich als Person mögen, aber trotzdem bin ich allein. Das bin ich schon lange. Ich gehe raus auf die Bühne, und die Leute toben vor Begeisterung, und das freut mich natürlich. Ihnen gefällt die Show, die ich ihnen biete, aber innendrin fühle ich mich so kalt, so leer. Wenn ich mit Freunden oder meiner Familie zusammen bin, ist es nicht so schlimm, aber selbst dann fehlt mir noch etwas." Sie drehte sich in seinen Armen zu ihm herum und legte ihre Hände gegen seine Brust. „Ich möchte nicht mehr allein sein. Ich glaube, ich kann das einfach nicht mehr ertragen."

Mit wild klopfendem Herzen schaute Patrick in ihre dunklen Augen und litt mit ihr, als er die Verzweiflung in ihnen sah. Worte der Liebe erhoben sich in seinem Herzen, Versprechungen, die über seine Lippen zu kommen er kaum verhindern konnte. Aber nichts in der Welt hätte ihn davon abhalten können, den Kopf zu ihr herunter zu senken und zu versuchen, ihren Schmerz mit aller Zärtlichkeit, die er aufbringen konnte, wegzuküssen. Und das war viel.

Voller Freude merkte er, wie sie seinen Kuß erwiderte und seine Zärtlichkeit akzeptierte. Doch dann gewann ihre Umarmung eine neue Dringlichkeit, und Patrick merkte, daß sie mehr wollte als seinen Trost. Er spürte ihre Verzweiflung, und nur widerwillig löste er seine Lippen von ihren und nahm sie wieder fest in die Arme. Sie empfand etwas für ihn, das hatte er deutlich gemerkt. Aber sie liebte ihn nicht – jedenfalls nicht auf die Art, die ein Leben lang hielt; und das und nicht weniger war es, was er wollte.

Und das war vermutlich auch gut so. Denn Patrick wußte, er war einfach nicht der Mann, den sie brauchte, und er würde es auch niemals sein. Er mußte hier draußen auf seiner Ranch sein, in der freien Natur. Hier gehörte er hin. Er war nicht der Typ, pausenlos herumzureisen, von Stadt zu Stadt und Hotel zu Hotel zu ziehen. Wenn er versuchte, sich ihrem Lebensstil anzupassen, wäre das genauso, wie wenn man ihm einen Strick um den Hals gelegt hätte und die Schlinge jeden Tag ein weniger enger zuzog.

„Ich sollte jetzt wohl besser gehen", sagte sie und stupste ihn leicht an. Er ließ sie los und sah, daß sie ein wenig gerötete Wangen hatte. „Es tut mir leid, ich hätte dich nicht so überfallen sollen. Ich weiß, was du jetzt von mir denken mußt", murmelte sie.

Du hast ja keine Ahnung, dachte er. „Was meinst du denn, was ich denke?" fragte er, während sie zur Tür gingen, und er blinzelte, als sie das Licht anknipste.

„Na, daß ... daß ich vermutlich schon mit ziemlich vielen Männern zusammen war." Sie senkte den Kopf und bückte sich, um ihre Schuhe anzuziehen. „Seien wir doch realistisch! Leute, die im Rampenlicht stehen, sind meistens nicht gerade sehr moralisch", erklärte sie, schlüpfte in den zweiten Schuh und richtete sich auf.

Patrick schnürte mit angehaltenem Atem seine Stiefel zu. Wo würde dieses Gespräch wohl noch hinführen? Er war sich nicht sicher, ob er es wirklich so genau wissen wollte. Schließlich schaute er ihr ins Gesicht und sagte: „Aber nicht alle, oder?"

„Wie man's nimmt. Für die Leute aus meiner Band ist es zum Beispiel ganz selbstverständlich, sich nach einem Konzert einen Sixpack Bier unter den Arm zu klemmen und sich eine Frau für eine Nacht aufzureißen. Das ist auch nicht schwer, denn es gibt einen ganzen Schwarm Groupies, die uns von Konzert zu Konzert hinterherreisen." Sie zwirbelte gedankenverloren eine Haarsträhne zwischen ihren Fingern.

Patrick lehnte sich gegen einen Schrank. „Gibt es auch sowas wie männliche Groupies? Laufen dir die Männer nach?"

„Das haben schon ein paar probiert, aber genützt hat es ihnen nichts." Sie ließ die Haarsträhne los und schaute auf ihre Schuhspitzen hinunter.

Patrick hatte das Gefühl, daß sie bereute, überhaupt davon angefangen zu haben. Sanft hob er ihr Kinn an und sagte: „Andrea, was genau willst du mir eigentlich sagen?"

Sie hielt seinem Blick stand und holte tief Luft. „Daß ich nicht so bin wie die anderen, mal abgesehen davon, wie ich mich eben da drin benommen habe. Daß ich ... daß ich den

Mann, den ich liebe, heiraten möchte, und daß die Hochzeitsnacht für mich eine Premiere sein wird."

Halleluja! Er löste sich vom Schrank und nahm ihr Gesicht in beide Hände.

Andrea stand regungslos da und schaute ihn ungläubig an. Seine Augen leuchteten voller Wärme und Zuneigung, und für einen Moment sah Andrea in ihnen noch etwas anderes aufblitzen, etwas, das so schön und rein war, daß sie nicht einmal wußte, wie sie es nennen sollte. Dann berührten seine Lippen ihre mit einem federleichten Kuß, und die pure Freude erfüllte sie. Sanft streichelte er ihre Wangen, und sie flüsterte: „Was war das?"

„Das war das Dankeschön eines Mannes, dem eine Frau ein kostbares Geschenk gemacht hat." Er grinste sie übermütig an. „Du hast recht, ich bringe dich jetzt besser nach Hause. Ich fange schon an, poetisch zu werden, und das kann nur ins Auge gehen."

Sie lächelte. „Ich weiß nicht. Irgendwie gefällt's mir."

★

Auf der Heimfahrt waren sie in bester Stimmung. Sie hörten Radio, sangen die neuesten Schlager mit und freuten sich einfach, daß der andere da war.

Als sie die drei Stufen zu Danas Haustür emporstiegen, wurde Patrick klar, daß er jetzt wohl irgend etwas Bedeutsames sagen mußte. Er fühlte sich unwohl, und er erinnerte sich plötzlich sehr deutlich daran, daß sie in der Highschool diejenige gewesen war, die ihm etwas über das Leben mit Gott erzählt hatte.

Ein Polizist fuhr vorbei, hupte kurz und winkte ihnen zu. Patrick musterte die helle Lampe über der Eingangstür und stellte fest, daß er sich wohl aufs Reden beschränken mußte. Die Beleuchtung war einfach zu aufdringlich, um auch nur an einen brüderlichen Gutenachtkuß zu denken.

„Ich danke dir für den wunderschönen Tag", sagte Andrea und lächelte zu ihm hinauf. „Deine Ranch ist einfach toll."

„Mir hat es auch sehr gefallen", grinste er. „Vielleicht kannst du ja demnächst mal wieder vorbeikommen?"

„Unbedingt!"

Als sie den Türknauf ergriff, legte er ihr die Hand auf die Schulter. Sie schaute ihn fragend an. „Du bist nicht allein, weißt du", sagte er. „Gott ist immer an deiner Seite."

Sie schüttelte langsam den Kopf. „Das kann ich mir nicht vorstellen. Ich fürchte, die Zeit, die ich von alledem fern gewesen bin, ist bereits zu lange."

„Das macht nichts! Er hat es versprochen: ‚Ich will dich nie verlassen' – egal was passiert."

„Aber was ist, wenn *ich ihn* verlassen habe?" flüsterte sie.

„Die Bibel sagt, daß uns nichts von der Liebe Gottes trennen kann. Weder Tod noch Leben, weder Engel noch Dämonen, die Gegenwart oder die Zukunft, keine Macht der Welt ist in der Lage, uns von Gottes Liebe zu entfernen. Wenn du ihn um Hilfe bittest, wirst du sehen, daß er direkt neben dir steht und die Hand ausstreckt."

Sie sah nicht sehr überzeugt aus.

„Denk darüber nach, ja? Mehr verlange ich ja gar nicht. Gott liebt dich sehr, und er möchte mit dir zusammensein." Er lächelte und strich ihr eine Haarsträhne aus dem Gesicht. „Vor zehn Jahren hast du mir fast dasselbe erzählt, als es mir so schlecht ging. Ich bin ziemlich stur, deshalb hat es ein paar Jahre gedauert, bis ich deinem Rat gefolgt bin. Andere haben Gottes Liebe an mich weitergegeben, aber das Samenkorn hast du gepflanzt, Andrea. Der Glaube und das Vertrauen, die du in Gott hattest, haben mir geholfen, mich nicht ganz von ihm abzuwenden. Habe ich mich eigentlich schon mal dafür bei dir bedankt?"

„Gerade hast du's getan." Sie versuchte zu lächeln, doch um ihre Mundwinkel zuckte es.

„Scheint so." Grinsend schaute er die Straße hinab. Kein

Auto in Sicht, und im Nachbarhaus schien auch niemand da zu sein. Er gab ihr einen schnellen Kuß auf die Wange und öffnete für sie die Tür. „Ich ruf' dich morgen an. Schlaf gut."

„Seit ich krank geworden bin, hat sich mein Gehirn die wildesten Träume ausgedacht", sagte sie kopfschüttelnd. „Nach dem Tag heute wird es wahrscheinlich zur Höchstform auflaufen."

„Daher bekommen Leute wie Steven Spielberg vermutlich ihre besten Ideen. Vielleicht hast du ja den Beruf verfehlt."

Sie lachte und piekste ihm den Finger in den Bauch. „Sag jetzt brav gute Nacht, Patrick."

„Gute Nacht, Patrick."

Empört versuchte sie, ihm einen Klaps zu geben, doch er sprang schnell zur Seite und lachte. Dann lief er die Stufen hinunter, drehte sich zu ihr um und sagte: „Gute Nacht, Liebes."

Das Lächeln blieb auf seinem Gesicht, bis sie im Haus verschwunden war. Dann ging er eine traurige Melodie pfeifend zu seinem Wagen, während er sich von ganzem Herzen etwas wünschte, was er nie bekommen würde.

Kapitel Sieben

Andrea schloß die Haustür hinter sich und hielt inne. Sie hörte Patrick ein Lied pfeifen, in dem es um unerwiderte Liebe ging. Das bestätigte ihr, was sie ohnehin schon gemerkt hatte: Das, was Patrick für sie empfand, ging weit über Sympathie und körperliche Anziehung hinaus. Sie begann sich zu fragen, ob diese Gefühle eines Tages Liebe werden konnten.

Gibt es eine Zukunft für uns? Es erstaunte sie, wie sehr sie sich wünschte, daß die Antwort auf diese Frage *Ja* wäre. Bildete sie sich vielleicht nur ein, daß sie Patrick lieben könnte, weil sie sich so sehr danach sehnte, jemanden zu lieben? Das letzte, was sie wollte, war ihn zu verletzen. Er war so lieb, so zärtlich und so ... fürsorglich. Vielleicht ein bißchen zu sehr. Sie war daran gewöhnt, sich ihren Platz in der Welt selbst zu erkämpfen. Es konnte leicht passieren, daß sie sich von ihm abhängig machte.

Dana schaute von ihrem Buch auf und warf ihr einen fragenden Blick zu. „Und?"

Andrea ließ sich auf einen Sessel fallen. „Ich mag ihn sehr. Und er mag mich auch. Vielleicht mehr als das. Ja, ich glaube, ich kann wohl behaupten, daß wir heute über die Grenzen einer bloßen Freundschaft hinausgegangen sind."

„Das heißt, er hat dich geküßt?"

Andrea lachte leise. Ihre Cousine konnte die taktvollste Person der Welt sein, wenn sie wollte – oder die neugierigste. „Ja, er hat mich geküßt."

„Und?"

„Und was?" Andrea konnte sich nicht verkneifen, sie etwas zappeln zu lassen.

„Wie war es? Hast du Geigen spielen gehört?"

Andrea dachte über diese Frage gründlich nach, während sie sich an den Moment zurückerinnerte. „Nein, keine Geigen. Eher eine Flöte, die eine sehr süße, leise Melodie spielte."

Dana seufzte. „Wie romantisch!"

„Ach ja, ein Feuerwerk gab es auch."

Danas braune Augen wurden groß. „Ach, du meine Güte!" Sie schlug mit der Faust aufs Sofa. „Du siehst mich grün vor Neid. Mir wird so was nie passieren, glaube ich. Jedenfalls nicht in diesem Kuhkaff."

„Ich dachte, du lebst gern hier?“

„Ja, das tue ich auch. Ich möchte nirgendwo anders leben. Es ist bloß so, daß ich inzwischen mit jedem halbwegs akzeptablen Mann im Umkreis ausgegangen bin, außer mit Patrick, und bisher noch nichts erlebt habe, das irgendwie etwas mit einem Feuerwerk zu tun hatte. Es ist nicht mal der kleinste Funken übergesprungen. Sogar ein Knallfrosch hätte mir schon genügt.“

Andrea lachte. „Die sind aber nicht sehr kuschelig.“

„Ja, und manchmal implodieren sie obendrein“, sagte Dana und verzog das Gesicht. „Ich weiß nicht, ob mir das auf Dauer gefallen würde. Aber mal im Ernst, ich hatte schon ein paar eindeutige Angebote. Ich bin wohl einfach zu wählerisch.“

„Nein, das bist du nicht. Ein paar Ansprüche mußt du schließlich haben, sonst wirst du später doch nur unglücklich.“

„Stimmt.“ Dana schaute sie mit funkelnden Augen an. „Und was ist jetzt mit Patrick und dir? Wird was aus euch?“

„Ich habe keine Ahnung. Ich wünsche es mir, ehrlich, aber ich weiß nicht, ob es gutgehen würde. Ich kann doch nicht von ihm verlangen, daß er die Ranch aufgibt und mit mir nach Nashville und auf Tournee geht. Und dann die Aufnahmen, Videoproduktionen und Promotion-Aktionen ... ich habe doch so gut wie keine freie Minute.“

„Vielleicht könntest du das ja alles ein bißchen runterschrauben.“

„Ja, aber nur bis zu einem gewissen Grad. Und dann wäre es immer noch eine Wochenendbeziehung, und das will ich eigentlich nicht. Ich glaube auch ehrlich gesagt nicht, daß ich es schaffen kann, meine Karriere und eine gute Ehe auf die Reihe zu kriegen. Allein der Gedanke macht mir schon eine Heidenangst.“ Sie seufzte tief und umarmte das Kissen. „Im Moment frage ich mich allerdings, ob ich überhaupt jemals wieder auftreten werde.“

Dana starrte sie schockiert an. „Das meinst du doch nicht im Ernst! Das hast du doch immer gewollt, darauf hast du doch schon seit der Highschool hingearbeitet! Andrea, du hast es geschafft. Du bist ein Star. Millionen von Leuten hören deine Songs!“

„Ach, weiß du, ein Star zu sein ist eigentlich gar nicht so toll, wie man immer denkt, glaub mir. Klar, es gibt schöne Momente, aber ...“ Sie zerknäulte das arme Kissen mit den Händen. „Ich weiß, das hört sich ziemlich undankbar an, aber ich frage mich, wieviel Dankbarkeit ich meinen Fans schuldig bin. Wie lange bin ich für Kyle und die anderen verantwortlich, die für mich arbeiten? Bin ich es ihnen wirklich schuldig, daß ich für sie das opfere, was mir am allermeisten bedeutet?“

„Nein, das bist du nicht“, sagte Dana, die langsam die Tiefe von Andreas Konflikten zu verstehen begann. „Was ist es denn, was dir am allermeisten bedeutet?“

„Ein Ehemann, Kinder und ein Heim voller Liebe und Harmonie.“

„Dann mußt du wohl eine sehr wichtige Entscheidung treffen, scheint mir. Hast du schon mit Gott darüber geredet?“

Dana wußte, daß sie damit unsicheren Boden betrat. Ihr war nicht entgangen, daß ihre Cousine seit Jahren nicht mehr in der Kirche gewesen war und daß sie irgendwo auf der Erfolgsleiter den Glauben daran verloren hatte, daß Gott sich wirklich für sie interessierte.

„Du klingst wie Patrick! Wenn man euch beiden Glauben schenken darf, müßte ich nur mein Leben Jesus übergeben, und alle Sorgen wären vergessen.“ Andrea verzog das Gesicht und warf das Kissen auf den Boden.

„Das könnte zwar passieren, aber es könnte genausogut sein, daß es sehr lange dauert, sie zu überwinden. Manche Sachen passieren sogar, weil Gott uns dadurch etwas klarmachen möchte. Es geht auch gar nicht darum, daß Gott alle deine Probleme löst, sondern darum, daß da immer jemand ist, mit dem du über alles reden kannst, der dich bedingungslos liebt und dir weiterhilft, wenn das auch nicht immer so ist, wie du es dir wünschst. Er wird nicht umsonst ‚wunderbarer Ratgeber' genannt."

„Tja, es scheint jedenfalls so, als ob er dir mit deinen Problemen nicht sehr viel weitergeholfen hätte, oder?" Andrea wußte, daß das gemein war, aber sie konnte nicht anders. Tief in ihrem Herzen wußte sie nur zu genau, was es bedeuten würde, sich Gott ganz auszuliefern, doch sie hatte gern die Kontrolle über alles. Sie konnte nicht nur mündlich äußern, daß sie Gott gehorchen wollte, und dann ihren Stiefel weiterstricken. Für sie ging es um alles oder nichts.

„Nein, das hat er nicht", sagte Dana ruhig. „Jedenfalls noch nicht. Aber ich glaube ganz fest daran, daß er weiß, was für mich am besten ist. Und was Beziehungskisten angeht – es könnte ja sein, daß die eine Hälfte schon bereit ist, während die andere noch nicht so weit ist. Der freie Wille ist für Gott sehr wichtig. Gott läßt uns unsere eigenen Entscheidungen treffen, egal ob sie falsch oder richtig sind. Aber wenn man eine richtige Entscheidung trifft, dann merkt man das schon. Fromm ausgedrückt heißt es dann, daß man Frieden über eine Sache hat."

Frieden. So wie ich ihn heute auf der Ranch gefühlt habe? fragte sich Andrea.

„Klar, unsere Gefühle machen uns da oft genug einen Strich durch die Rechnung. Auch der sogenannte gesunde Menschenverstand ist nicht immer so ganz das Wahre. Gott verlangt nämlich manchmal reichlich unlogische Dinge", redete Dana weiter. „Mein größtes Problem ist Ungeduld. Das ist dir sicher noch gar nicht aufgefallen, nicht wahr? Im Ernst, ich glaube, daß Gott mich vielleicht gerade deswegen eine Ewigkeit auf den Mann fürs Leben warten läßt – weil ich Geduld lernen muß." Sie verdrehte die Augen. „Das geht dann frei nach dem Motto: Überlege dir gut, um was du Gott bittest, denn es könnte dir gewährt werden."

Andrea lächelte, obwohl ihre Gefühle völlig durcheinander waren. „Ich werd's mir merken." Sie machte eine Pause und spürte, wie die Müdigkeit sich wieder auf sie legte. „Ich fürchte, ich bin eine ziemliche Enttäuschung für Gott gewesen. Ich glaube kaum, daß er mich zurückhaben will."

„Spinnst du? Denk doch nur mal daran, wieviele Leute du erreichen könntest! Nicht daß du jetzt gleich anfangen müßtest, die Massen zu bekehren, aber du bist so bekannt, daß allein die Tatsache, daß du an Gott glaubst, viele Menschen zum Nachdenken bringen würde." Danas Stimme wurde weich. „Aber das ist ein blöder Ansatz. Gott würde dich mit Freuden begrüßen, auch wenn du nicht Andrea Carson, die berühmte Countrysängerin, wärst. Bei ihm ist jeder willkommen, egal, was er in seinem Leben angestellt hat ... Komm doch einfach morgen mit mir in die Kirche!"

„Ich weiß nicht ...", zögerte Andrea. „Laß mich noch ein bißchen darüber nachdenken, ja? Frag mich morgen früh nochmal. Ich muß jetzt unbedingt in die Falle, ich bin total fertig."

„Okay. Also dann bis morgen", sagte Dana und schaute ihr nach, als sie die Treppe hochging. *Bitte, Herr, gib ihr den Mut, den ersten Schritt zu machen. Zeig ihr, wie sie mit dir Frieden und Glück finden kann.*

Obwohl Andreas Gedanken in Aufruhr waren, schlummerte sie beinahe sofort ein. Doch sie schlief unruhig und wurde von verrückten Träumen gequält.

*

Als Dana sie am Sonntag morgen sanft weckte, war sie völlig ausgepumpt. Ihr Kopf fühlte sich an, als ob ein kleines Ungetüm mit einem Preßlufthammer ihre Schädeldecke bearbeitete. Langsam setzte sie sich auf, den Kopf in beiden Händen haltend.

„Du siehst nicht sehr frisch aus", stellte Dana fest und fühlte Andreas Stirn. „Fieber hast du nicht, aber du bist bleich wie ein Bettlaken. Sind die Kopfschmerzen schlimm?“

„Grauenhaft. Ich fürchte, ich habe mich gestern übernommen.“

„Was machen deine Lungen?“

Andrea holte tief Luft. „Die sind frei. Wenigstens etwas!“ Sie versuchte zu lächeln, doch es mißlang kläglich.

„Ich hol’ dir eine Schmerztablette, und dann legst du dich besser wieder hin. Möchtest du etwas essen?“

Bei dem Gedanken an Essen drehte sich Andrea der Magen um. „Nein, danke, ich glaube, ich schlafe jetzt erstmal eine Woche oder so.“

Sie schlief bis zum Nachmittag und erwachte erfrischt und ohne Kopfschmerzen. Mit knurrendem Magen ging sie hinunter in die Küche.

Dana saß am Tisch und verglich ihre Kontoauszüge. „Hallo. Wie geht’s?“

„Gut, und ich bin hungrig! Was gibt’s denn?“ Sie schnupperte an den Töpfen auf dem Herd. „Riecht lecker!“

„Graupensuppe. Sie müßte eigentlich fertig sein. Bedien dich ruhig schon mal, während ich das Chaos hier beseitige. Ich muß in einer Stunde zum Chor, und da sollte mein Magen nicht unbedingt laut knurren.“ Dana räumte die Rechnungen und Zettel vom Tisch, während Andrea zwei Suppenschüsseln füllte und Brot schnitt. Sie schenkte zwei Glas Eistee ein und stellte alles auf den Tisch.

„Patrick hat nach dir gefragt“, sagte Dana. „Er war sehr besorgt, als ich ihm gesagt habe, daß es dir nicht gut geht. Er wollte dich anrufen, aber dann dachte er, es wäre nicht gut, dich aufzuwecken. Wenn du dich beeilst, kannst du ihn nachher in der Kirche antreffen.“

„Singt er auch im Chor mit?“

„Klar, er ist unsere wichtigste Baßstimme. Der einzige, der die richtig tiefen Töne trifft. Und wenn nötig, springt er auch im Bariton ein, wenn’s nicht zu hoch ist.“

„Ja, er hat eine tolle Stimme. Das habe ich gestern gehört, als wir beim Radiohören mitgesungen haben."

„Er spielt auch gut Gitarre."

„Ein Mann der vielen Talente", stellte Andrea lächelnd fest, während sie ihre Suppe in nicht sehr damenhafter Hast verschlang. „Ich rufe ihn jetzt mal an."

Sie hatte es plötzlich ziemlich eilig, als sie mit dem schnurlosen Telefon in ihr Zimmer ging und dabei schon seine Nummer wählte. Er meldete sich, und als er hörte, daß sie es war, wurde seine Stimme sofort ein paar Töne tiefer und wärmer. „Wie geht's dir denn?"

Jetzt, wo ich deine Stimme höre, geht's mir prima, dachte sie und mußte lächeln. „Viel besser! Ich schätze, ich muß wohl einfach noch ein bißchen kürzer treten."

„Das ist ziemlich mühsam, nicht wahr? Ich weiß noch genau, wie langweilig es mir nach einer Weile wurde, als ich nach meinem berühmten letzten Bullenritt flachlag. Hast du Lust auf ein bißchen Gesellschaft?"

„Klar! Komm doch nach der Chorprobe vorbei."

„Wie wär's, wenn ich dich abhole, und wir gehen zusammen in den Abendgottesdienst?"

Sie hörte den hoffnungsvollen Unterton in seiner Stimme, obwohl er sich bemühte, ganz normal zu klingen. „Vielleicht ein anderes Mal."

„Okay, dann sehen wir uns heute abend um kurz nach sieben. Ich muß jetzt los."

Andrea duschte und wusch sich die Haare. Dann zog sie sich einen roten Jogginganzug an und drehte sich die Haare auf Lockenwickler.

Dana streckte den Kopf ins Badezimmer und verkündete, daß sie jetzt losfahre. Andrea wünschte ihr viel Spaß und starrte dann ihr Spiegelbild an. „Du schiebst es vor dir her", tadelte sie sich selbst. Doch sie war sich noch immer nicht sicher, ob Gott sie wirklich zurückhaben wollte. Andererseits wußte sie ganz genau, daß sie es zumindest versuchen sollte.

Ruhelos wanderte sie im Haus umher. Schließlich ergriff sie die Bibel, die gut sichtbar auf dem Regal lag. Der Umschlag sah ziemlich mitgenommen aus, und auch die Seiten waren schon sehr oft umgeblättert worden. Es war die Gute Nachricht, deren moderne Ausdrucksweise ungewohnt, aber viel leichter verständlich war als die altertümlichen Übersetzungen, die sie früher gelesen hatte. Sie machte es sich mit der Bibel in der Hand auf dem Sofa gemütlich. „Himmlischer Vater", begann sie zögernd. „Ich bin vor langer Zeit weggelaufen, und langsam wird mir klar, daß das keine gute Idee war. Obwohl ich dich verlassen habe, hast du mich gesegnet, und ich bin wirklich dankbar für all die guten Dinge, die mir passiert sind. Ich sollte wohl glücklich sein; schließlich habe ich erreicht, was ich immer wollte. Aber ich bin nicht glücklich. Mein Leben ist in mancher Hinsicht ein einziges Chaos. Ich habe eine Menge Sachen angestellt, für die ich mich wirklich schäme, und einige, die zumindest nicht so ganz in Ordnung waren. Im Moment, glaube ich, habe ich vor allem Angst. Ich habe Angst, daß du mich nicht willst. Daß du mich wegschickst." Tränen stiegen ihr in die Augen. „Ich weiß, ich habe nicht den kleinsten Anspruch darauf, aber könntest du mir eine ... eine Art Bestätigung geben?"

Mit klopfendem Herzen und wirbelnden Gedanken wartete sie in angespannter Stille, bis sie sich schließlich gedrängt fühlte, die Bibel aufzuschlagen. Sie wußte nicht, wo sie anfangen sollte. Ein rotes Band diente als Lesezeichen, und Andrea öffnete die Bibel an dieser Stelle. Es war der Hebräerbrief.

Einige Textstellen waren unterstrichen, und eine davon stach Andrea geradezu ins Auge: Hebräer vier, Vers 14. „Darum wollen wir mit Zuversicht vor den Thron treten, auf dem die Gnade regiert. Dort werden wir immer, wenn wir Hilfe brauchen, Liebe und Erbarmen finden."

Ein Schluchzen stieg in Andreas Kehle hoch, und Tränen schossen ihr aus den Augen. „Oh Gott, ich brauche deine

Gnade und dein Erbarmen so dringend!" Es war, als wäre eine Schleuse geöffnet worden. Lachend und weinend zugleich schüttete Andrea Gott ihr Herz aus. Sie war sich nicht bewußt, wie lange sie da saß und Gott dankte, ihn um Vergebung für die Dinge bat, die ihr in den Sinn kamen, ihn um Rat fragte und schließlich einfach schweigend dasaß und seine spürbare Gegenwart und Liebe genoß.

Ein Auto fuhr die Auffahrt hoch, und sie putzte sich eilig die Nase. Es klopfte an der Tür, und Andrea warf einen schnellen Blick in den Spiegel. Sie sah furchtbar aus. Aber das war nun nicht zu ändern.

Als sie die Tür öffnete, warf Patrick einen langen Blick auf ihr verheultes Gesicht, dann nahm er sie in die Arme und fragte: „Was ist denn los, mein Schatz?"

Sie legte ihren Kopf an seine Brust und seufzte zufrieden. „Nichts!"

„Ich will dir ja nicht zu nahetreten, aber du siehst aus, als hättest du dir die Augen ausgeweint. Also komm schon, was ist passiert?" Er streichelte ihr sanft über den Rücken.

„Gott und ich haben reinen Tisch gemacht."

Seine Hand erstarrte auf ihrem Rücken. „Oh!"

Sie lehnte sich zurück und schaute zu ihm auf. „Mußte Gott bei dir innendrin nicht so gründlich aufräumen, als du ihn hereingebeten hast?"

Er lächelte sehr sanft. „Und ob! Das Haus, die Garage und sogar ein paar Ställe. Es sah ziemlich schlimm aus. Er muß immer noch von Zeit zu Zeit die Abstellkammern und Schränke aufreißen und entrümpeln."

Sie grinste ihn an und nahm seine Hand. „Bei mir ist noch alles voller Spinnenweben, besonders in den Ecken, aber es war ein guter Anfang!" Sie zog ihn zum Sofa. „Du hattest recht. Er war die ganze Zeit da. Alles, was ich tun mußte, war ihn zu fragen, ob er mich zurückhaben will."

Patrick setzte sich neben sie und legte ihr den Arm um die

Schultern. „Und, fühlst du dich jetzt immer noch so einsam und leer?“

„Nein, obwohl Gott noch ein paar Lücken offengelassen hat. Ich bin gespannt, wie er sie auffüllen wird. Jedenfalls bin ich mir jetzt wieder ganz sicher, daß er mich liebt, so wie ich bin – mit Warzen und allem anderen.“

Er nahm ihr Kinn in die Hand und schaute sie eingehend an. „Ich sehe keine Warzen.“ Dann trat ein übermütiges Funkeln in seine Augen. „Außer der einen da, die mit den langen schwarzen Haaren drauf!“

„Du weißt wirklich, wie man einer Frau Komplimente macht, nicht wahr?“ lachte Andrea.

„Ja! Vielleicht könnte ich das Ding ja wegküssen“, bot er großzügig an.

„Meinst du, das würde helfen?“

„Natürlich!“ Er streichelte zärtlich ihre Wange und drückte ihr dann einen kleinen Kuß auf die Nase. „Und deine Augen – die müssen doch schrecklich wehtun, so wie sie aussehen!“

„Ganz schrecklich“, bestätigte Andrea, schloß die Augen und wartete ... nicht umsonst.

Er berührte jedes ihrer geschlossenen Augen zart mit den Lippen und fragte dann: „Wie sieht's mit deinem Mund aus?“

„Der könnte auch eine Kußtherapie gebrauchen“, hauchte sie.

Der erste Kuß war zärtlich und vorsichtig, der zweite lang und genießerisch. Patrick hob den Kopf. „Das könnte leicht in die Abhängigkeit führen.“

„Ziemlich gefährlicher Stoff“, sagte Andrea. So etwas hatte sie noch nie erlebt.

„Oh ja!“ Er richtete sich auf und lehnte sich im Sofa zurück. Dabei drückte er sie fest an sich. „Ach, ich habe ganz vergessen, dir zu sagen, daß Dana heute später nach Hause kommt. Sie muß noch irgend etwas wegen ihres Museums-Komitees organisieren.“ Er rückte etwas zur Seite, damit sie bequemer sitzen konnte. „Wann mußt du wieder zum Arzt?“

„Am Freitag nachmittag, warum?"

„Ich muß am Freitag nach Sidell, um ein paar Traktorteile abzuholen, die ich bestellt hatte. Wenn du willst, kann ich dich mitnehmen."

„Das ist ja eine heiße Verabredung! Traktorteile abholen ... warum nicht? Andere Leute gehen ins Kino. Das ist dagegen ja richtig einfallslos!"

„Wenn du dich gut benimmst, könnte ich mich hinreißen lassen, dich danach zum Essen auszuführen."

„Ach du meine Güte, jetzt übertreibst du aber! Ich würde mir übrigens auch gern einen Wagen mieten."

„Du kannst einen von mir haben. Ich habe drei Stück. Ich könnte dir den Blazer geben!"

„Danke, aber ich hätte gern einen eigenen Wagen. Ich würde mich schlecht fühlen, wenn du ihn dann doch brauchst, und ich fahre damit in der Gegend herum. Außerdem glaube ich, ich habe Lust auf etwas ganz Schnittiges, vielleicht ein knallrotes Cabrio oder so was."

Er runzelte die Stirn. „Du solltest nicht allein in der Gegend herumfahren, und schon gar nicht in einem roten Cabrio. Auffälliger geht's wohl nicht!" Als sie protestieren wollte, hob er die Hand. „Der Sheriff hat mir gesagt, daß du normalerweise nicht ohne Leibwächter vor die Tür gehen kannst. Warum sollte das hier anders sein?"

„Hier in Buckley sollte das ja wohl kein Problem sein!"

„Vielleicht nicht ... bis irgend jemand einem Freund erzählt, daß du hier bist, und der erzählt es dann jemand anderem, und irgendwann informiert jemand die Medien, und dann haben wir den Salat. In Windeseile kannst du keinen Fuß mehr vor die Tür setzen, ohne daß dich eine Meute Fans überfällt. Wenn du in einem roten Cabrio durch die Gegend fährst, wirst du diesen Prozeß nur beschleunigen. Und dann brauchen die Reporter nicht mal besonders helle zu sein, um dich zu finden."

„Ja, ich weiß, du hast recht! Könntest du mir dann doch

deinen Blazer leihen? Außerdem werde ich mich tarnen. Das klappt immer sehr gut. Kannst du dir vorstellen, wie ich mit Sonnenbrille und blonder Perücke aussehe?"

„Wie eine Doppelgängerin von Dana?"

Sie lachte. „Nicht mal annähernd!"

„Also, wenn du mit mir unterwegs bist, brauchst du die Perücke aber nicht", sagte Patrick.

Sie fühlte seinen Bizeps und meinte dann: „Nein, das scheint mir auch so."

Insgeheim war sie sich ganz sicher, daß auch der bestbezahlte Bodyguard sie nicht so gut beschützen würde wie Patrick.

*

Am nächsten Tag winkte Andrea Dana hinterher, als diese zu einem Kunden aufbrach, und ging dann ins Haus zurück.

Ihr Blick fiel auf das alte Klavier. Mit einem glücklichen Lächeln stellte sie fest, daß sie sich wieder zu dem Instrument hingezogen fühlte. Sie zog den alten dreibeinigen Klavierstuhl hervor und setzte sich darauf. Während sie den Deckel hochklappte und ihre Finger über die vergilbten Tasten gleiten ließ, stellte sie sich vor, wer vor ihr schon alles auf diesem Klavier gespielt hatte. Ihr Herz jubelte, als sie den vertrauten, warmen Klang des alten Instruments hörte.

Sie schloß die Augen und stellte sich ihre Urgroßmutter, Oma Mae, vor, wie sie gebeugt und zerbrechlich auf diesem Stuhl saß. Selbst mit 90 Jahren war sie noch in der Lage gewesen, ihre geliebten alten Hymnen aus dem Gedächtnis zu spielen, und sie hatte nie eine falsche Note gespielt.

Auch Andreas Großmutter hatte Klavier gespielt. Sie hatte über 20 Jahre lang jeden Sonntag die Gemeinde begleitet, aber ihre geheime Leidenschaft war der Blues gewesen. Wenn Andrea sie besucht hatte, hatten sie immer gemeinsam Musik gemacht, Oma Carson am Klavier und Andrea an der Gitarre. Es war nur natürlich, daß Andreas Country-Songs immer ein paar Blues-Elemente beinhalteten.

Seltsamerweise hatte das musikalische Talent der Familie ihren Vater und dessen Schwester übersprungen. Sie genossen es zwar, Musik aller Art zu hören, spielten aber selbst kein Instrument und fühlten auch nicht das Verlangen, eins zu erlernen. Ihr Vater hatte Andrea immer gesagt, daß Gott das ganze Talent für sie aufgespart hätte, so daß sie jetzt eine doppelte Portion davon besaß.

Andrea spielte den halben Nachmittag, wobei sie nur ab und zu auf Noten zurückgriff. Obwohl sie viele Jahre Klavierunterricht hinter sich hatte und exzellent vom Blatt spielen konnte, saß sie jetzt einfach nur da und lauschte auf die Melodien und Akkorde, die aus ihrem Inneren aufstiegen.

Sie spielte ein paar alte Kirchenlieder, einige ihrer eigenen Kompositionen und einige der Blues-Stücke, die ihre Großmutter ihr beigebracht hatte. Dann, als sie eigentlich nur zur Überbrückung ein paar Akkorde spielte, kam ihr eine Melodie in den Sinn. Während ihre Finger über die alten Elfenbeintasten glitten, nahm diese Melodie Form an, floß aus ihrem Kopf in den Raum und füllte ihn mit Musik, während ihr Herz von Freude und Dankbarkeit erfüllt wurde.

Als die letzten Noten verklangen, spürte sie Freudentränen in ihren Augen aufsteigen. „Danke, Herr! Danke von ganzem Herzen!" Ihr kam es so vor, als ob eine leise Stimme ihr zuflüsterte: „Gern geschehen!" Voller Begeisterung schwang sie sich auf dem Drehstuhl herum und schraubte ihn dabei ein paar Zentimeter höher, woraufhin sie ihn vergnügt kichernd wieder in die andere Richtung drehte.

Schließlich beruhigte sie sich und wiederholte die neu zusammengestellte Melodie. „Und jetzt zum Text ...", murmelte sie. In der Vergangenheit war es ihr immer leichtgefallen, die Musik für neue Songs zu schreiben; mit den Texten hatte sie dagegen stets Schwierigkeiten gehabt. Manche Songmelodien waren ihr in zehn Minuten zugefallen, an anderen hatte sie ein paar Tage gearbeitet, doch an den Texten saß sie manchmal Wochen, solange bis sie das Verfassen eines passenden Textes schließlich frustriert jemand anderem überlassen hatte.

Aber diesmal war das anders. Worte und Textzeilen wirbelten ihr durch den Kopf, so schnell, daß sie sie sich gar nicht alle merken konnte. „Moment!" rief sie, sprang auf und eilte in die Küche, wo Dana in einer Schublade Papier und Stifte aufbewahrte. Sie ergriff einen Zettelblock und einen Kuli, dann setzte sie sich auf das Sofa und kritzelte hastig die Sätze hin, die aus einer verborgenen Quelle in ihrem Inneren aufzusteigen schienen. Als sie schließlich fertig war, schaute sie sich an, was sie da geschrieben hatte. Es war ein Lied über Jesus und die wunderbare Liebe, die er zu geben hatte. Andrea hatte ihren ersten Gospel-Song geschrieben.

Mit zittrigen Händen kehrte sie ans Klavier zurück und begann, Text und Musik in Einklang miteinander zu bringen. Sie brauchte ein paar Anläufe, um die Textverteilung, das Tempo und die Melodieführung richtig hinzubekommen, doch als sie die grobe Richtung gefunden hatte, wurde ihr klar, daß das Lied gut war. Mehr als das.

„Oh Mann", keuchte sie, erstaunt und ein bißchen verunsichert von dem, was da gerade geschehen war. „Ist es das, was du mit mir vorhast?" Sie holte tief Luft. „Darüber muß ich erst ein bißchen nachdenken. Ich weiß, ich habe dir mein Leben anvertraut, und ich will tun, was du mir sagst, aber ich brauche ein bißchen Zeit, um das auf die Reihe zu bringen, okay?"

Ihr Blick fiel auf Danas Stereoanlage. Wenn sie den Song jetzt aufnahm, konnte sie später besser daran weiterarbeiten. Sie durchwühlte die Schubladen des Phonoschranks und fand ein paar Leerkassetten, aber kein Mikrophon. Es mußte aber irgendwo eines sein.

Sie suchte das ganze Haus ab, hatte aber keinen Erfolg, bis sie in der Garage auf einen Karton mit der Aufschrift: „Elektronischer Haushaltskram" stieß, die neben alten Zeitschriften und staubigen Glühbirnen auf einem Regal ihr Dasein fristete. Zwischen Telefonkabeln, Batterien und einigen undefinierbaren Kleinteilen lag das Mikrophon mitsamt dem Anschlußkabel.

Nachdem Andrea den Song aufgenommen und noch ein paarmal angehört hatte, erlaubte sie sich ein zufriedenes Lächeln. Es war nicht nur ein guter Song, es war ein toller Song! Und er klang sogar bei dieser schlechten Aufnahmequalität nicht übel.

Ein Gefühl der Vorfreude überkam sie, eine kreative Erregung, wie sie sie schon seit Ewigkeiten nicht mehr gespürt hatte. Am liebsten hätte sie sich gleich wieder ans Klavier gesetzt und noch ein paar Stunden weitergemacht, doch ihr Körper verlangte eine Pause. Sie rollte sich auf dem Sofa zusammen und ließ ihre Gedanken zurück in die Kindheit schweifen, Erinnerungen stiegen in ihr auf, die lange Zeit irgendwo in ihrem Gedächtnis verschüttet gewesen waren.

Vor ihrem inneren Auge erlebte sie einen Nachmittag wieder, den sie mit ihrer Urgroßmutter hier in diesem Haus verbracht hatte. Sie hatten alte Familienalben angeschaut, und ihre Urgroßmutter hatte Andrea mit geheimnisvoll gedämpfter Stimme Geschichten aus ihrer Jugendzeit und von ihren eigenen Eltern erzählt, die Pioniersiedler in Texas gewesen waren. Andrea war damals zehn und ihre Uroma 91 Jahre alt gewesen.

Als sie bei dem Hochzeitsfoto ihrer Urgroßeltern angekommen waren, hatten die Augen von Uroma Mae einen eigentümlichen Glanz angenommen, und sie hatte ihrer Urenkelin von ihrem Mann erzählt, den Andrea nie kennengelernt hatte. Den Blick abwesend auf die Blumen im Vorgarten gerichtet, hatte sie Andrea auf eine Reise zurück in die Vergangenheit mitgenommen, hin zu dem Tag, an dem sie und Uropa Buck sich kennengelernt hatten. Er hatte seinen halben Monatslohn geopfert, um bei einem Kirchenfest fünf andere um ihre Gesellschaft buhlende Bewerber auszustechen. Durch die liebenden Augen ihrer Uroma lernte Andrea einen jungen, gutaussehenden Cowboy kennen, der arm, aber voller Träume war und der sich auf den ersten Blick in die neue Grundschullehrerin verliebt hatte.

Die beiden hatten sehr harte Zeiten zusammen erlebt. Vier Kinder hatten sie bekommen, doch zwei von ihnen waren bald nach der Geburt gestorben. Sie kauften sich eine kleine Farm und schufteten, um sie hochzubringen, doch dann kamen schlechte Zeiten, und sie verloren alles. Aber ihre Liebe blieb bestehen. Buck arbeitete wieder als Cowboy, hütete das Vieh anderer Leute und lebte auf dem Land anderer Leute, doch er ernährte seine Familie, und das war es, was zählte. Er schaffte es nie wieder, eigenes Land zu erwerben, aber das machte nichts, denn nach seinem Tod durfte Uroma Mae auf der Ranch seines Arbeitgebers kostenlos weiterleben, weil Buck so hart und ehrlich für ihn gearbeitet hatte.

Andrea würde nie vergessen, wie die Augen ihrer Urgroßmutter auch noch 20 Jahre nach dem Tod ihres Mannes in unverminderter Liebe glänzten, wenn sie von ihm sprach. Sie erzählte Andrea, daß kein Tag verging, an dem sie nicht an ihn dachte, ihn nicht vermißte und sich nicht wünschte, in seinen Armen zu liegen.

Kaum einen Monat später war sie dann gestorben, und ihr Wunsch war in Erfüllung gegangen.

Andrea schluckte hart, um den Kloß in ihrem Hals zu lösen. „Ich will auch so lieben wie sie, Herr", flüsterte sie. „Eine Liebe erleben, die alles übersteht, egal, was auch kommen mag!" Ihre Stimme brach, und eine unerträgliche Sehnsucht erfüllte sie. „Das will ich mehr als alles andere auf der Welt!"

Kapitel Acht

Am frühen Freitag nachmittag lenkte Patrick den Blazer aus der Einfahrt des Landmaschinenhandels.

„Es ist doch einfach nicht zu fassen, wieviel Geld so ein paar einfache Ersatzteile kosten!" beschwerte er sich bei Andrea. „Ich schätze, bei einem Traktor, der an die 50.000 Dollar kostet, ist das angemessen, aber man braucht sich wirklich nicht zu wundern, daß jedes Jahr so viele Farmer vor die Hunde gehen."

Er schaute in den Rückspiegel und ordnete sich in den Verkehr ein. Dann lächelte er Andrea entschuldigend an. „Tut mir leid, daß ich dir die Ohren vollgeheult habe. Das macht der Kontakt zu den anderen Farmern da drin." Er deutete auf den Landmaschinenhandel. „Wenn sich Farmer oder Rancher nicht über die überteuerten Preise für Maschinen oder über die schlechten Gewinne beklagen, beschweren sie sich übers Wetter, oder sie sind krank."

„Ist schon in Ordnung", sagte Andrea mit einem verschmitzten Lächeln. „Ich habe da noch einen Spielzeugtraktor zu Hause, den ich dir leihen kann, wenn du dich dann besser fühlst. Der geht nie kaputt!"

Er lachte. „Davon habe ich selbst ein paar! Hör mal, was sagtest du noch, wie viele Stofftiere du diese Woche zugeschickt bekommen hast?"

„23 Stück, glaube ich. Und eine Menge anderes Zeug: Von einem Glas selbstgemachtem Obstkompott über einen Teppich bis hin zu zwei Ölgemälden. Naive ländliche Szenen, damit ich mich entspannen kann. Ein paar Leute haben mir Gedichte geschrieben, und Hunderte haben Bibelverse geschickt, um mich zu ermutigen. Ich habe Karten und Briefe gelesen, bis ich angefangen habe zu schielen. Es ist wirklich nicht zu fassen! Ich meine, ich finde es schon beeindruckend, daß sich so viele Leute hinsetzen und mir schreiben, aber wenn sie mir dann auch noch all diese Sachen schicken ... das haut mich echt um!"

„Du kannst doch all diesen Menschen unmöglich persönlich antworten, oder? Was machst du denn jetzt mit ihnen?"

„Die meisten bekommen eine Autogrammkarte mit einer kleinen Notiz, in der ich ihnen für ihre Zuschrift danke und erkläre, daß es mir schon viel besser geht. Ich habe eine Sekretärin in Nashville, die das für mich macht ... die ganzen Adressen schreiben und das Verschicken und so weiter. Manchen schreibe ich auch persönlich, beziehungsweise, ich habe auf Danas Computer eine Art Rundbrief geschrieben, und manchen Leuten schreibe ich noch ein paar persönliche Zeilen dazu, besonders denen, die mir Geschenke geschickt haben. Das kostet zwar eine Menge Zeit, aber diese Leute haben schließlich auch Zeit geopfert, um mir zu schreiben. Ich versuche, so viele wie möglich hier zu bearbeiten, weil ich genau weiß, daß ich nicht mehr dazu komme, wenn ich wieder zu arbeiten anfange."

„Hast du denn eine Ahnung, wann das sein wird?"

„Vielleicht erfahre ich das heute, wenn ich beim Arzt war. Ich weiß, daß ich noch nicht so weit bin, weil ich mich immer noch schwach fühle, aber es geht deutlich aufwärts. Mach dir keine Sorgen, ich werde nichts überstürzen." Sie zwinkerte ihm zu. „Dafür gefällt's mit hier viel zu gut!"

„Dann werde ich dafür sorgen, daß es dir noch viel besser gefällt. Wie wäre es zum Beispiel, wenn du und Dana am Sonntag nachmittag zum Essen zu mir kämt? Ich habe einen dicken Karpfen im Kühlschrank."

„Irgendwie kann ich mir dich nicht als Angler vorstellen."

Patrick lachte. „Bin ich auch nicht! Das überlasse ich anderen. Ich habe den Karpfen fertig gefangen, ausgenommen und entgrätet drüben am See gekauft. Alles, was ich tun muß, ist ihn zuzubereiten und zu essen. Und darin bin ich gar nicht so übel, wenn ich mir mal selbst auf die Schulter klopfen darf."

„Besonders im Essen ...", neckte ihn Andrea.

„Tja, das stimmt allerdings", nickte er gutmütig. Er bog auf den Parkplatz vor der Arztpraxis ein und stellte die Zündung aus. „Soll ich mit reinkommen?"

Sie warf einen Blick auf ihre Uhr. „Nicht nötig! Wir sind genau pünktlich."

„Ich würde dir gern beim Warten Gesellschaft leisten!"

„Ich muß bestimmt nicht lange warten. Die waren sehr nett, als es darum ging, meine Privatsphäre zu schützen. Ich komme durch die Hintertür rein, und sie lassen mich gleich in einen Raum, wo mich der Doc dann untersucht. Auf diese Weise muß ich mir keine Sorgen um herumschwirrende Bazillen oder kreischende Fans machen. Gut, was?"

„Es ist wirklich ganz schön praktisch, ein Star zu sein", lächelte Patrick.

„Aber nur manchmal!" Andrea holte eine riesige Sonnenbrille aus der Tasche und verhüllte ihre Haare mit einem Schal. Dann begegnete sie seinem fragenden Blick. „Könnte ja sein, daß mich jemand unterwegs erkennt." Sie öffnete die Wagentür und sprang heraus. „Ich bin gleich wieder da!"

Die Untersuchung war schnell vorbei. Doktor Curtis, der Andrea auf die Welt geholt hatte, sagte ihr, es sehe so aus, als werde sie noch eine ganze Weile auf selbiger weilen. Ihm war sofort die frischere Gesichtsfarbe und das Funkeln in ihren Augen aufgefallen, das vorher nicht dagewesen war. „Dein verbesserter Gesundheitszustand hat nicht zufällig etwas mit dem jungen Mann zu tun, der dich hergebracht hat, oder?" sagte er augenzwinkernd.

Andrea grinste und spielte den Ball zurück. „Was denn, Doc, haben Sie etwa nichts Besseres zu tun, als aus dem Fenster zu schauen?" Als er gespielt betreten nickte, hob sie die Schultern. „Er ist nur ein alter Schulfreund, nichts weiter."

„Ah so!" sagte der Arzt gedehnt und blickte Andrea über die oberen Ränder seiner Brillengläser hinweg an. „Normalerweise rufen alte Schulfreundschaften keinen solchen Glanz in den Augen einer Frau hervor."

„Geben Sie sich keine Mühe, Doc. Ich verrate nichts."

Eine Schwester kam herein und nahm Andrea ein wenig Blut ab, und Doktor Curtis untersuchte ihre Lungen. „Sie hören sich klar an, und auch dein Hals sieht gut aus. Hast du es schon wieder mit dem Singen probiert?"

„Ein bißchen. Aber hauptsächlich habe ich am Klavier gesessen und an neuen Songs gearbeitet."

„Oh, machst du ein neues Album?" fragte er interessiert, während er etwas auf einen Block kritzelte.

„Ich weiß noch nicht, aber auf jeden Fall ist es ein gutes Gefühl, wieder am Ball zu sein. Ich hatte in letzter Zeit eine ... eine Art Flaute."

„Nun, es ist auch nicht leicht, kreativ zu sein, wenn man sterbenskrank ist. Nach den Informationen meines Kollegen in Tucson bist du schon eine ganze Weile krank gewesen, bevor sie dich ins Krankenhaus geschafft haben. Wie fühlst du dich denn?"

„Jeden Tag ein bißchen besser! Ich habe ein paar kurze Spaziergänge gemacht, jeden Tag ein paar hundert Meter weiter. Ich bin zwar immer noch erschreckend schwach, aber ich versuche, mich nicht zu überfordern – obwohl ich es hasse, alle paar Meter eine Pause einlegen zu müssen."

„Andrea, es ist wirklich wichtig, daß du dir noch nicht zuviel zumutest. Wenn du es übertreibst, wirst du nur wieder krank werden. Ich weiß, du bist gern in allem mittendrin, aber es war ja nicht nur die Lungenentzündung. So etwas kann man medikamentös gut behandeln. Du warst vor allem total erschöpft, und zwar schon lange bevor du anämisch wurdest und schließlich zusammengebrochen bist. Das waren eigentlich nur die Symptome. Du wirst deinen Lebensstil um ein paar Gänge runterschalten müssen, junge

Dame, sonst klappst du bald ganz zusammen", sagte der Arzt ernst. Dann wurde sein Gesichtsausdruck weicher. „Vielleicht ist es ja an der Zeit, dir einen Mann zu suchen und seßhaft zu werden?"

Andrea lachte. „Sie waren nie sehr diplomatisch, Doktor!"

„Ich gehe in vier Jahren in Pension, und ich würde gern vorher noch ein oder zwei deiner Kinder auf die Welt holen!"

Die Schwester kam wieder herein und reichte dem Arzt den Laborbefund. Er studierte ihn nachdenklich. „Deine Werte erholen sich, aber sie sind noch lange nicht so, wie sie sein sollten. Nimmst du deine Vitamine noch?"

„Treu und brav. Wenn ich es vergesse, erinnert mich Dana daran. Sie ist der reinste Vitamin-Freak. Darf ich übrigens wieder Auto fahren?"

„Ja, aber noch keine längeren Strecken. Also brause nicht gleich heute nachmittag nach El Paso ab oder sonst wohin. Und ich will dich nächste Woche wieder hier sehen." Er stand auf und tätschelte ihr die Schulter. „Ich denke, in zwei oder drei Wochen kann ich dich wieder auf das Leben loslassen ... aber nur, wenn du gut auf dich aufpaßt!"

„Das werde ich tun, Pfadfinderehrenwort!" Sie hielt zwei Finger hoch, runzelte dann die Stirn und machte drei daraus. Es war so lange her, daß sie bei den Pfadfindern gewesen war, daß sie gar nicht mehr genau wußte, wie das Zeichen ging.

Doktor Curtis ging zur Tür, drehte sich dann noch einmal um und rief ihr über die Schulter zu: „Meine besten Grüße an Patrick. Sag ihm, er soll sich mal den Zeh stoßen oder so etwas, damit er endlich einen Grund hat herzukommen. Wenn alle meine Patienten so gesund wären wie dieser Knabe, wäre ich arbeitslos." Er blinzelte Andrea über seine Brillengläser hinweg zu. „Wenn er schlau ist, läßt er dich nicht mehr weg."

Nachdem Doktor Curtis den Raum verlassen hatte, zog sich Andrea schnell wieder an, stopfte sich das rote Polohemd in die Jeans, zog Sonnenbrille und Tuch an und eilte durch die Hintertür hinaus.

Patrick hatte seinen Sitz nach hinten gekippt und lag gemütlich dösend im Auto, den Hut ins Gesicht gezogen. Andrea hielt inne und bewunderte die Art, wie sein muskulöser Oberkörper das Jeanshemd ausfüllte. Es war ein warmer Tag, und er hatte die Ärmel hochgerollt. Als sie die Beifahrertür öffnete, schob er sich den Hut aus dem Gesicht und setzte sich auf. „Hallo, Schatz, wie war's?"

Die Wärme und Zärtlichkeit in seinen Augen und seiner Stimme ließen Andreas Herz einen kleinen Hüpfer vollführen. Plötzlich stellte sie sich vor, wie er ein winziges Baby in seinen starken Armen hielt ... ihr gemeinsames Baby. Ihr Herz machte einen kleinen Satz. *Na warte, Doc Curtis! Mir solche Ideen in den Kopf zu setzen!* „Es lief gut", sagte sie betont fröhlich. „Die Blutwerte steigen, und ich darf wieder Auto fahren. Sieht so aus, als ob du dein Angebot wahrmachen müßtest."

„Das ist in Ordnung. Freut mich, daß es dir besser geht." Er schaute auf seine Uhr. „Wir haben noch etwa drei Stunden bis zum Abendessen. Was möchtest du unternehmen?"

„Ich brauche ein Kleid für die Kirche. Laß uns ins Einkaufszentrum fahren."

„Dieses gierige Glitzern in deinen Augen gefällt mir gar nicht. Warum habe ich nur das dumpfe Gefühl, daß du mehr als bloß ein Kleid kaufen wirst?" Er startete den Motor und fuhr vom Parkplatz herunter.

Andrea lachte und zog sich den Schal vom Kopf. Auf dem Weg zum Einkaufszentrum plauderten sie locker darüber, wie sehr die Stadt Sidell in den letzten Jahren gewachsen war. Sie parkten vor dem Haupteingang, und Patrick musterte das riesige Gebäude mißtrauisch.

„Du stehst nicht so auf Einkaufen, was?" fragte Andrea.

„Es geht, wenn es nicht allzu lange dauert, etwas Vernünftiges zu finden."

„Das ist typisch Mann! Du willst reingehen, dir ein Teil in der richtigen Größe und Farbe schnappen, es kaufen und wieder rausrennen. Aber eine Frau denkt da ganz anders."

„Oh ja! Jedenfalls, wenn Tante Della repräsentativ ist. Sie braucht ewig, und dann kauft sie manchmal doch nichts."

„Ach, du Ärmster!" Andrea lehnte sich zu ihm hinüber und kitzelte ihn am Kinn. „Sei gewarnt. Ich habe ein sehr großzügig bemessenes Kleidungs-Budget."

Er schaute sie mit resigniertem Gesichtsausdruck an. „Du willst mir also sagen, daß wir bis zur Abendessenszeit in diesem Betonklotz herumirren werden. Ich hoffe, dir ist klar, daß ich fürs Tütenschleppen Geld verlange. Und auch für die Geduld. Das macht zehn Prozent Aufschlag."

„Ich biete einen Kuß, wenn wir's geschafft haben."

Er schaute sie mit gespieltem Entsetzen an und schüttelte den Kopf. „Das läuft nicht! Da mußt du schon ein bißchen mehr bieten."

Sie legte den Kopf schief. „Zwei?"

„Nein."

Sie schaute auf ihre Uhr. „Einen für jede Stunde, die wir da drin sind."

Er wägte das Angebot ab. „Nicht genug! Ich bin auch dein Leibwächter, mußt du bedenken. Doppelfunktionen müssen entsprechend großzügig honoriert werden."

„Meine Bodyguards kriegen normalerweise Geld."

„Das will ich doch hoffen. Und was ist mit dem Typ, der deine Taschen schleppt?"

„Das macht auch der Leibwächter! Also kannst du dafür keinen Extra-Lohn erwarten."

„Tja, so ist das mit der Inflation. Ein Kuß pro halbe Stunde. Das ist mein letztes Angebot."

„Abgemacht!"

Er nahm seinen Hut ab und befestigte ihn am Rückspiegel. Dann betrachtete er sich selbst darin und fuhr sich durch die Haare, die vom Hut ein wenig plattgedrückt waren.

„Hör auf, dich im Spiegel zu bewundern, Sklave", befahl Andrea grinsend. „Das Leben wartet nicht auf uns!"

*

Patrick wurde bald klar, daß Andrea durch ein Einkaufszentrum zu begleiten ungefähr so war, als ob man der Spur eines Tornados folgte. Sie plünderte die Kleidungsregale, nahm alles mit, was ihr gefiel und stürmte dann zu den Umkleidekabinen, wobei sie kaum noch über den Kleiderstapel auf ihren Armen hinübersehen konnte. Patrick blieb nichts anderes übrig, als hinterherzustolpern und müßig vor den Kabinen herumzustehen, von den anderen Damen abwechselnd bewundernd oder mißbilligend angestarrt, bis Andrea herausgeschossen kam und ihn nach seiner Meinung zu einem Kleid oder Rock fragte.

Ihm war natürlich klar, daß sie selbst am besten wußte, was ihr stand, doch trotzdem freute er sich, daß sie ihn in den Entscheidungsprozeß mit einbezog. Außerdem gab ihm das eine gewisse Daseinsberechtigung in den Augen der anderen Frauen und der Verkäuferin. Dann kaufte Andrea ein oder zwei Stücke, und schon ging's weiter in den nächsten Laden, wo dieselbe Szene von vorne begann.

Jetzt ergriff sie ein hübsches, blau gemustertes Kleid mit kurzen Ärmeln und einem leicht gekrausten Rock. Es schien Patrick für die Kirche genau das richtige zu sein, doch Andrea warf einen Blick auf das Preisschild und hängte das Kleid sofort wieder an seinen Platz.

„Was ist denn?"

„Es ist ein Designermodell und kostet 400 Dollar. Selbst ich habe meine Grenzen, und schließlich will ich nicht, daß die Leute mich für einen Snob halten."

Wieder einmal verschwand sie in einer Umkleidekabine, und Patrick setzte sich dankbar auf einen dort offenbar eigens für leidende männliche Begleiter aufgestellten Stuhl. Er stellte die Taschen mit den bisher ergatterten Kleidungsstücken ab und streckte behaglich die Beine aus.

Er hoffte, daß sie auch diesmal wieder herauskommen und ihn um seinen Kommentar bitten würde, denn sie hatte da eben ein „Kleines Schwarzes“ in der Hand gehabt, das er zu gern an ihr gesehen hätte. Er nahm an, daß sie solche Klamotten auf der Bühne trug. Allein der Gedanke daran, daß sie bald wieder zurück nach Nashville gehen würde, ließ ihn zusammenfahren, so als ob er durch dünnes Eis eingebrochen wäre und nun in kaltem Wasser stünde.

Dann kam Andrea aus der Kabine. Sie trug ein etwas seltsames gelbes Kleid, das am Ausschnitt und an den Seiten gerafft war. Sie stellte sich vor den Spiegel und drehte sich von einer Seite auf die andere. „Was denkst du?“

Er bemühte sich krampfhaft, ernst zu bleiben. „Willst du eine ehrliche Antwort?“ Als sie nickte, holte er tief Luft. „Wenn du vorne noch ein paar Federn anbringst, könntest du es zum nächsten Kostümball tragen.“

Sie hob eine Augenbraue. „Und als was würde ich dann gehen?“

„Als Küken! Ach, ich habe noch eine gute Idee: Wenn du den Schirm von einer alten Kappe abschneidest und rot färbst, kannst du ihn als Schnabel vor dein Gesicht binden.“ Er lachte in sich hinein, als sie ihn aufgebracht anstarrte und dann wieder in den Spiegel sah.

Sie hob die Arme und mußte schließlich selbst lachen. „Es ist wirklich ein bißchen übertrieben, oder?“

Er nickte und lachte dann laut auf, als sie im Watschelgang in die Kabine zurückkehrte. Ein paar Minuten später kam sie wieder heraus, diesmal in einem sehr schlichten, enganliegenden blutroten Kleid mit einem Überkleid aus Spitze.

„Oh, das ist schön. Sehr feminin. Und sogar die Farbe steht dir toll.“ Zu seiner Überraschung schien sie das zu freuen. Dabei hörte sie doch vermutlich dauernd nur Komplimente von allen Seiten.

Sie ging zurück in die Kabine, um noch etwas anderes anzuprobieren, und Patrick vertrieb sich die Zeit damit, einem kleinen Kind Grimassen zu schneiden, das in seinem Buggy auf dem Gang saß. Der Kleine und er waren bester Laune, als Andrea zurückkam. Patrick schaute auf und machte große Augen. Er sah ein zweites Mal hin und holte tief Luft.

Diesmal hatte sie das „Kleine Schwarze" aus Seide angezogen, und es sah einfach atemberaubend an ihr aus. Mehr als atemberaubend. Der Ausschnitt war tief, aber nicht zu gewagt. Der Stoff schmiegte sich zwar eng und geschmeidig an ihren Körper, sah deswegen aber nicht anstößig aus, sondern einfach wunderschön. Das Kleid war sehr kurz – Patrick hatte schon Blusen gesehen, die länger waren – und unglaublich sexy, aber dennoch wirkte es nicht aufreizend, sondern außerordentlich elegant.

„Gefällt's dir?" fragte Andrea mit unsicherer Stimme.

„Oh Mann, und wie!" Er sammelte die Taschen ein und stellte sich so vor sie, daß man sie vom Gang aus nicht mehr sehen konnte. „Mir gefällt bloß der Gedanke nicht, daß dich ein anderer Mann in dem Ding sieht." Er wußte, daß das besitzergreifend klang und daß er vermutlich mehr von seinen Gefühlen ihr gegenüber preisgab, als er sollte, aber er konnte es nicht ändern. Mit Erstaunen beobachtete er, wie ihr Gesicht von einer sanften Röte überzogen wurde.

„Es tut mir leid, Andrea. Ich wollte dich nicht verletzen."

„Hast du auch nicht. Es ist nur so, noch vor ein paar Wochen hätte ich das Kleid gekauft und auf der Bühne getragen, ohne auch nur einen Gedanken daran zu verschwenden, wie es auf Männer wirken muß. Jetzt fühle ich mich unwohl, und zwar schon, bevor du etwas gesagt hast."

„Du siehst in diesem Kleid einfach toll aus, Andrea, aber ich fürchte, daß die wenigsten Männer noch an deiner schönen Seele interessiert sein werden, wenn sie dich darin sehen."

Sie seufzte. „Ich schätze, ich habe doch noch in viel mehr

staubigen Ecken zu kehren, als ich dachte. Ich muß noch eine Menge lernen ... oder auch wieder neu lernen, und ein paar Abstellkammern werden mir sicher entgehen."

„Hey, genau dafür hat Gott uns ja den Heiligen Geist gesandt – damit wir im Laufe unseres Lebens all diese Dinge lernen, weil er uns leitet. Das nennt man dann Weisheit. Und keine Sorge, man lernt nie aus. Es passieren immer wieder Sachen, wo du ganz von vorne anfangen mußt." Er beugte sich zu ihr hinüber und flüsterte ihr mit rauher Stimme ins Ohr: „Und jetzt zieh am besten das Ding aus, bevor ich zu einem Steinzeitmenschen mutiere und brüllend über dich herfalle."

Kapitel Neun

Sie fielen noch über einige Läden her, bis Andrea schließlich ein geeignetes Kleid für den Kirchenbesuch gefunden hatte, und Patrick schalt sie für ihren Hang zum Übertreiben.

„Es ist eine Angewohnheit von mir. Normalerweise habe ich immer nur eine oder zwei Stunden Zeit zwischen zwei Terminen, und da muß es nun mal schnell gehen. Immer sitzt mir ein Konzert oder sonst ein wichtiges Ereignis im Nacken."

Als sie sich endlich zu einer Tasse Kaffee niederließen, waren sie beide mit Tüten und Schachteln bepackt. Patrick fand, daß Andrea allmählich erschöpft aussah. „Na, hast du genug?" fragte er hoffnungsvoll.

„Beinahe. Ich muß mir nur gleich noch die bestickte Weste da drüben im Schaufenster genauer anschauen. Die sieht gut aus!"

Er verdrehte die Augen. „Gerade hatte ich den Eindruck gewonnen, ich wüßte jetzt, was für einen Stil du bevorzugst, und nun das!"

„Ich bin eben flexibel! Es hängt ganz von meiner Laune ab, was ich anziehe. Manchmal fühle ich mich frei wie der Wind ..."

„... das rote Kleid?"

Sie nickte. „Oder wie ein Stein. Fest und unverrückbar."

„Das Kleid für die Kirche."

„Gar nicht schlecht für einen alten Cowboy!" zog sie ihn auf.

Er schaute sich um und stellte fest, daß anscheinend immer mehr Leute in ihre Richtung schauten. „Oha! Sieht aus, als hätte man dich erkannt."

„Tja, dann ist jetzt wohl Showtime!" Andrea lächelte ein etwas unschlüssig aussehendes Mädchen ermutigend an. Schließlich stand die junge Frau, bestärkt von ihren Freundinnen, auf und traute sich an Andreas Tisch.

„Entschuldigung, aber Sie sind doch die Sängerin Andrea Carson, oder?" fragte sie höflich und ein bißchen eingeschüchtert.

„Ja, die bin ich."

„Oh Mann!" Das Mädchen drehte sich zu seinen Freundinnen um und gestikulierte aufgeregt. „Sie ist es!" rief sie. „Es ist wirklich Andrea Carson!" Dann wendete sie sich wieder Andrea zu. „Oh, Miss Carson, ich liebe Ihre Musik! Ich habe alle Ihre Platten. Kann ich wohl ein Autogramm von Ihnen haben?"

„Klar!" Andrea wühlte in ihrer Tasche nach einem Stift. „Hast du etwas, wo ich es draufschreiben soll?"

Das Mädchen schnappte sich die Serviette eines älteren Herrn vom Nachbartisch, der sich gerade damit den Mund hatte abwischen wollen und sie verblüfft und ein wenig pikiert anstarrte. Dann begriff er aber und lachte. „Na, ob das klappt?"

„Ach, ich denke schon. Du darfst es eben nur nicht vergessen und Senf draufschmieren", neckte Andrea das Mädchen.

„Oh, niemals! Ich werde die Serviette bis ans Ende meines Lebens aufbewahren!" versicherte das Mädchen.

Andrea legte den Kopf etwas zur Seite und musterte das Mädchen. Es war schwierig, ihr Alter zu schätzen. Sie hatte lange blonde Haare und grüne Augen und sah auch ohne Make-up sehr hübsch aus. Ihre Stimme klang voll und melodisch, aber da war noch etwas anderes ... sie hatte etwas an sich, was Andrea nicht genau beschreiben konnte. Aber sie war sich ganz sicher, daß das Mädchen singen konnte. Wie kam sie bloß darauf?

„Ich bin so froh, daß es Ihnen besser geht, Miss Carson!" sagte die Kleine gerade. „Wir haben uns alle solche Sorgen um Sie gemacht." In der Zwischenzeit hatten sich die Freundinnen des Mädchens und etwa 20 andere Leute um den Tisch versammelt.

„Danke", sagte Andrea. „Ich war selbst eine Weile in Sorge, aber jetzt bin ich über den Berg. Wie heißt du denn?"

„Nicki. Nicki Alexander."

Andrea setzte ihr Autogramm auf die Serviette und gab sie dem Mädchen. „Singst du auch, Nicki?" fragte sie beiläufig.

„Äh ... na ja, ein bißchen", stotterte das Mädchen, wurde ganz blaß und zitterte.

„Sie ist echt gut, Miss Carson", sagte eine ihrer Freundinnen. „Sie hat alle Gesangswettbewerbe in der Schule gewonnen, und sie singt immer die Soli bei Schulaufführungen und in der Kirche."

„Spielst du ein Instrument, Nicki?" fragte Andrea weiter.

„J-ja, Madam! Klavier und Gitarre. Und ein bißchen Saxophon."

„Bist du mit der Schule fertig?" Als das Mädchen nickte, fragte Andrea weiter: „Wie alt bist du?"

„19 Jahre." Ihre Stimme schwankte, und sie krampfte die

Hände zusammen, wobei sie unbewußt die Serviette mit dem Autogramm zerknüllte.

„Nimmst du Gesangsunterricht?"

Sie schüttelte den Kopf. „Wir konnten uns nicht beides leisten, Klavierunterricht und Gesangsstunden. Ich habe noch vier Geschwister, wissen Sie!"

Andrea nahm Nickis eiskalte Hand in ihre und schaute dem Mädchen in die Augen. Da war es, das brennende Verlangen, der wilde Drang, die Musik freizusetzen, die in ihrer Seele wartete. „Willst du Sängerin werden, Nicki?" fragte Andrea ruhig.

Tränen stiegen dem Mädchen in die Augen. „Mehr als alles andere in der Welt", flüsterte sie. Sie räusperte sich und blinzelte die Tränen weg. „Es ist, als ob ich Musik machen *müßte*, Miss Carson. Sie ist die ganze Zeit in meinem Kopf. Manchmal haben die Lieder sogar Texte, manchmal auch nicht, aber sie sind immer da und drängen aus mir heraus."

Andrea drückte ihre Hand und ließ sie dann los. „Ich weiß genau, was du meinst. Ich sag' dir was: frag doch mal diesen schönen Mann hier, ob er dir ein Stück von dem Karton da abreißt, und dann schreibst du mir deinen Namen und deine Telefonnummer auf. Die stecke ich mir dann ein, damit ich sie nicht verliere." Sie lächelte den Umstehenden entschuldigend zu und fuhr dann fort. „Ich würde gern noch ein bißchen weiter mit dir plaudern, aber hier ist es ein bißchen zu laut. Wäre es dir recht, wenn ich dich am Wochenende mal anrufe?"

„Oh, und wie! Ich werde keinen Fuß vor die Tür setzen. Rufen Sie an, wann immer es Ihnen paßt."

„Ich werde versuchen, dich nicht allzu lange warten zu lassen", versprach Andrea. Dann warf sie Patrick, der bereits ein großes Stück aus dem Karton gerissen hatte, einen Blick zu.

„Hast du noch einen Stift? Dann notiere ich Nickis Nummer, und du kannst dich schon mal um die anderen Leute kümmern", sagte er, den Blick voller Wärme und Bewunderung.

„Gute Idee!“ Sie gab ihm den Stift und wandte sich dann dem nächsten Fan zu, und zwar mit ihrer vollen Aufmerksamkeit.

Patrick beobachtete Nickis Versuch, ihren Namen aufzuschreiben, und nahm ihr dann sanft den Stift ab. Das arme Mädchen zitterte vor Aufregung so stark, daß die Buchstaben wie arabische Schriftzeichen aussahen. Andrea würde das Gekritzel niemals lesen können. „Komm, laß mich das machen“, sagte er und schrieb die Nummer auf, die sie ihm sagte. Dann faltete er das Papier sorgfältig zusammen und verstaute es in seiner Hemdtasche. „So“, sagte er und klopfte auf die Tasche. „Da ist es sicher. Ich verspreche dir, daß ich es nicht mitwaschen werde.“

Nicki schaffte ein schiefes Lächeln. Dann beugte sie sich zu Patrick hinüber und flüsterte ihm ins Ohr: „Wird sie wirklich anrufen?“

„Das wird sie!“ Patrick war sich einer Sache noch nie so sicher gewesen. „Ich kann dir allerdings nicht versprechen, daß sie es noch heute tun wird. Sie ist noch nicht ganz wieder erholt, und wenn sie müde wird, muß sie eine Pause einlegen.“ Er warf Andrea einen Blick zu. „Sieht aus, als ob das bald der Fall sein wird, obwohl ich denke, daß sie es diesmal herauszuzögern versucht. Jetzt setz dich mal da drüben hin und beruhige dich wieder, bevor du ins Auto steigst und nach Hause fährst.“

„Meine Freundin fährt“, sagte Nicki, und Patrick hoffte, daß sie nicht die Freundin meinte, die mit seligem Gesicht herumtanzte und Andreas Autogramm an ihre Brust gepreßt hielt.

Er beschloß, daß Nicki eine Aufgabe brauchte. „Kannst du mir einen Gefallen tun?“

Sie holte tief Luft und schüttelte den Kopf, als müßte sie einen Traum abschütteln. Ihre Augen weiteten sich, als sie Patrick das erste Mal richtig ansah, und eine leichte Röte stieg ihr ins Gesicht. „Äh, klar!“

„Siehst du die bestickte Weste da drüben im Schaufenster? Würdest du wohl mal kurz da rübergehen und nachsehen, was sie kostet und ob sie eine in Größe 36 da haben?“

Nicki warf Andrea einen Blick zu und grinste. „Klar, mache ich gerne!“

„Vielen Dank!“ Er beobachtete, wie ihr blonder Pferdeschwanz auf- und abwippte, als sie auf das Geschäft zuging, und richtete dann seine Aufmerksamkeit wieder auf Andrea. Sie lächelte freundlich und sprach mit jedem ihrer Bewunderer ein paar Sätze, während sie ihr Autogramm auf Servietten, Kassenbons und sogar auf das T-Shirt eines Mädchens setzte. Patrick ließ seinen Blick über die Umstehenden schweifen, die immer zahlreicher zu werden schienen. Das Alter ihrer Fans lag zwischen acht und 80 Jahren, und jeder hatte ein freundliches Wort für sie. Die paar Leute, die nichts zu ihr sagten, schienen stumm vor Bewunderung.

Nicki tauchte wieder neben ihm auf. „Die Weste kostet 45 Dollar, und es gibt sie auch in Größe 36.“

„Prima! Könntest du sie kaufen? Ich möchte Andrea jetzt nicht allein lassen.“ Als das Mädchen nickte, kramte er sein Portemonnaie hervor und gab ihr einen 50-Dollar-Schein. „Meinst du, sie können es als Geschenk einpacken?“

„Ich weiß nicht, aber sie hatten so eine Art Geschenkkartons auf dem Regal stehen.“

Patrick schaute verstohlen zu Andrea hinüber, um sicherzugehen, daß sie nicht zuhörte. „Falls sie es in Geschenkpapier einwickeln, such ein hübsches aus, vielleicht eines mit Blumen. Wenn nicht, tut es auch der Karton, aber dann laß dir eine Tüte geben, okay?“

„Alles klar!“ Sie eilte zurück zum Laden, und ihre Freundinnen folgten ihr. Nicki redete blitzschnell auf sie ein und erklärte ihnen offenbar, was sie da tat.

Als Nicki und ihr Begleittroß aus der Boutique zurückkamen, war die Schlange der Autogrammjäger auf eine bedenkliche Länge angewachsen. Praktisch jeder Vorübergehende erkannte Andrea oder fragte einen der Umstehenden, ob sie es war – und stellte sich sofort hinten an.

Patrick bemerkte die Erschöpfung, die sich in Andreas Lächeln abzuzeichnen begann. Sie würde unmöglich solange durchhalten, bis alle diese Menschen ihr Autogramm hatten. Er lehnte sich zu ihr herüber, bevor sie sich dem nächsten Fan widmete. „Meinst du nicht, daß es jetzt genug ist?"

„Es geht noch. Ich kann doch keinen wegschicken!"

„Das wirst du wohl müssen. Das sind noch mindestens 50 Leute, und die Schlange wird immer länger. Noch fünf, und dann gehen wir, okay?"

Sie atmete tief ein, und er sah, wie ihre Hand zitterte, als sie sie hochhielt. „Noch zehn. Und dann folge ich dir ohne Widerspruch, das verspreche ich dir."

Das gefiel ihm nicht, aber er kannte diesen Gesichtsausdruck mit dem entschlossen vorgeschobenen Kinn und wußte, daß diskutieren keinen Zweck hatte. „Also gut, zehn. Aber keinen einzigen mehr!"

Er stand auf, zählte zehn Leute ab und machte sich im Geiste eine Notiz vom Gesicht des letzten Glückspilzes in der Reihe. Dann sammelte er die Tüten und Kartons ein und ging zu Nicki und ihren Freundinnen am Nebentisch hinüber. „Ich muß sie irgendwie hier rausbekommen, sonst klappt sie noch zusammen", sagte er.

„Das wird nicht so einfach sein", sagte Nicki und beobachtete die Leute in der Schlange. „Ich kenne diese Typen da, ungefähr in der Mitte. Die können ganz schön Ärger machen, wenn ihnen danach ist."

Patrick folgte ihrem Blick und sah drei junge Männer, die ihm bereits als potentielle Störenfriede aufgefallen waren. Einer war ziemlich mager, aber die beiden anderen waren kräftige Farmersöhne. Nach der Art zu urteilen, wie sie sich gegenseitig in die Rippen stießen und laut lachten, schloß Patrick, daß sie gerade dabei waren, sich ein paar Schweinereien auszudenken, die sie Andrea sagen wollten.

„Die habe ich auch schon entdeckt", sagte er bedrückt. „Wollt ihr Mädels mir helfen, Andrea hier rauszuschmuggeln?"

Sie waren natürlich begeistert. „Wir nehmen die ganzen Sachen. Dann haben Sie die Hände frei, falls die Typen aufdringlich werden", bot eine von Nickis Freundinnen an, und ihre Augen funkelten vor Begeisterung über dieses Abenteuer.

„Ich hoffe, das wird nicht nötig sein, aber wer weiß! Wenn ihr die Tüten nehmt, brauche ich mich nur um Andrea zu kümmern." Er sah nach, wie weit es bis zum Ausgang war und seufzte. Ein toller Bodyguard war er! Sie mußten fast das halbe Einkaufszentrum durchqueren, um zu seinem Wagen zu gelangen. Warum hatte er nicht besser vorausgeplant?

Er zog seine Schlüssel aus der Tasche und reichte ihn Nicki. „Ich habe einen dunkelblauen Chevy Blazer. Er steht in der zweiten Reihe ganz vorne, in der Nähe des Haupteingangs." Er sagte ihr das Autokennzeichen und erklärte ihr, welchen Schlüssel sie wofür brauchte. „Fahr ihn zum Seiteneingang neben dem Kino, wir kommen dann gleich dorthin."

Die Mädchen sammelten alle Tüten und Kartons ein und verschwanden in Richtung Haupteingang. Zu Patricks Überraschung kicherte keine von ihnen albern herum oder zog sonstwie die Aufmerksamkeit auf sich. Sie sahen entschlossen aus, fast grimmig. Patrick nahm an, daß Andreas neu gekaufte Sachen nicht in Gefahr waren – nicht mit Nickis Telefonnummer und ihren Träumen in seiner Hemdtasche!

Er ging hinüber zu der Reihe der Wartenden, hinter den Mann, den er als letzten auserkoren hatte, und begann die Situation zu erklären: „Tut mir leid, Leute, aber Andrea muß jetzt nach Hause. Sie ist noch nicht wieder ganz gesund, und ihr Arzt hat ihr geraten, sich nicht zuviel zuzumuten. Wenn sie sich überanstrengt, könnte sie einen Rückfall erleiden. Ich hoffe, Sie haben dafür Verständnis. Vielleicht kann sie Ihnen ja einen Termin nennen, an dem sie wieder herkommt, und dann kriegen Sie alle Ihr Autogramm."

Die meisten Leute waren enttäuscht, zeigten aber Verständnis. Als der vordere Teil der Schlange sich langsam auflöste, bemerkten die weiter hinten Stehenden, was los war und schlenderten ebenfalls weiter ... alle außer den drei jungen Männern, von denen Patrick bereits Ärger erwartet hatte.

„Hey, das können Sie doch nicht machen! Wir warten schon eine Viertelstunde!" beschwerte sich der Dünne. „Wir gehen hier nicht weg, bevor wir mit ihr geredet haben, stimmt's, Jungs?" Er schubste den größeren der beiden anderen an, und sie bewegten sich langsam auf Andrea zu.

Patrick trat ihnen in den Weg. „Andrea ist erschöpft, und sie wird heute mit niemandem mehr sprechen, weder mit euch noch mit sonst irgend jemandem, klar?" Der junge Mann, dem er Auge in Auge gegenüberstand, war schätzungsweise 20 Pfund schwerer als Patrick. Aber das spielte keine Rolle.

„Die anderen Leute sind mir scheißegal, aber mit uns wird sie sprechen!" sagte der Junge drohend.

„Ganz sicher nicht", sagte Patrick mit fester Stimme und entschlossenem Gesichtsausdruck. Aus dem Augenwinkel sah er den dritten jungen Mann einige Schritte zurücktreten und mit erhobenen Händen andeuten, daß er nicht in einen Kampf verwickelt werden wollte.

Der Bursche vor Patrick schnarrte: „Glauben Sie etwa, Sie könnten uns alle drei in Schach halten?"

„Das glaube ich nicht nur, ich weiß es", sagte Patrick ruhig. *Schließlich beschütze ich die Frau, die ich liebe*, dachte er, und er spürte, wie sein Adrenalinspiegel anstieg. In seiner Jugend war er in mehr Straßenkämpfe verwickelt gewesen, als er zugeben mochte, und er wußte genau, wie das lief.

Der Blick des jungen Mannes wurde unsicher. „Es ist Freitag abend", sagte Patrick sanft. „Du willst doch sicher nicht mit gebrochener Nase um die Häuser ziehen, oder?" Der junge Mann verlagerte sein Gewicht unschlüssig von einem auf das andere Bein, und einen Moment lang dachte Patrick, daß er sich umdrehen und weggehen würde.

Doch dann meldete sich der Dünne wieder zu Wort. „Hey, Billy Bob, laß dich doch von diesem Idioten nicht einschüchtern! Hau ihm eine rein!"

Billy Bob versteifte sich und ballte die Fäuste.

„Machst du immer, was er sagt?" fragte Patrick leichthin und bereitete sich innerlich darauf vor, einen Angriff abzuwehren.

„Ich mach' nur, was ich will", murmelte Billy Bob.

„Dann zeig doch jetzt mal, daß du klüger bist als dein Kumpel hier, und laß Andrea in Ruhe. Es macht auf sie bestimmt keinen besonders guten Eindruck, wenn du dich vor ihren Augen mit mir prügelst. Sie fände es wahrscheinlich wesentlich netter, wenn du ein bißchen Rücksicht auf ihren Gesundheitszustand nehmen würdest."

„Wir hatten Karten für das Konzert in Fort Worth, und dann ist es abgesagt worden", beklagte sich Billy Bob.

„Es wird nachgeholt, wenn sie wieder ganz gesund ist. Aber wenn sie sich aufregt, wird es nur noch länger dauern." Patrick trat etwas zur Seite, so daß Billy Bob einen Blick auf Andrea werfen konnte. „Sieht sie müde aus?"

„Ja, schon!"

„Billy Bob!" jaulte der Dünne enttäuscht.

„Halt's Maul, Jinx!" Billy Bob fuhr herum, griff den Dünnen am Kragen und zerrte ihn herum. „Wir gehen jetzt. Ich werde mich dieser Dame gegenüber nicht respektlos verhalten, bloß weil du Stunk machen willst."

Patrick sah ihnen nach, bis er ganz sicher war, daß sie nicht zurückkamen. Dann wandte er sich Andrea zu. Sie hatte die Szene von ihrem Tisch aus beobachtet, und einige Leute hatten sich schützend um sie herumgestellt. Sie traten zur Seite, als Patrick herankam.

„Danke, Leute“, sagte er. „Komm, Schatz, laß uns hier verschwinden, bevor der kleine Stinker die anderen überredet, doch noch zurückzukommen.“ Er war sich der neugierigen Blicke sehr bewußt, als er den Arm um Andrea legte und sie zum Hinterausgang führte.

„Nanu, der Wagen steht doch vor dem Haupteingang, oder?“ fragte Andrea verwirrt und sah sich über die Schulter um. „Und wo sind meine Tüten?“

„Nicki und ihre Freundinnen haben sich darum gekümmert. Sie hat auch den Blazer hergebracht.“ Er schaute auf sie herunter und wurde von einer Welle der Erleichterung durchflutet. „Ich habe befürchtet, daß es Ärger geben könnte.“

„Folgen sie uns?“

Patrick sah sich um. „Nein.“

„Dann geh doch bitte ein bißchen langsamer. Ich habe nicht so lange Beine wie du!“ Sie legte ihm den Arm um die Taille, als er langsamer ging. „Habe ich dir eigentlich schon mal gesagt, daß du einfach wunderbar bist?“

Vor Überraschung wäre er beinahe über seine eigenen Füße gestolpert. Ihr Gesicht strahlte vor reiner, ehrlicher Bewunderung, und voller Freude schwoll seine Brust derart, daß er sich fragte, ob seine Hemdknöpfe das aushalten würden. „Nicht daß ich wüßte“, grinste er.

„Tja, es ist aber so. Du bist der bestaussehende und tollste Mann der Welt.“

Er grinste wieder und zeigte auf seine Brust. „Schau, was du angerichtet hast! Der erste Knopf ist schon abgesprungen!“

„Ich kauf’ dir ein neues Hemd.“

Patrick stieß die Tür des Hinterausgangs auf, und sie erblickten Nicki und ihre Freundinnen, die an den Blazer gelehnt dastanden und warteten. Natürlich hatte Nicki den Wagen mitten ins Parkverbot gestellt. Patrick war froh, daß es offenbar niemand gemerkt hatte.

„Mußten Sie mit ihnen kämpfen?“ fragten die Mädchen aufgeregt.

„Nein. Sie haben ein bißchen herumgestänkert, sich dann aber entschlossen, das Feld zu räumen.“

„Aber nur, weil Patrick sie so nett darum gebeten hat“, ergänzte Andrea und blinzelte den Mädchen zu. „Ihr habt wirklich etwas verpaßt! Und danke euch. Ohne eure Hilfe wären wir nicht so leicht hier weggekommen.“

„Gern geschehen“, sagte eins der Mädchen. „Obwohl ich Sie gern in Aktion gesehen hätte.“ Sie warf Patrick einen glühenden Blick zu.

Er spürte, wie sich Andreas Finger enger um seine Taille schlossen. *Ist sie eifersüchtig?* „Ach, so toll war es nun auch wieder nicht“, wiegelte er die Sache ab. Er lächelte das Mädchen an, darauf bedacht, nicht auf ihren Flirtversuch einzugehen. Dann öffnete er die Beifahrertür und half Andrea hinein. Als er sich wieder zu den Mädchen umdrehte, war sein Gesichtsausdruck ernst. „Vielen Dank noch mal für eure Hilfe. Ich denke, daß Andrea dich noch heute abend anrufen wird, Nicki. Dann könnt ihr einen Termin für euer nächstes Treffen ausmachen.“

„Wohnt sie hier in der Stadt?“

„Sagen wir mal, sie ist hier in der Gegend, und lassen wir's dabei, okay?“ Er warf ihnen ein Lächeln zu, von dem er wußte, daß es anscheinend jede Frau sofort von allem ablenkte, was auch immer sie gerade vorgehabt hatte.

Den verträumten Blicken der Mädchen nach zu urteilen hatte es auch diesmal geklappt.

Kapitel Zehn

Andrea war überrascht, als Patrick bei einem kleinen italienischen Restaurant vorfuhr. „Ich dachte, du wärst ein Steak-und-Kartoffel-Typ."

„Bin ich auch, aber das gibt's bei uns zu Hause dauernd, und deshalb wähle ich immer etwas anderes, wenn ich zum Essen ausgehe. Ist das okay? Dana hat gesagt, du ißt gern italienisch."

„Ich esse fast alles gern, außer es ist Curry drin. Und italienisches Essen liebe ich!"

Er warf ihr ein Lächeln zu. „Ich bin noch nie hiergewesen, aber es hat einen guten Ruf. Man braucht sich nicht in Schale zu schmeißen, und es ist so klein, daß uns keiner Ärger machen kann."

„Klingt perfekt!"

Das war es auch. Obwohl die junge Bedienung Andrea sofort erkannte, als sie hineingingen, machte sie keinen Aufruhr. Sie führte sie zu einem Tisch etwas abseits und sagte Andrea dann, wie froh sie wäre, daß es ihr besser ginge. Ein paar Minuten später kam der Besitzer des Restaurants an ihren Tisch, ein riesiger Mann mit schwarzem Haar und einem beeindruckenden Schnurrbart. Mit einem Akzent, der eine abenteuerliche Mischung aus italienisch und texanisch darstellte, bedankte er sich für ihr Kommen und nahm höchstpersönlich ihre Bestellung auf.

„Ich muß dich wohl öfters mal ausführen", stellte Patrick fest und nahm sich ein Stück duftendes Weißbrot aus dem Körbchen. „Es hat durchaus seine Vorteile, im Windschatten deines Ruhmes zu segeln."

„Manche Männer würde das stören."

„Warum? Bloß weil halb Amerika denkt, die Sonne geht auf, wenn du es befiehlst?" zog er sie auf.

„Nur halb Amerika?!" tat sie empört.

„Na ja, sagen wir zwei Drittel. Zumindest von Texas." Er beugte sich vor und legte seine Hände auf ihre. „Andrea, ich bin wirklich stolz auf dich, und es freut mich, daß die Leute dich so lieben. Zumindest freue ich mich über die, die sich gut benehmen." Er lehnte sich wieder zurück und nahm sich noch ein Brot. „Und außerdem weiß ich, daß du keine Befehlsgewalt über die Sonne hast." Von der Befehlsgewalt, die sie über sein Herz hatte, wollte er lieber nicht reden.

„Schade! Es wäre eigentlich nett, das mit der Sonne, oder?"

Sie kosteten den Abend aus, erzählten sich lustige Anekdoten und genossen Salat und Lasagne, ohne sich Gedanken um Zeitdruck und Termine machen zu müssen. Die Bedienung war aufmerksam, aber nicht aufdringlich, die Beleuchtung war schummerig und romantisch, und die gedämpften Stimmen der anderen Gäste bildeten eine angenehme, entspannende Geräuschkulisse. Es war ein sehr friedlicher, harmonischer Abend.

Patrick warf Andrea einen prüfenden Blick zu, während sie durch die Stadt zurückfuhren. Sie schaute aus dem Fenster, mit einem nachdenklichen, aber auch etwas gespannten Gesichtsausdruck. „Denkst du an Nicki?"

Sie sah ihn an und lächelte. „Ja! Ich muß sie unbedingt anrufen. Weißt du, das war wirklich seltsam vorhin. Ich sah sie und wußte sofort, daß sie singen kann. Klar, man hörte es an ihrer Stimme, aber da war noch etwas anderes an ihr, das ich nicht richtig beschreiben kann."

„Vielleicht hat ja Gott etwas damit zu tun", mutmaßte Patrick und lächelte sanft, als er ihren erschrockenen Blick bemerkte. „Er ist ziemlich gut darin, uns Dinge wissen zu lassen."

Sie begegnete seinem Blick kurz und lehnte dann ihren

Kopf an die Nackenstütze. „Vielleicht hast du recht", murmelte sie und schüttelte erstaunt den Kopf. „So langsam fange ich an zu begreifen, wovon Dana neulich geredet hat. Sie hat versucht mir zu erklären, daß Gott manchmal zu ihr spricht, und zwar auf unterschiedliche Arten. Sie meinte, er macht ihr irgendwie deutlich, daß sie etwas Bestimmtes sagen oder tun soll. Manchmal wäre es nur ein Gefühl, aber manchmal wäre es so, als ob er zu ihrem Herzen sprechen würde."

Sie drehte sich aufgeregt zu ihm herum und beachtete den Sicherheitsgurt nicht, der ihr in die Seite schnitt. „Ich habe keine Worte gehört, aber ich habe so sicher gewußt, daß sie singen kann, als hätte es mir jemand verraten. Und ich spürte einen ganz deutlichen Drang, sie darauf anzusprechen und etwas deswegen zu unternehmen." Sie runzelte die Stirn. „Ich weiß allerdings nicht, was."

„Ihr einfach zuhören, sie ermutigen, das dürfte für den Anfang genügen", sagte Patrick. „Wenn Gott noch mehr vorhat, wird er es dir schon zur rechten Zeit mitteilen."

Prickelnde Unruhe durchschoß sie wie ein Stromschlag. „Hättest du Lust, mit mir jetzt gleich zu ihr hinüberzufahren?"

„Bist du denn nicht müde? Denk dran, dich nicht zu überfordern."

„Ich bin putzmunter." Sie warf einen Blick auf die Uhr am Armaturenbrett. Es war erst halb acht. „Es ist ja noch früh. Außerdem könnte ich sowieso nicht schlafen, bevor ich das nicht hinter mich gebracht habe." Sie dachte daran, in was für einer Verfassung sie gewesen war, als ihr Manager Kyle das erste Mal mit ihr geredet und ihr eine goldene Zukunft versprochen hatte. „Und denk nur an die arme Nicki – sie wird völlig unbrauchbar sein, bevor ich nicht mit ihr gesprochen habe."

„Also gut, wir fahren hin. Aber nur, wenn du mir versprichst zu gehen, wenn ich dich darum bitte. Im Gegensatz zu dir möchte ich nämlich, daß deine Gesundheit auch weiterhin Fortschritte macht."

„Du willst mich wohl möglichst schnell wieder loswerden, was?“ fragte sie lachend. Doch das Lachen blieb ihr im Halse stecken, als sie den Blick sah, mit dem er sie anschaute.

Einen Moment lang füllten sich seine Augen mit einem tiefen Schmerz. Er versuchte zu lächeln, doch das Lächeln erreichte seine Augen nicht, vertrieb nicht den sorgenvollen Ausdruck. „Nein, ich will, daß du so lange wie möglich hierbleibst.“

Für immer? Die Frage stand im Raum, und Andrea wurde von einem wahren Ozean der Sehnsucht überflutet, gegen den ihre Leidenschaft für die Musik wie eine kleine Pfütze wirkte. *Ich liebe dich.* Ihr Herz wollte die Worte hervorsprudeln, doch ihr Kopf schritt ein und verbot es ihr. Vielleicht bildete sie sich das alles nur ein, überschätzte ganz und gar die Tiefe seiner Gefühle für sie, weil sie es sich so sehr wünschte. *Nur nichts überstürzen.* Sie war sich nicht sicher, ob es Gott war, der da zu ihr sprach, oder ob ihre eigenen Ängste sie bremsten. Sie schaute aus dem Fenster und versuchte, sich wieder in den Griff zu bekommen.

„Gut, ich habe es nämlich gar nicht eilig, von hier wegzukommen“, sagte sie und versuchte, ihrer Stimme einen sorglosen, fröhlichen Klang zu verleihen. Sein fragender Blick sagte ihr, daß ihr das halbwegs gelungen sein mußte. „Das Landleben beginnt mir zu gefallen.“

„Es verliert an Glanz, wenn man sich dran gewöhnt hat“, bemerkte Patrick und holte den Zettel mit Nickis Telefonnummer aus seiner Hemdtasche. Er reichte ihn Andrea und zeigte auf das Autotelefon. „Bitte.“

Andrea nahm das Telefon aus der Halterung und tippte Nickis Nummer ein. Als das Mädchen beim ersten Klingeln abhob, grinste Andrea Patrick an und teilte Nicki dann mit, was sie vorhatten. Nicki war begeistert und beschrieb ihnen den Weg zu ihrem Haus, und kaum zehn Minuten später waren sie da. Es war ein einfaches Haus, aber es wirkte sehr gepflegt.

Nicki bat sie herein und stellte sie ihren Eltern vor. Besonders ihr Vater trat Andrea ein wenig mißtrauisch gegenüber, und sie schenkte ihm ihr freundlichstes Lächeln. „Guten Abend, Mr. Alexander. Ich bin Andrea Carson."

Sein unschlüssiger Gesichtsausdruck wich einem strahlenden Lächeln. „Sie ist es wirklich! Diese Grübchen!" Er schüttelte den Kopf. „Entschuldigen Sie, Miss Carson, aber als Nicki uns erzählt hat, sie hätte Sie im Einkaufszentrum getroffen und Sie würden vorbeikommen, haben wir befürchtet, sie wäre da irgendeiner üblen Sache aufgesessen."

„Sie haben ganz recht damit, vorsichtig zu sein, Mr. Alexander", beruhigte Andrea ihn und holte ihren Führerschein hervor. „Sehen Sie? Ich bin es wirklich."

Patrick schaute ihr neugierig über die Schulter. „Wußte ich's doch. Sogar auf dem Foto im Führerschein sieht sie toll aus." Er streckte Nickis Vater die Hand entgegen. „Hallo, ich bin Patrick Jamison, ein Freund von Andrea."

„Sind Sie auch in der Musikbranche?" fragte der ältere Mann, als er Patrick die Hand schüttelte.

„Nein, ich bin eher in der Landwirtschaftsbranche", lachte Patrick. „Ich habe eine Ranch südlich von Buckley."

„Setzen Sie sich doch", sagte Mrs. Alexander und zeigte auf ein braunes Zweisitzer-Sofa. „Kann ich Ihnen einen Kaffee oder sonst etwas anbieten?"

„Vielen Dank, aber wir kommen gerade vom Essen." Andrea schaute sich im Raum um und mußte lachen. Fünf Kindergesichter unterschiedlicher Altersstufen lugten durch den Türspalt, und von da, wo Andrea stand, sah es aus, als wären sie alle übereinandergestapelt. „Das ist dann wohl der Rest der Familie!"

„Kommt rein", sagte Nicki. „Aber benehmt euch!"

Die Kinder kamen nacheinander hereinmarschiert. Sie schienen etwa zwischen sechs und sechzehn Jahren alt zu sein. „Bist du wirklich zu uns gekommen, um Nicki beim Singen zuzuhören?" fragte der Kleinste, ein niedlicher Junge.

„Ja, das stimmt", bestätigte Andrea.

„Warum?"

Andrea warf Patrick einen Blick zu. Er sagte nichts, doch Andrea sah Ermutigung in seinen Augen. Sie holte tief Luft, um den Anflug von Nervosität zu vertreiben, der sie gerade überkam. Sie hatte Gott versprochen, daß sie ihre Gefühle für ihn nicht verstecken wollte, aber dies war die erste Gelegenheit, bei der sie vor Fremden darauf zu sprechen kam.

„Weil ich glaube, daß es Gottes Wille ist", sagte sie und schaute dem Kleinen dabei fest in die Augen.

„Oh!" Der Junge legte den Kopf schräg. „Hast du das in der Bibel gelesen? Steht da drin, daß du herkommen und Leuten beim Singen zuhören sollst?"

Andrea sah Nicki und ihre Eltern an. Sie schienen von der Frage des Kleinen amüsiert zu sein, doch sie wirkten auch neugierig darauf, was Andrea nun antworten würde. Auf jeden Fall sahen sie nicht so aus, als wären sie aufgebracht.

„Nein, das steht nicht in der Bibel. Ich hatte bloß das Gefühl, ich sollte herkommen, als ich deine Schwester heute kennengelernt habe."

„Oh!" machte der Kleine wieder. Er schien diese Antwort ohne Rückfragen zu akzeptieren. „Wird Nicki jetzt berühmt?"

„Das weiß ich nicht. Wir müssen eben einfach abwarten."

„Das sagen die Erwachsenen immer!" beschwerte sich der Junge.

Andrea lachte leise. „Tja, das stimmt wohl."

„Okay, Kinder, ihr habt Miss Carson kennengelernt. Jetzt geht wieder auf eure Zimmer, ja?" Mr. Alexander klang ruhig, aber bestimmt. „Wir wollen Miss Carsons kostbare Zeit doch nicht verschwenden." Als die Kinder zögernd hinausgingen, hatte er ein freundliches Wort für jedes von ihnen. Dann schaute er Andrea an. „Sollen meine Frau und ich auch hinausgehen? Stören wir Sie?"

„Nein, auf gar keinen Fall! Bleiben Sie bitte hier. Nicki

wird das sicher auch lieber sein." Andrea sah das Mädchen an und lächelte bestärkend, um ihm etwas von seiner Aufregung zu nehmen. „Ich weiß, du bist jetzt sehr nervös, aber versuch dich zu entspannen, ja? Das hier ist kein ‚Alles-oder-nichts'-Moment. Wenn es heute nicht so richtig klappen will, probieren wir es eben ein anderes Mal. Wie lange hast du Klavierunterricht gehabt?"

„Sechs Jahre. Ich habe aber erst mit zwölf angefangen. Doch ich habe vorher immer schon auf dem Klavier meiner Oma herumgeklimpert."

„Du spielst also nach Gehör?"

„Ja, aber meine Klavierlehrerin hat mich immer gezwungen, ihr die Noten erst vorzulesen, bevor sie das Stück für mich spielte." Ein schwaches Lächeln überzog Nickis Gesicht.

„Das war klug von ihr. Meine hat erst nach zwei Jahren gemerkt, daß ich kaum eine Note lesen konnte. Sie hat mir jedes Stück zuerst vorgespielt, damit ich wußte, wie es klingen soll." Andrea grinste reuevoll. „Und danach brauchte ich dann keine Noten mehr, um es nachzuspielen. Welches Instrument magst du lieber, Klavier oder Gitarre?"

„Ich mag jedes auf seine Art. Es hängt von meiner Stimmung und von dem Lied ab, das ich spielen will."

„Aber auf welchem bist du sicherer?"

„Auf der Gitarre."

„Dann laß uns damit anfangen."

Nicki ging mit zittrigen Knien zum Klavier hinüber, nahm eine der beiden Gitarren von der Wand dahinter und kam dann zu Andrea und Patrick zurück.

„Spiel einfach irgendwas, das du gern magst und das dir beim Aufwärmen hilft. Ich hab's nicht eilig. Laß dir ruhig Zeit und fang an zu singen, wenn dir danach ist."

Nicki nahm die Gitarre und überprüfte zuerst, ob sie gestimmt war. Sie drehte an ein paar Wirbeln, um die Saiten zu stimmen, und als sie mit dem Klang einverstanden war, begann sie zu spielen. Am Anfang vergriff sie sich ein paarmal, doch bald ging sie voll in der Musik auf. Das Tempo des Songs war moderat, die Melodie heiter, aber ruhig. Das Lied erinnerte Andrea an den kleinen Bach, an dem sie und Patrick neulich spazierengegangen waren. Fröhlich dahinplätschernd, aber friedlich. Als die letzten Noten verklungen waren, hielt Nicki inne und hob dann langsam den Kopf.

„Sehr schön. Hast du das geschrieben?" fragte Andrea. Als Nicki bejahte, fuhr sie fort: „Ich habe dich noch gar nicht gefragt, welchen Musikstil du eigentlich magst!"

„Hauptsächlich Country- und Gospelmusik. Ich schätze, ich bin ein bißchen wie Sie. Ich mag die Vielfalt." Sie war jetzt sichtlich entspannter und warf Andrea ein Lächeln zu, während sie die ersten Akkorde eines anderen Liedes anschlug.

Andrea erkannte es sofort als eines der ersten Lieder, die von ihr auf Platte erschienen waren.

Nicki verzog mißbilligend das Gesicht. „Ohne die zweite Gitarre im Hintergrund klingt es irgendwie nicht richtig!"

„Na, das läßt sich ja leicht ändern", sagte Patrick, sprang auf und holte die andere Gitarre. Er grinste Andrea übermütig an, als er sich wieder neben sie auf das Sofa fallen ließ. „Du hättest wohl nicht gedacht, daß ich deine Songs auch spielen kann, was?"

Sie schüttelte stumm den Kopf und schaute fasziniert zu, wie er dem Mädchen zunickte und dann im zweiten Teil des Songs mit einsetzte. Jede Note, jeder Akkord stimmte vollkommen. Nicki grinste breit, und Patrick ebenso. Lachend hob Andrea die Hände. „Okay, okay, ich bin beeindruckt! Von euch beiden! Kannst du das singen, Nicki?"

„Nicht so gut wie Sie."

„Jeder singt auf seine Weise. Also los, Nicki, zeig, was du kannst!"

„Okay." Nicki holte tief Luft und spielte das Intro. Patrick setzte ein, und Nicki begann von einem Mädchen zu singen, das die Aufmerksamkeit des Jungen vom Nachbarhaus erringen will. Sie hatte eine angenehme Stimmlage, nicht zu hoch und nicht zu tief, und ihre Stimme war voll und hatte nur einen Hauch von Vibrato. Nach der ersten Strophe war sie ganz in ihrem Element und begann dem Song eine eigene Note zu verleihen.

Widersprüchliche Gefühle stiegen in Andrea auf – Begeisterung darüber, ein großes Talent entdeckt zu haben, Freude und Aufregung, weil sie wußte, daß sie Nicki helfen konnte und ihr Weg daher nicht so schwierig werden würde wie Andreas eigener ... und der Vorgeschmack auf so etwas wie Rivalität. Dieses Mädchen würde eine harte Konkurrenz für sie alle werden!

Der Song endete, und Patrick schaute Andrea an, von einem Ohr zum anderen grinsend. „Also, ist das Mädchen gut oder was?"

Andrea fühlte einen kleinen Stich der Eifersucht, aber es hatte nichts mit Nickis Gesang zu tun. Sie zwang sich, das zu ignorieren. Schließlich hätte Gott sie doch nicht zu Nicki geschickt, wenn das bedeutete, daß sie Patrick an sie verlieren würde, oder? „Sie ist mehr als gut. Sie ist fantastisch! Und ich bin froh, daß ich diesen Song aufgenommen habe, bevor du eine Gelegenheit dazu hattest, junge Dame!"

Nicki keuchte und hielt sich eine Hand vor den Mund. Eine Träne rann ihre Wange hinunter, und bald folgten weitere, während sie ihre Eltern fassungslos anblinzelte. Diese waren ihr keine große Hilfe. Sie saßen wie angewurzelt auf dem Sofa, vollkommen überwältigt. Andrea gab ihnen ein paar Minuten, um sich zu erholen.

„Ich ... äh", begann Mr. Alexander schließlich, „ich möchte nichts vorwegnehmen, aber ich will nicht, daß meine Tochter unter die Räder kommt."

„Das wird sie nicht – nicht, wenn man es richtig anpackt. Ich wohne bei meiner Cousine in Buckley, Nicki, und ich würde mich freuen, wenn du zu ihr herüberkommen würdest und wir einen Song mit dir aufnehmen könnten. Das wäre zwar keine große Sache, nicht zu vergleichen mit einer Studioaufnahme, aber es würde reichen, um meinen Manager davon zu überzeugen, wie gut du bist. Wenn Kyle dich hört, wird er dich wahrscheinlich ins nächste Flugzeug nach Nashville packen! Natürlich mußt du keinen Vertrag mit Kyle abschließen, aber ich kann ihn nur empfehlen. Er ist einer der besten Musikmanager, die es gibt. Er regelt Plattenverträge, Konzerttourneen, die Pressearbeit, die Promotion ... einfach alles. Er ist wirklich sehr gut, und er hört einem zu. Wenn ich ihn bitte, keine Konzerte in miesen Absteigen zu organisieren, dann tut er es auch nicht. Du wirst jedenfalls definitiv einen Manager brauchen. Es ist schwer, in diesem Geschäft ohne einen weiterzukommen, aber falls du ihn aus irgendeinem Grund nicht magst, kann ich dir auch einen anderen besorgen."

Andrea lächelte die offensichtlich vollkommen überwältigte Familie Alexander beruhigend an. „Kyle organisiert alles und regelt die geschäftlichen Angelegenheiten, aber das letzte Wort habe immer noch ich, zum Beispiel was die Vorgruppe bei meinen Konzerten angeht. Als ich krank geworden bin, habe ich alle aus ihren Verträgen entlassen, so daß sie sich andere Jobs suchen konnten. Sobald ich wieder auf dem Damm bin, werden wir die geplatzten Konzerte nachholen, und dann brauche ich jemanden, der das Vorprogramm gestaltet."

„Und Sie möchten, daß ich das sein werde?" flüsterte Nicki.

„Ich kann es dir noch nicht versprechen, aber ich werde tun, was ich kann. Es wird eine Menge Arbeit kosten, vor allem dich und deinen Manager. Meine Aufgabe wird es lediglich sein, die Tür aufzuhalten."

„Wie soll ich Ihnen bloß jemals danken, Miss Carson?"

„Du könntest damit anfangen, mich Andrea zu nennen", schlug Andrea vor. „Immer wenn mich jemand ‚Miss Carson' nennt, denke ich, meine Großtante ist gemeint! Hast du einen Job?"

„Ja, ich arbeite an drei Tagen in der Woche bei der Bank. Montags und freitags habe ich frei."

„Könntest du Montag früh herüberkommen?"

„Klar! Wann?"

„Sagen wir um neun Uhr? In der Zwischenzeit könntest du dir schon mal überlegen, welche Songs du singen willst. Du kannst ein paar Cover-Versionen von bereits existierenden Liedern singen, aber du solltest auch ein paar eigene Sachen dabeihaben. Je vielseitiger du bist, desto besser. Dann kannst du auch alle Facetten deiner Stimme richtig zur Geltung bringen."

Andrea zog einen Notizblock hervor und schrieb Nicki Danas Nummer und Adresse auf. Daneben kritzelte sie eine grobe Wegbeschreibung. „Dir ist sicher klar, daß diese Angaben vertraulich behandelt werden müssen, nicht wahr? Bitte sag niemandem, wo ich wohne. Ich mag meine Fans wirklich gern, aber du hast ja heute gesehen, daß ich keine Minute Ruhe hätte, wenn es bekannt wäre, wo ich bin. Und gerade im Moment brauche ich nun mal viel Ruhe."

„Machen Sie sich keine Sorgen, wir werden dichthalten", beeilte sich Nicki zu versichern.

Andrea schaute Nickis Eltern an. „Sie können gerne auch kommen, wenn Sie möchten."

„Danke, aber ich glaube, wir sollten Nicki das allein regeln lassen", sagte Mrs. Alexander und tupfte ihre Augen mit einem Taschentuch trocken. „Es fällt mir nicht leicht, aber sie ist erwachsen und muß ihre eigenen Entscheidungen treffen."

Andrea lächelte. „Ich habe da so eine Idee. Wenn du erst mal im Geschäft bist, wirst du verstehen, was ich meine. Ich bin nach Nashville gegangen, als ich 18 Jahre alt war und gerade die Schule beendet hatte. Ich kannte keinen Menschen, schon gar nicht jemanden aus der Branche. Es war ein langer, harter Weg voller Enttäuschungen und manchmal auch Gefahren, aber auch voller Glück und Erfolg. Es würde mich sehr freuen, wenn ich dir diesen Weg ein bißchen erleichtern könnte."

„Machen Sie so etwas öfter?" fragte Mr. Alexander.

„Ich habe ein paar Musikern Jobs vermittelt, aber das war etwas anderes. Da mußte ich nur hier und da ein gutes Wort für sie einlegen, wenn sie gut waren. Ich hatte noch nie die Gelegenheit, ein so großes neues Talent zu fördern wie Nicki. Ich finde es sehr aufregend!"

„Wohl kaum so aufregend wie wir!"

Andrea lachte und stand auf. „Natürlich nicht! Wir gehen jetzt besser und lassen Sie das alles im Familienkreis durchsprechen ... und feiern! Ich schätze, Nicki kann es kaum abwarten, ihre Freundinnen anzurufen!"

Die Alexanders brachten Andrea und Patrick zur Tür. „Wir kommen nicht mit raus, dann können Sie unauffälliger verschwinden", erklärte Nicki. „Unser Nachbar ist ein großer Fan von Ihnen, und ausgerechnet heute hat er auch noch Besuch. Er wird mich vermutlich umbringen, wenn er erfährt, daß Sie hier waren!"

„Vielleicht kann ich ihm ja ein anderes Mal Guten Tag sagen", meinte Andrea und unterdrückte ein Gähnen. „Wenn ich wieder fit bin."

Sie verabschiedeten sich, und Patrick stützte sie sanft am Arm, als sie die Stufen hinuntergingen. Als sie im Auto saßen, lehnte er sich zu Andrea hinüber und flüsterte: „Du bist eine ganz besondere Frau, Andrea Carson!" Er küßte sie sanft, fast ehrfürchtig, so daß seine Lippen ihre nur hauchzart berührten.

Andrea hätte schwören können, daß die Erde erbebte. Als er sich von ihr löste, wurde ihr klar, daß sie denselben entrückten Gesichtsausdruck haben mußte wie er. „Ich sehe schon die Schlagzeilen vor mir", sagte sie und versuchte nicht einmal mehr ihre Atemlosigkeit zu verbergen. Er runzelte die Stirn, und sie strich sie zärtlich mit den Fingern glatt. „,Bekannte Country-Sängerin stirbt an Herzrhythmusstörungen nach einem erdbebenartigen Kuß!'"

Er grinste und lehnte sich zurück. „Das ist aber eine ganz schön lange Schlagzeile!“

„Vielleicht würden sie ja das mit dem Erdbeben weglassen.“

Sein Grinsen wurde noch breiter, und er ließ den Motor an. „Nicht, wenn sie bei den Fakten bleiben wollen!“

Sie beobachtete ihn, wie er den Wagen rückwärts ausparkte und losfuhr. Es war etwas so einfaches, jemanden anzuschauen, den man liebt ... und doch so wunderbar! Sie bezweifelte, daß sie jemals müde werden könnte, ihn anzuschauen, die Art, wie er sich bewegte: kraftvoll, sicher, genau. Sie würde nie genug davon bekommen, sein Gesicht zu betrachten, jeden Ausdruck auswendig zu lernen – wie er in einem Augenblick konzentriert und ernst auf die Straße schaute und ihr im nächsten ein fröhliches Lächeln zuwarf ...

„Ach übrigens, daß du das eben ja nicht als Teilzahlung für meine Arbeitsstunden rechnest, klar?“ sagte er plötzlich.

„Also, ich finde, das hatte mindestens den Gegenwert von zwei Stunden Einkaufsbummel!“

Er konzentrierte sich wieder auf den Verkehr und dachte über ihre Worte nach. „Vielleicht. Aber ich nehm's als Bonus für den gesamten Abend.“

Sie zuckte die Achseln. „Auch gut.“

Er sah überrascht drein. „Was, nicht mal die kleinste Beschwerde über steigende Erhaltungskosten und so weiter?“

Sie lehnte sich so weit zu ihm hinüber, wie es der Gurt erlaubte. „Süßer, meine Mutter hat keine Idiotin großgezogen!“ sagte sie gedehnt im schönsten Texas-Slang.

*

Als sie Danas Haus erreicht hatten, griff Patrick hinter seinen Sitz und zog die in Geschenkpapier eingewickelte Weste hervor, die Nicki für ihn gekauft hatte. Lächelnd reichte er Andrea das Päckchen und sagte: „Du hast vorhin etwas vergessen!"

„Was ist es?" fragte sie mit neugierigem Gesichtsausdruck.

„Mach's auf!"

Mit einem gespannten Lächeln öffnete sie vorsichtig das Päckchen, entfernte das weiße Papier, in das die Weste eingewickelt war, und zog sie dann hervor. „Oh Patrick!" rief sie aus. „Du hast ... wann – wie hast du denn das gemacht?" Sie holte die Weste ganz heraus und hielt sie ins Licht der Straßenlaternen, um sie genauer zu begutachten. „Oh, sie ist noch schöner, als sie im Schaufenster aussah! Du bist ein Schatz!" Sie lehnte sich zu ihm hinüber und küßte ihn. „Tausend Dank!"

„Äußerst gern geschehen", lächelte er. „Denkst du, sie paßt dir?"

„Müßte sie eigentlich." Sie schälte sich aus dem Sicherheitsgurt und zog die Weste über. „Perfekt!"

Er warf einen flüchtigen Blick auf die Weste, die in der Tat gut paßte und bezaubernd aussah, doch ihn interessierte der warme Glanz in ihren Augen viel mehr. Er umfaßte ihr Kinn mit der Hand und schaute ihr in die Augen. „Perfekt", flüsterte er, bevor er sich einen Teil seines „Tagelohns" abholte.

Kapitel Elf

Als Patrick am Sonntag morgen auf den Parkplatz der Kirche einbog, warf Andrea einen neugierigen Blick auf das Gebäude und die Menschen, die davor standen und sich lächelnd begrüßten. Sie hatte während ihrer Schulzeit viele Stunden in dieser Kirche verbracht und mit einigen dieser Leute schöne und weniger schöne Zeiten erlebt.

Die Gemeinde hatte einen neuen Pastor, einen Mann von etwa Mitte 30. Dana und Patrick hatten in den höchsten Tönen von ihm gesprochen. Obwohl Andrea gern den alten Pastor wiedergesehen hätte, war sie doch der Ansicht, daß es gut war, daß er in Pension gegangen war. Er hatte sie zu gut gekannt. Er hätte ihr in die Augen gesehen und alles gewußt, was sie gesehen, getan und erlebt hatte.

Als Patrick eine Parklücke ergattert hatte und den Motor abstellte, begannen Schmetterlinge in Andreas Bauch so wild zu flattern, daß es einer Panik gleichkam. „Bist du sicher, daß sie mich reinlassen?" versuchte sie zu scherzen.

Er lächelte sie verständnisvoll an. „Reg dich nicht auf! Sie werden sich alle sehr freuen, dich zu sehen."

„Da bin ich mir nicht so sicher. Ich vermute mal, daß einige von denen mich für eine arrogante Ziege halten. Oder für einen faulen Apfel, je nachdem!"

Dana lehnte sich nach vorn und drückte Andrea sanft die Schulter. „Selbst wenn sie das täten, würden sie es für sich behalten. In einer der ersten Predigten von Pastor Marshall ging es darum, andere nicht zu verurteilen, und die nächste handelte von Klatsch und Lästerei. Wir hatten in dieser Gemeinde schon vorher wenig Probleme damit, aber jetzt haben wir gar keine mehr. Und außerdem, wenn dich jemand dumm anmacht, wird Patrick ihn sowieso schnappen und an den Daumen im Dachgebälk aufhängen!"

Andrea lächelte trotz ihrer Aufregung. „Na, hoffentlich hat er eine lange Leiter dabei!"

Da sie vermuteten, daß Andreas Besuch einige Aufregung mit sich bringen würde, gingen sie erst hinein, als der Gottesdienst anfing. Ray und Della hatten ihnen Plätze freigehalten, und sie glitten unauffällig in die Bank, als der Leiter des Kirchenchors das erste Lied ansagte. Trotzdem verursachte ihr Kommen wie vermutet einige Unruhe. Ein aufgeregtes Gemurmel erhob sich, das auch vom Rascheln der Liederbücher nicht übertönt wurde, als die Gemeindemitglieder das angekündigte Lied suchten.

Das Liederbuch war neu, aber als Patrick das Lied aufschlug, stellte Andrea zu ihrer Erleichterung fest, daß sie es kannte. Dana hatte ihr erzählt, daß sie nach wie vor alte Kirchenhymnen sangen, aber auch neuere Lobpreis- und Anbetungslieder, die Andrea natürlich allesamt fremd waren. Dana hatte versucht, ihr einige beizubringen, weil Andrea fürchterliche Angst davor hatte, daß die Leute sofort merken würden, wie lange sie nicht mehr in der Kirche gewesen war, wenn sie die Lieder nicht mitsingen konnte.

Sie entspannte sich ein wenig und begann, das Lied von ganzem Herzen mitzuschmettern, wobei sie sorgfältig darauf achtete, nicht lauter als alle anderen zu singen, was bei ihrer geschulten Stimme gar nicht so einfach war. Sie war überrascht festzustellen, daß sie das Lied noch fast vollständig auswendig konnte.

Nach dem Lied forderte der Pastor alle auf, sich gegenseitig zu begrüßen. Direkt vor Andrea saß ihre ehemalige Lehrerin Miss Atkins, die sie ja bereits getroffen hatte, und deren Freund Mr. Garner. Andrea schrak hoch, als der Unternehmer sich herumdrehte, um ihr Guten Tag zu sagen. Sie hatte erwartet, den eiskalten, unfreundlichen Geschäftsmann zu erblicken, an den sie sich erinnerte, doch außer dem gewohnten dunklen Anzug hatte er nicht mehr viel Ähnlichkeit mit dem Mr. Garner ihrer Jugend. Seine blauen Augen lächelten sie warm und freundlich an, und außerdem hatte er einige Kilo zugenommen, so daß er nicht mehr wie ein wandelndes Skelett aussah.

„Andrea, Schätzchen, wie schön, dich zu sehen“, flötete ihre ehemalige Lehrerin. „Du siehst schon viel besser aus!“

„Mir geht es auch besser, danke. Und es ist auch schön, Sie zu sehen!“ sagte Andrea und begrüßte Mr. Garner. Patrick stieß sie sanft an, um sie einem jungen Pärchen mit einem kleinen Kind vorzustellen, die neben ihm saßen.

Als sich die Gemeinde langsam wieder beruhigte, fragte der Pastor, ob jemand das erste Mal in dieser Kirche sei. Ein Paar mittleren Alters stand auf und stellte sich vor, und ein Schüler hatte einen Freund mitgebracht. Sie wurden mit einem warmen Applaus willkommen geheißen. Andrea stellte gerade fest, daß ihr diese neue Sitte gefiel, als der Pastor Dana bat, ihnen ihre Cousine vorzustellen.

Dana hatte sie gewarnt, daß das vermutlich passieren würde, und gemeint, daß es eine nette Geste sei, wenn sie dann aufstand und die Gemeinde kurz begrüßte, sofern sie es wollte. Plötzlich wurde Andrea klar, daß sie ihnen allen gern danken wollte, denn sie war sich sicher, daß viele dieser Menschen in den letzten Jahren und besonders während ihrer Krankheit für sie gebetet hatten. Obwohl sie vor Nervosität zitterte, war sie bereit aufzustehen.

„Ich habe gehört, daß die junge Dame für einige von euch keineswegs eine Fremde ist“, sagte der Pastor gerade. „Wenn auch einige noch nicht die Gelegenheit hatten, sie kennenzulernen, so hatten sie doch die Möglichkeit, für sie zu beten.“

Patrick nahm ihre Hand. Kraft und Ruhe durchströmten sie, und wieder dachte sie, wie schön und richtig es wäre, diesen Mann immer an ihrer Seite zu haben.

Dana stand auf und nahm das schnurlose Mikrophon, das ein junger Mann ihr reichte. „Wie die meisten von euch habe ich vor einigen Wochen erfahren, daß meine Cousine, Andrea Carson hier, ins Krankenhaus eingeliefert werden mußte.“ Tränen stiegen ihr in die Augen, und sie mußte sich räuspern. „Eine Freundin von ihr rief mich an und bat mich, für sie zu beten, da man nicht wußte, ob sie durchkommen würde.“

Andrea hörte, wie Patrick scharf die Luft einzog und ihre Hand so fest preßte, daß es wehtat. Sie schaute zu ihm herüber und hielt seinem fragenden und verletzten Blick stand.

Dann lehnte sie sich zu ihm hinüber und flüsterte ihm ins Ohr: „Ich habe das selbst erst gestern erfahren, daß es so ernst um mich stand, glaub mir! Sie haben mir nur gesagt, daß sie sich Sorgen um mich gemacht hätten!" Er lockerte seinen Griff, hielt ihre Hand aber weiterhin fest.

„Ich habe eine Gebetskette organisiert", erklärte Dana, „und ihr seid aktiv geworden! Ihr habt nicht nur gebetet, sondern ihr habt auch eure Freunde und Bekannten in anderen Gemeinden zum Beten zusammengetrommelt. Etwa 18 Stunden lang wußten wir nicht, ob Andrea überleben würde. Doch Gott war gnädig und hat unsere Gebete erhört." Ein Lächeln erhellte Danas Gesicht. „Und er hat uns sogar noch einen kleinen Extra-Gefallen getan, indem er sie überredet hat, sich hier in Buckley zu erholen. Tja, also, nachdem ich ihr jetzt die ganze Show gestohlen habe, möchte ich meine Cousine Andrea herzlich willkommen heißen!"

Patrick drückte sanft Andreas Hand, als sie mit zittrigen Knien aufstand. Ein enthusiastischer Applaus schwoll an, als sie das Mikrophon von Dana übernahm und der Gemeinde zulächelte.

„Ein Glück, daß Dana mich gewarnt hat, daß sie so etwas plant!" sagte sie. Ein paar Leute lachten, und Andrea ließ den Blick über die Menge schweifen. „Ich sehe hier viele Menschen, die ich noch aus meiner Jugendzeit kenne. Ich bin sicher, daß diese Leute für mich gebetet haben, und ich habe eben gehört, daß auch eine Menge Leute wegen mir auf den Knien gelegen haben, die mich überhaupt nicht kennen. Ich möchte jedem einzelnen von Ihnen von ganzem Herzen dafür danken!"

Sie machte eine kleine Pause, um sich zu sammeln. Eigentlich hatte sie vor, so schnell wie möglich zum Ende zu kommen und sich wieder hinzusetzen. Doch dann fiel ihr Blick auf zwei Bänke ein paar Reihen weiter vorn, auf denen einige Teenager saßen. Keiner von ihnen zappelte unruhig herum, und keiner wirkte gelangweilt. Sie hingen ihr geradezu an den Lippen, und einigen liefen doch tatsächlich Tränen die Wangen hinunter. Mit einem Schlag wurde ihr klar, daß Patrick und Dana recht gehabt hatten: Sie hatte wirklich die Möglichkeit, etwas zu verändern, wenn sie den Mut aufbringen konnte, ehrlich über ihren neu gefundenen Glauben zu sprechen!

In diesem Augenblick wurde ihr klar, daß alles, was sie erlebt hatte – Gutes und Schlechtes –, einen bestimmten Zweck gehabt hatte. Der Glaube an Gott, der ihr in den wenigen Tagen so wichtig geworden war, war nicht dazu bestimmt, im stillen Kämmerlein genossen oder mit guten Freunden geteilt zu werden. Sie mußte öffentlich darüber reden!

Unsicher schaute sie den Pastor an. Er lächelte freundlich und nickte ihr aufmunternd zu. „Nur weiter, Andrea. Mir scheint, Gott hat heute morgen etwas ganz Bestimmtes mit Ihnen vor. Wir sind hier nicht an eine feste Abfolge der Dinge gebunden ... solange wir die Kollekte nicht vergessen, natürlich!“ fügte er mit einem Augenzwinkern hinzu.

Einige Leute lachten, und Andrea spürte, wie ihre innere Anspannung ein wenig nachließ. Sie wendete sich wieder den Teenagern zu und fixierte ein Mädchen ganz bewußt, als sie weitersprach. „Ich habe Gott als Herrn meines Lebens angenommen, als ich etwa in eurem Alter war. Er war damals sehr real für mich, wie ein guter Freund.“ Sie schaute die Reihe entlang und sah den Teenies einem nach dem anderen in die Augen. „Aber als ich losgezogen bin, um mir meinen Weg in der Welt zu suchen, habe ich Jesus langsam, aber sicher immer weiter hinter mir zurückgelassen. Es gab keine bestimmte Gelegenheit, wo ich bewußt beschlossen hätte, nichts mehr mit ihm zu tun haben zu wollen oder so etwas. Ich bin einfach ganz langsam von ihm weggetrieben. Ich war immer so beschäftigt, und ich hatte einfach keine Zeit mehr, um in die Kirche zu gehen ... dachte ich jedenfalls. Ich hörte auf, in der Bibel zu lesen, und mit der Zeit gab ich auch das Beten auf. Einige Jahre lang konzentrierte ich mich voll und ganz auf meine Karriere, und schließlich hatte ich den Erfolg, von dem ich immer geträumt hatte. Ich wurde ein Star, zumindest für die paar Millionen Leute, die Country-Musik mögen. Aber wißt ihr, was ich dann entdeckte?" Einige der Jugendlichen schüttelten die Köpfe, und kein einziger schaute weg. Andrea spürte, daß auch alle anderen Menschen im Saal ganz Ohr waren, abgesehen vielleicht von einer jungen Mutter, die ihr weinendes Baby nach draußen brachte.

„Ich war nicht glücklicher als vorher. Nein, falsch, ich war vorher sogar glücklicher gewesen! Da war eine große Leere in mir, und ich wußte nicht, warum. Ich hatte alles erreicht, was ich wollte, und jetzt gab es nichts mehr, wofür ich leben konnte. Ich muß ganz schön schwer von Begriff sein, denn Gott mußte dafür sorgen, daß ich sterbenskrank wurde, bevor ich einen Moment innehielt, um wieder auf ihn zu hören!"

Ihr Blick schweifte über die Gesichter vor ihr und fand keine Mißbilligung. „Er hat zwei sehr liebe und kluge Leute benutzt, um mit mir zu reden." Andrea schaute zu Dana und Patrick. „Sie haben mir geholfen zu erkennen, daß ich ohne Gottes Liebe diese Leere niemals loswerden, daß ich ohne ihn nie erfüllt und heil sein würde. Sie haben mir auch gezeigt, daß meine Schuldgefühle zwischen mir und Gott standen, und daß Jesus mir meine Sünden vergeben möchte und mich wieder auf Kurs bringen will. Mir ist jetzt klar, daß er die ganze Zeit bei mir war und mich vor viel mehr bewahrt hat, als mir bisher bewußt war. Ich bin noch nicht ganz wieder auf dem Damm, aber es geht mir täglich besser, und zwar in jeder Hinsicht. Mein Wunsch ist es, Gott für alles zu danken, was er für mich getan hat, und ihm da zu dienen, wo er mich haben will. Ihr alle hier habt um mein Leben gebetet, deshalb werde ich jetzt so selbstsüchtig sein und euch bitten, noch ein bißchen weiter für mich zu beten, damit ich ganz klar herausfinde, in welche Richtung ich jetzt gehen soll." Sie murmelte ein Dankeschön und gab dem jungen Mann das Mikrophon zurück.

Als sie sich wieder hinsetzte, dankte ihr der Pastor für ihre Worte, doch sie hörte ihn kaum, weil Patrick sie zärtlich in die Arme nahm, hier, vor allen Leuten.

*

Am Nachmittag lag Andrea faul in einem Liegestuhl in Patricks Garten, während Dana und Tante Della am Gartentisch saßen und einen Katalog mit Antiquitäten durchblätterten. Ray saß in einem Stuhl neben Andrea und spielte mit einem jungen Kätzchen. Er zog ein Stück Seil durchs Gras, und das Tierchen hüpfte hinterher, bis es das Ende erwischt hatte. Als der Katze der Duft von gebratenem Fisch in die Nase stieg, verlor sie allerdings schnell das Interesse an dem Seil.

Andrea beobachtete, wie Patrick mit geübtem Griff das Fischfilet auf dem Grill wendete und ein neues panierte. Nachdem er in der näheren Vergangenheit so oft seine hausmännischen Fähigkeiten heruntergespielt hatte, war sie überrascht gewesen, als er sich erboten hatte, heute für sie alle zu kochen. Doch als sie den ersten Bissen von ihrem Fischfilet probierte, mußte sie feststellen, daß er die Kunst des Fischbratens meisterhaft erlernt hatte. Der grüne Salat mit der leichten Joghurtsoße war ebenfalls ausgezeichnet.

Umständlich arbeitete sie sich aus dem Liegestuhl hoch. „Es gibt einfach keine Möglichkeit, sich aus diesen Dingern elegant zu erheben", keuchte sie, als Ray sie angrinste.

„Jedenfalls nicht, wenn man nur zwei Beine hat", lachte er und warf der Katze ein Stück Fisch hin. Als das Tier mit seiner Beute geschmeidig auf den freigewordenen Liegestuhl sprang, fügte er hinzu: „Siehst du? Mit vier Beinen geht's!"

Andrea schlenderte zu Patrick hinüber. „Wieviele willst du denn noch braten?"

„So viele du willst“, sagte er, und sein Lächeln sah mehr als zufrieden aus. „Wieso habe ich bloß das Gefühl, daß du noch eins willst?“

„Tja, das stimmt. Ich habe noch nie ein so leckeres Fischfilet gegessen!“

Er streckte übertrieben die Brust vor. „Das muß wohl am Koch liegen! Allerdings macht es auch viel aus, wenn sie frisch vom Grill kommen.“ Er schaute auf die flachen, grasbewachsenen Hügel hinaus und zeigte dann auf eine vereinzelte Wolke, die von der untergehenden Sonne orangerot angeleuchtet wurde. „Und es macht viel aus, wenn man draußen in der Natur und in Gesellschaft netter Menschen ist.“ Er deutete auf die bereits fertig gegrillten Fischfilets auf einem Teller neben ihm. „Die müßten jetzt soweit abgekühlt sein, daß man sie essen kann.“

„Danke, aber ich bin bis zum Platzen vollgestopft!“

Er drehte sich zu den anderen um. „Hey, es gibt noch jede Menge Fisch, falls jemand noch welchen will!“

Dana und Tante Della schüttelten die Köpfe, aber Ray nahm sich noch ein Stück. Er ließ es allerdings schnell wieder auf den Teller fallen, als er sich die Finger daran verbrannte. „Autsch, das war wohl keine gute Idee!“ rief er und blinzelte Andrea zu. „Tja, ich schätze, wegen solcher Probleme hat man wohl Besteck und Tischmanieren erfunden!“

„Tut mir leid, ich dachte, sie wären halbwegs abgekühlt“, entschuldigte sich Patrick.

„Ich brauche bloß irgendwas, wo ich es drauflegen kann, dann geht es schon“, sagte Ray und holte seinen Pappteller. Dann lud er sich gleich zwei Stücke darauf.

„Da bleibt wohl einiges übrig“, sagte Andrea und schaute die knusprig braunen Filets traurig an.

„Moment mal, noch bin ich nicht zum Essen gekommen!“ meinte Patrick.

„Ach, du Ärmster! Du siehst auch schon ganz ausgemergelt aus“, bedauerte ihn Andrea.

„Ja, ich bringe große Opfer für das Wohl der Allgemeinheit", seufzte Patrick theatralisch.

Vorsichtig befühlte Andrea ein Fischfilet und sagte dann: „Das hier ist okay, glaube ich. Mund auf!" Sie hielt ihm den Fisch an die Lippen, und er nahm einen großen Bissen. Dann zog er scharf die Luft ein.

„Was denn, ist es doch noch zu heiß?" fragte Andrea besorgt.

Er schüttelte den Kopf. „Das ist nur die Überraschung. Der schmeckt ja wirklich klasse!"

„Das muß wohl an der Bedienung liegen", grinste Andrea und schob ihm den Rest des Fischs in den Mund. Nachdem er ihn heruntergeschluckt hatte, meinte Patrick: „Sag mal, füttern sich die Pärchen in schlechten Liebesfilmen nicht immer mit Weintrauben?"

„Ich sehe hier keine ... sonst hätte ich dir natürlich gern damit gedient", gab Andrea zurück und beobachtete, wie er mit geübtem Griff die restlichen Filets vom Grill nahm und auf den Teller häufte. „Du hast das ja wirklich toll raus. Machst du so etwas öfter?" *Kochst du öfter für irgendwelche Frauen?* fragte sie sich innerlich, bemühte sich aber, eine nur beiläufig interessierte Miene aufzusetzen. Sie begegnete seinem Blick und merkte, daß ihr das gründlich mißlungen war.

„Ach, ab und zu! Meistens machen wir – Onkel Ray, Tante Della und ich – ein kleines Barbecue und laden noch ein paar Leute aus der Gemeinde ein. Auf die Art habe ich mich schon für einige Einladungen zum Abendessen revanchiert." Seine Augen leuchteten wie bei einer angenehmen Erinnerung. „Machst du mir mal die Tür auf? Meine Hände sind voller Paniermehl und stinken nach Fisch."

„Klar!" Andrea öffnete die Schiebetür und versuchte dabei den leichten Stich der Eifersucht zu ignorieren, den sie bei seinen Worten empfunden hatte. *Jetzt sei nicht albern, Carson, bloß weil er mal mit ein paar Frauen aus seiner Gemeinde gegrillt hat!* ermahnte sie sich selbst. Das war doch einfach lächerlich!

„Magst du mir helfen?“ fragte er und hob eine Augenbraue, ein Kunststück, das Andrea einfach nicht hinbekam, sooft sie es auch schon geübt hatte.

Sie lachte und folgte ihm in die Küche. Während er sich die Hände wusch und sie danach mit Zitronensaft abrieb, um den Fischgeruch zu vertreiben, lehnte Andrea abwartend an der Küchenwand. Patrick griff sich ein Handtuch und sagte ruhig: „Ich finde es sehr schön, dich hierzuhaben, Andrea.“

„Und ich finde es schön, hier zu sein“, erwiderte Andrea weich.

Dana kam geschäftig in die Küche geeilt, schwer beladen mit Tellern und der Salatschüssel. „Hoppla, mir scheint, das war kein günstiges Timing, was?“ stellte sie mit einem Blick auf Andrea und Patrick fest und stellte das Geschirr ab. „Ray und Della wollen sich jetzt auf den Heimweg machen, bevor es dunkel wird, und ich gehe mit ihnen mit, weil ich mir ein paar Sachen anschauen will, die sie auf ihrem Speicher gefunden haben. Du kannst mich ja dann bei ihnen aufsammeln, wenn du nach Hause fährst, okay?“ sagte sie zu Andrea und verschwand dann blitzschnell wieder nach draußen.

Als die Schiebetür sich mit einem leisen Rauschen wieder schloß, schauten Andrea und Patrick grinsend aus dem Fenster. Selbst eine Schildkröte hätte die paar hundert Meter zum Haus der Jamisons spielend vor dem Dunkelwerden bewältigt! Sie mußten lachen.

„Wir haben wirklich sehr taktvolle Verwandte, nicht?“ stellte Patrick fest und kam auf sie zu. „Wahrscheinlich haben sie mitbekommen, daß ich schon den ganzen Tag darauf brenne, mit dir allein zu sein.“ Er legte seine Arme um sie und zog sie an sich.

„Ach ja? Tust du das?“ Sie warf ihm die Arme um den Hals und klimperte mit den Augenlidern wie Scarlett O'Hara aus „Vom Winde verweht“. „Aber Rhett, wozu denn bloß?“

„Dazu“, sagte er schlicht, bevor er sie federleicht küßte. Dann meinte er unvermittelt:

„Wollen wir uns raus auf die Hollywoodschaukel setzen und den Grillen beim Abendkonzert zuhören?“

„Das klingt wie eine Zeile aus einem schmalzigen Liebeslied“, sagte Andrea und lehnte ihren Kopf sacht gegen sein Kinn. Sie fragte sich, wie sie laufen sollte, nachdem ihr bei seinem Kuß die Knie zu Pudding geworden waren.

„Hey, vielleicht wird daraus ja mal ein Hit!“

Ich denke, wir zwei sind bereits ein Hit, dachte Andrea und mußte sich auf die Zunge beißen, um es nicht laut auszusprechen. „Jedenfalls hätte es das Potential dazu.“

Sie ließen sich auf die Hollywoodschaukel plumpsen und heulten beide auf, als die Schaukel weiter zurückschwang, als sie erwartet hatten. Andrea krallte sich an der Armlehne fest, bis sie ihr Gleichgewicht gefunden hatten. „Aha, jetzt weiß ich auch, warum Eltern ihre Töchter immer davor warnen, sich im Dunkeln allein mit einem Mann auf eine Hollywoodschaukel zu setzen!“ lachte sie.

Patrick stieß sich mit den Füßen ab und brachte damit die Schaukel sanft zum Schwingen, während er ihr den Arm um die Schultern legte. „Ja, die wissen eben, daß das Ding sie beide im hohen Bogen rausschmeißt, wenn es zu sehr in Schwung kommt“, ging Patrick auf die Anspielung ein. „Ist dir warm genug?“

„Jawohl!“ Sie lehnte ihren Kopf an seine Schulter und seufzte leise.

„Was ist?“

„Gar nichts. Das war ein Ausdruck tiefster Zufriedenheit. Es ist schön hier draußen.“

„Ja, das ist es!“ Er stützte sein Kinn vorsichtig auf ihren Kopf. „Hast du diese Woche eigentlich noch mehr Lieder geschrieben?“

„Ich habe gestern eins angefangen, aber es ist noch nicht so, wie ich es haben will. Eigentlich ist die Tonlage auch für mich ein bißchen zu tief, aber ich denke, es wäre vielleicht etwas für Nicki. Sie hat eine tiefere Stimme als ich.“

„Vielleicht könntet ihr ja ein Duett singen?"

„Daran habe ich noch gar nicht gedacht, aber das ist eine gute Idee! Das müssen wir morgen mal ausprobieren."

„Du freust dich wirklich darauf, mit ihr zusammenzuarbeiten, nicht wahr?" Er klang überrascht. Andrea war selbst ein wenig überrascht, daß es so war.

„Ja, das tue ich! Aber vor zwei, drei Monaten hätte ich noch nicht so gedacht. Da hätte ich sie als Bedrohung empfunden."

„Und jetzt tust du das nicht mehr?"

„Sie wird eine ernsthafte Konkurrenz darstellen, aber das macht mir nichts aus! Meine Karriere ist nicht mehr das Wichtigste in meinem Leben. Wenn Gott will, daß ich da weitermache, wo ich aufgehört habe, wird er meine Bemühungen segnen, und wenn er es nicht will, wird er mir schon zeigen, was ich machen soll."

„Du denkst ernsthaft übers Aufhören nach, stimmt's?" fragte er und schaute sie mit einer Mischung aus Besorgnis und Ungläubigkeit an.

Sie schüttelte den Kopf. „Nein, ganz mit der Musik aufhören könnte ich nicht! Musik machen ist wie Atmen für mich."

„Eben, und du mußt ja auch bedenken, daß dein Talent eine Gabe Gottes ist. Schon jetzt werden so viele Menschen durch deine Musik beschenkt – und wenn du jetzt noch deinen Glauben mit einbringst, dann hast du eine unfaßbare Chance, sehr vielen Menschen von Gottes Liebe zu erzählen, die sonst nie etwas davon hören würden!"

„Ich weiß, und das will ich auch tun. Aber manchmal wünschte ich fast, ich könnte keine einzige Note richtig singen!"

„So etwas darfst du nicht einmal denken!"

„Ich sagte ja auch nur *fast*. Ich weiß, daß Gott mich reich beschenkt hat, und ich bin ihm auch dankbar dafür, aber es gibt auch noch andere Dinge, die ich machen will und die sich mit dem Musikbusiness nicht vertragen."

„Und das wäre zum Beispiel was?“

Sie spürte, wie er sich anspannte und sich ein wenig von ihr entfernte, obwohl er nicht körperlich wegrückte. Wenn sie daran dachte, was er mit seiner Mutter durchgemacht hatte, dann konnte sie nur annehmen, daß es nicht so leicht sein würde, Patrick von ihren Gefühlen für ihn zu überzeugen. Sie mußte Geduld haben, und irgendwann würde er merken, wieviel er ihr bedeutete. „Oh, da gibt es eine ganze Liste, die ich noch nicht sortiert habe“, sagte sie leichthin.

Sie ließ ihre Hände über seinen Bauch gleiten und umarmte ihn. Die Spannung schien ein wenig nachzulassen. „Hier mit dir zu sitzen steht ziemlich weit oben auf dieser Liste. Das könnte allerdings damit zusammenhängen, daß ich zu vollgefuttert bin, um jemals wieder aufzustehen!“ entschärfte Andrea die Situation und tätschelte liebevoll seinen Bauch. „Und du siehst auch recht wohlgenährt aus!“

„Willst du damit etwa andeuten, ich wäre fett?“ fragte Patrick mit gespielter Empörung.

„Aber niemals! Du bist eben nur ... stattlich!“ neckte sie ihn.

Er mußte lachen. „Ich weiß nicht recht, ob ich das als Kompliment werten soll.“

„Das war lediglich eine neutrale Feststellung. Ich habe in den letzten Tagen zwei Kilo zugenommen, und das ist gut so. Heute dürften vermutlich noch mal zehn dazugekommen sein, womit ich mein Idealgewicht wieder erreicht hätte. Ich hätte allerdings auch nichts dagegen, eines Tages diese Art von erheblicher Gewichtszunahme zu erleben, die innerhalb von neun Monaten stattfindet und dann von einem Tag auf den anderen wieder weggeht“, fügte sie nachdenklich hinzu.

„Tja, damit dürfte ich allerdings gewisse Schwierigkeiten haben“, sagte er, und obwohl er auf ihren Scherz einging, meinte Andrea eine Spur von Sehnsucht in seiner Stimme zu hören. Oder hoffte sie das nur?

Um das Thema zu wechseln, täuschte sie ein Gähnen vor.

Irgendwie war ihr die Unterhaltung etwas entglitten. Übers Kinderkriegen hatte sie ganz sicher nicht reden wollen!

„Ich sollte jetzt wohl besser gehen! Dana hat morgen ganz früh einen Termin, da will sie sicher zeitig ins Bett."

Nachdem Patrick ihr die Schlüssel zum Blazer geholt hatte, ging er mit ihr zu dem Wagen hinüber und erklärte ihr kurz die vielen Schalter und Hebel am Armaturenbrett.

„Vielleicht hättest du mir deinen Sportwagen leihen sollen, da sind nicht so viele Knöpfe dran, die man aus Versehen drücken kann!" lachte Andrea.

„Tut mir leid, aber den kannst du nicht fahren!"

„Danke, sehr großzügig von dir!"

Er lehnte sich an die Fahrertür und schaute sie durch das offene Fenster an. „Ich sagte nicht, daß ich dich nicht damit fahren lassen möchte, sondern daß du nicht damit fahren *kannst*. Du bist zu klein! Der Sitz ist eine Maßanfertigung für mich, und man kann ihn nicht verstellen. Du würdest also nicht an die Pedale kommen, es sei denn, du fährst im Liegen. Ich schätze mal, du wirst dir deinen eigenen maßgefertigten Sportwagen anschaffen müssen."

„Vielleicht mache ich das sogar! Ich habe mir schon immer einen gewünscht, der solche todschicken roten Flammen an den Seiten hat wie deiner."

Er lachte und richtete sich auf, als sie den Motor anließ. „Ja, das paßt zu dir! Ich werde mal die Augen für dich offenhalten."

„Ich würde sowieso kein Auto kaufen, das nicht deine persönliche Zustimmung findet. Ich will schließlich die Meinung eines Profis dazu hören!"

„Das könnte schwierig werden, wenn du dein Traumauto in Nashville oder irgendwo während einer Tournee entdeckst", sagte Patrick matt.

„Schon mal was von Flugzeugen gehört? Tolle Erfindung!"

„Du möchtest mir also mitteilen, daß du von mir erwartest, daß ich mich sofort in den nächsten Flieger schwinge, wenn du irgendwo in der Pampa ein Auto entdeckst? In Humptulips im Staate Washington?" Er tat empört. „Andererseits, da ich alte Autos sehr liebe, würde ich das vielleicht wirklich in Erwägung ziehen. Wer weiß?"

„Hey, jetzt werde ich aber eifersüchtig auf das Auto!"

„Ach, wenn ich in Humptulips ankomme, bist du vermutlich sowieso schon längst weg."

„Oh, ich weiß nicht!" Sie lächelte und versuchte, in dieses Lächeln ihre ganze Liebe hineinzulegen, obwohl er das im Dämmerlicht vermutlich ohnehin nicht sehen konnte. „Für dich würde ich wahrscheinlich bleiben." Langsam fuhr sie an, winkte ihm zum Abschied zu und murmelte so leise, daß nur sie es hören konnte: „Und ich spreche nicht von Humptulips im Staate Washington, sondern von Buckley in Texas, und zwar für immer! Wann wirst du das endlich merken, du großer, wunderbarer, liebenswerter Kerl?"

Kapitel Zwölf

„Sing die letzte Zeile nochmal! Da fehlt irgendwo noch ein Akkord", sagte Andrea und lauschte angestrengt, während Nicki die letzten Noten des Songs, den sie selbst geschrieben hatte, wiederholte. „Okay, und jetzt nochmal!" Nicki begann wieder zu singen, und Andrea stimmte mit einem Klavierpart ein, den sie zu dem Lied dazukomponiert hatte.

„Das ist es!" rief Nicki begeistert, kaum daß sie nach dem letzten Ton etwas Atem geholt hatte. „Andrea, das macht das ganze Lied tausendmal schöner!"

„Ja, mir gefällt es auch, obwohl ich den Song schon vorher gut fand. Mit Baß und Schlagzeug wird es noch viel besser klingen. Und ein guter Keyboarder kann dem ganzen noch ein paar Soundeffekte geben, auf die wir beide nie kommen würden. Du wirst staunen, wenn du mal eine Übungsstunde mit der Band mitbekommst und sie anfangen zu improvisieren!"

„Wird das alles wirklich passieren? Gehe ich wirklich nach Nashville?" Nickis Gesichtsausdruck war hoffnungsvoll und ungläubig zugleich.

Andrea lachte. „Ja, Mädchen! Traum und Wirklichkeit werden ausnahmsweise mal aufeinandertreffen! Ich habe Kyle derart von dir vorgeschwärmt, daß er praktisch nach dieser Aufnahme lechzt, die wir heute machen werden. Er hat mir befohlen, das Band per Express zu schicken, damit er es morgen hat. Also, bist du bereit?"

„Jawohl, Madam!" Nicki konzentrierte sich, nahm die Gitarre und nickte Andrea dann zu.

Andrea bedeutete Dana, den Kassettenrekorder zu starten, und setzte dann zum Klavierintro an, das sie dem Song hinzugefügt hatte. Nicki stimmte mit ihrer Gitarre in das Spiel ein, ihre Finger glitten leicht und sicher über die Gitarrensaiten, und ihre Stimme war kräftig und ein wenig rauh, mit einer Intensität, die vor ein paar Minuten noch nicht dagewesen war. Sie schwoll im Verlauf des Liedes immer mehr an, um dann am Schluß zu einem hauchzarten Flüstern zu werden. In dem Song ging es um eine Frau, die sich nach dem Mann ihres Herzens sehnt, und die letzten Noten schwebten in der Luft wie der sehnsüchtige, einsame Klang einer Flöte.

Andrea blinzelte ein paar Tränen weg, als sie sich auf dem Klavierstuhl umdrehte. Sie sehnte sich danach, in Patricks Armen zu liegen. Wenn dieser Song schon jetzt eine solche Wirkung auf sie hatte, wo sie nur wenige Kilometer von Patrick entfernt war, was würde dann erst mit ihr passieren, wenn ein halber Kontinent sie trennte? Wie konnte sie dieses

Lied in ihrem Vorprogramm haben, wo sie es jedesmal hören mußte, bevor sie auf die Bühne hinausging?

Andrea war sich sicher, noch nie ein so zärtliches Liebeslied gehört zu haben, jedenfalls keines, das mit soviel ehrlich empfundenen Gefühlen gesungen wurde. Wenn ihr Instinkt sie nicht trog – und das tat er selten, wenn es um Musik ging –, dann würde dieser Song Nickis erste Single werden, und er würde sie vom Fleck weg in die Hitlisten bringen.

Dana drückte auf die Stoptaste und schniefte vernehmlich, während sie sich die Augen mit einem Taschentuch abtupfte. „War das schön! Da mußt du aber jemanden sehr geliebt haben, was?“

Nicki holte tief Luft und atmete dann langsam wieder aus. „Ich habe es letztes Jahr geschrieben, als mein Freund und ich uns getrennt haben. Er ist zur Marine gegangen und wollte sich nicht binden. Es war wohl richtig, daß wir auseinandergegangen sind, aber es tut immer noch weh, wenn ich dieses Lied singe.“

„Oft wird ein Lied gerade dadurch ein echter Hit, daß du deine Gefühle voll einbringst. Aber es ist nicht leicht! Du wirst bald merken, daß es ganz gut ist, wenn man nach einem solchen Herzschmerz-Song erstmal was Fröhliches singt“, meinte Andrea. Sie streckte sich und warf einen Blick auf die Uhr. „Laß uns eine Pause einlegen! Dann nehmen wir das lustige Stück auf, das du mir vorhin gezeigt hast. Wenn Kyle das von eben und danach noch dieses hört, wird er vor Begeisterung an die Decke gehen. Er wird es gar nicht abwarten können, dich ins nächste Flugzeug nach Nashville zu verfrachten!“

„Hoffentlich weckt mich niemand aus diesem wunderbaren Traum auf!“ lachte Nicki.

Sie nahmen sich eine Kleinigkeit zu essen und setzten sich eine Viertelstunde auf die Veranda. Als sie danach wieder an die Arbeit gingen, war Nicki völlig entspannt und locker und sang das nächste Lied geradezu hinreißend gut.

Lachend drehte sich Andrea auf dem Klavierstuhl herum und warf die Hände in die Luft. „Jetzt weiß ich, wie sich Doktor Frankenstein gefühlt haben muß! Ich habe ein Ungeheuer geschaffen, das mir über den Kopf wächst! Ist euch klar, daß mich das Publikum ausbuhen wird, weil sie nur noch Nicki hören wollen?“ Sie legte sich die Hände an die Ohren, als horche sie. „Hört ihr das auch?“

Dana spielte mit. „Ja, ich höre etwas.“ Sie legte den Kopf schief und lauschte angestrengt. „Ja, es ist schwach, aber ich höre es genau: Es sind Sprechchöre, und sie rufen ‚Ni-cki, Ni-cki, Ni-cki! Andrea raus, Andrea raus!‘“

Nicki ließ sich auf das Sofa plumpsen. „Hören Sie auf! Das wird alles nie passieren!“

„Tja, hoffentlich nicht! Ich werde nämlich nicht gern ausgebuht“, lachte Andrea. „Wie ist es, sollen wir noch ein bißchen einfach so singen? Ich habe in den letzten Tagen an einem neuen Song geschrieben, der gut zu dir passen würde!“

Nicki setzte sich mit leuchtenden Augen auf. „Sie haben ein Lied für mich geschrieben?“

„Eigentlich ist es eines für uns beide! Als es mir eingefallen ist, habe ich gleich gedacht, daß du es singen müßtest, weil es für mich ein bißchen zu tief ist. Und dann hat Patrick vorgeschlagen, daß wir ein Duett daraus machen könnten. Und daraus ist es dann entstanden.“

Nicki sprang auf und eilte an ihre Seite. „Ich spiele es einmal durch, dann weißt du, wie es geht“, sagte Andrea. „Ich habe es nur so hingekritzelt, aber ich schätze, du wirst schon mitkommen, oder?“

Sie übten eine ganze Weile an dem Song, wiederholten ihn ein paarmal, um kleine Unstimmigkeiten zu beseitigen und andere Harmonievarianten auszuprobieren.

„So, jetzt laß es uns nochmal ernsthaft probieren! Ich glaube, alle Schwachstellen sind beseitigt.“ Nicki begann mit ihrer vollen, kräftigen Mezzosopranstimme zu singen, und danach erklang Andreas hellerer, glasklarer Sopran. Als ihre beiden Melodien sich überschnitten, war es fast, als hätte Gott seinen Segen dazu gegeben. Ihre Stimmen harmonierten geradezu überirdisch gut miteinander; Nickis Stimme gab dem Lied ein samtenes Fundament voller Wärme, während die von Andrea sich glockenhell zum Himmel emporschwang.

Als das Lied zu Ende war, konnte keiner von ihnen etwas sagen. Sie schauten sich nur voller Staunen an.

„Na, wenn das kein Knüller wird!" rief Dana schließlich und rieb sich die Arme. „Ich habe eine richtige Gänsehaut bekommen. Wollt ihr das Lied auch noch für Kyle aufnehmen?"

„Nein", sagte Andrea ruhig. „Dieses Lied werden wir live singen."

*

Wie Andrea vorausgesehen hatte, rief Kyle sofort an, nachdem er das Band erhalten hatte. „Und du sagst, du hast dieses Mädchen im Einkaufszentrum gefunden?"

„Eigentlich hat sie mich gefunden", erwiderte Andrea lachend. „Sie hat mich erkannt und um ein Autogramm gebeten."

„Aber woher wußtest du, daß sie singen kann? Hat sie dir gleich ein Ständchen gebracht, oder was?"

„Das wäre sicher sehr nett gewesen! Aber so war es nicht. Ich kann es nur so erklären, daß Gott es mir offenbart hat. Irgendwie war da etwas in ihrer Stimme, das meine Aufmerksamkeit erregt hat, und auf einmal wußte ich ganz ohne jeden Zweifel, daß sie singen kann, und zwar sehr gut, und daß ich mich ihrer annehmen sollte."

„Das ist ja noch verrückter, als wenn sie dir mitten im Einkaufszentrum ein Liedchen vorgeträllert hätte! Auf jeden Fall bin ich froh, daß du deiner inneren Stimme gefolgt bist. Sie ist einfach ein Knaller! Kann sie heute noch rüberkommen?"

„Kyle, laß dem Mädchen doch wenigstens Zeit, einen Koffer zu packen! Sie muß auch noch ihren Job kündigen, und all das. Wie wär's in zwei Tagen?"

„Ich wußte, daß du das sagen würdest! Also gut, dann rechne ich Donnerstag mit ihr. Nadine soll alles arrangieren. Die Flugscheine werden wir am Flughafen in Sidell hinterlegen lassen, und ich werde sie in Nashville abholen. Jetzt ruf sie an und sag ihr Bescheid, damit sie mit dem Kreischen fertig ist, wenn ich sie anrufe. Ich gebe dir zehn Minuten. Ich habe eine wichtige Verabredung zum Abendessen, und ich möchte mit ihr reden, bevor ich wegmuß."

„Jawohl, Sir! Ach, und Kyle ..."

„Ja?"

„Schalt ein paar Gänge runter, sonst wirst du das arme Mädchen zu Tode erschrecken! Sie hat noch keine Erfahrung mit Raubtieren."

„Ich bin kein Raubtier, ich bin bloß geschäftstüchtig!"

„Das ist die Untertreibung des Jahres! Ich meine es ernst, Kyle. Sie ist süß und unverdorben, und ich möchte, daß sie so bleibt. Hilf ihr ein bißchen, ja?"

„Sie ist also nicht so eine Zigeunerin, wie du es warst, als ich dich kennengelernt habe?"

„Nein. Sie ist 19 Jahre alt, und sie lebt noch zu Hause in einer großen, sehr liebevollen Familie. Paß auf sie auf!"

„Für dich tu ich alles! Ich werde sie wie meine eigene Schwester behandeln."

Andrea lachte. „Das wirst du dir vielleicht noch einmal anders überlegen, wenn du sie zu Gesicht bekommst!"

„Ach ja? Wie sieht sie denn aus?"

„Ungefähr 1,70 groß, vermutlich Größe 38, langes blondes Haar und schöne grüne Augen. Sie ist sehr, sehr hübsch. Und, wie gesagt, süß und unverdorben."

„Du wiederholst dich! Also gut, ich verspreche, daß ich mein bestes Benehmen zutage legen werde. Kein Gebrüll, kein Gehetze!"

„Okay, ich vertraue dir! Und noch was ..."

„Was?" Seine Stimme barg mehr als nur ein bißchen Ungeduld. Andrea stellte sich vor, wie er nervös mit einer Akte oder einem Terminkalender herumfummelte oder wegen etwas den Kopf schüttelte, das seine Sekretärin ihn gefagt hatte. Der Mann würde noch einem Herzinfarkt erliegen, bevor er die 40 erreicht hatte.

„Ich wollte dir nur danken. Du bist ein Schatz!"

„Ja, so bin ich", seufzte Kyle. „Ein großer, knuddeliger Teddybär."

Andrea warf einen Blick auf den kleinen Teddybär, den Patrick ihr geschenkt hatte, und mußte lächeln. Zwischen Kyle und Patrick gab es aber auch nicht die geringste Ähnlichkeit. Obwohl sie beide auf ihre Weise sehr liebenswert waren. „Ja, ja, von wegen! Also, jetzt atme dreimal tief durch und beruhige dich ein bißchen, sonst brichst du auch noch zusammen! Hast du heute schon etwas gegessen?"

„Keine Ahnung", murmelte er abwesend.

Jetzt war er meilenweit von ihr entfernt. Vermutlich hing er mit dem anderen Ohr bereits am nächsten Gespräch. „Mach's gut, Super-Manager!"

„Ciao, Süße!"

Andrea rief bei Nicki an und lachte, als das Mädchen vor Begeisterung laut in den Hörer schrie und dann das Telefon fallenließ. Als sie sich wieder gefangen hatte, faßte Andrea kurz zusammen, was Kyle gesagt hatte, und bot Nicki dann an, sie jederzeit anzurufen, wenn sie noch Fragen hatte.

Eine halbe Stunde später rief Nicki zurück. „Andrea, er war so nett! Er klang kein bißchen so, wie Sie ihn beschrieben haben. Er war total geduldig und hat mich sehr ermutigt. Und er hat bitte und danke gesagt, statt bloß Befehle auszusprechen, wie Sie behauptet haben!"

„Sehr schön, aber erwarte nicht, daß das so bleibt. Der Mann kennt nur eine Richtung: Vorwärts! Und zwar schnell! Er will alles sofort erledigt haben, und wenn's geht, gestern."

„Aber Sie mögen ihn trotzdem, nicht wahr?"

„Ich mag ihn sogar sehr!" Andrea schaute auf und erblickte Patrick, der vor der Verandatür stand und ihr Grimassen schnitt. Sie grinste und winkte ihm hereinzukommen. „Er ist ein echter Freund und einer der besten Manager der Szene, aber er rast durchs Leben wie ein wildgewordener Güterzug. Manchmal wirst du die Notbremse ziehen müssen, sonst läßt er dich den 40-Stunden-Tag entdecken. Ich habe schon oft versucht ihm zu erklären, daß die meisten Leute nicht mit drei Stunden Schlaf auskommen, aber es ist zwecklos."

Nicki stöhnte. „Ich brauche mindestens sechs, sonst bin ich total ungenießbar!"

„Dann mach ihm das gleich zu Anfang klar!" Andrea klopfte mit der Hand neben sich auf die Couch. Patrick nahm den Hut ab und fuhr sich mit den Fingern durchs Haar. „Kyle hat etwas übrig für Leute, die für ihre Rechte eintreten. Aber mach ihm keine Szene, sonst schickt er dich postwendend wieder nach Hause. Ich habe das schon mehr als einmal mitbekommen, und am Anfang wäre es bei mir selbst fast auch mal soweit gekommen. Mach deinen Standpunkt klar, aber bleib ruhig und sachlich."

„Ich neige nicht zum Ausrasten – außer wenn ich aufgeregt bin."

„Das ist erlaubt! Ach ja, ich sollte dich vielleicht noch vorwarnen, daß Kyle ein extrem gutaussehender Mann ist. Also fall nicht in Ohnmacht, wenn du ihn das erste Mal siehst."

„Wie gut sieht er denn aus?"

„Mindestens so gut wie jeder Filmstar, der dir einfällt."

Nicki holte tief Luft. „Okay! Äh, was soll ich denn eigentlich anziehen? Ich bin noch nie geflogen."

Andrea ließ ihre Hand an Patricks Arm nach oben wandern, dann beugte sie sich zu ihm hinüber und küßte ihn auf die Wange. Sie mußte grinsen, als sie beobachtete, wie sein Gesichtsausdruck von überrascht zu erfreut wechselte.

„Zieh irgendwas ganz Normales an, Jeans und Sweatshirt

sind okay. Und auf jeden Fall bequeme Schuhe! Der Flughafen in Dallas ist gigantisch, und da laufen ungefähr zwei Millionen Leute herum. Es ist dort wie in einem Bienenstock. Scheue dich nicht, jemanden von der Information nach dem Weg zu fragen, sonst verläufst du dich garantiert. Kyle wird veranlassen, daß dich jemand in Nashville abholt."

„Er sagte, derjenige würde ein Schild mit meinem Namen hochhalten."

„Na also, dann kann ja nichts schiefgehen! Er wird dich dann vermutlich ins Hotel bringen, oder vielleicht fährt er dich auch direkt zu Kyle. Es macht nichts, wenn du dann immer noch die Reiseklamotten trägst. Kyle fliegt ja selbst sehr viel, deshalb wird er Verständnis dafür haben. Aber nimm ein paar schöne Kleider und schicke Hosen und so was mit. Sachen, wie du sie zum Beispiel in der Kirche anziehen würdest, und außerdem einen Haufen normale, lässige Sachen. Normalerweise geht es im Musikgeschäft ganz locker zu, keiner wirft sich besonders in Schale. Aber wenn du bei einer Gelegenheit nicht sicher bist, was du anziehen sollst, dann kannst du ruhig Kyle oder seine Sekretärin Nadine fragen. Nadine ist sehr nett und wird dir gern behilflich sein. Noch Fragen?"

„Im Moment fällt mir nichts ein. Ich kann es irgendwie immer noch nicht recht glauben, daß ich wirklich nach Nashville fliege! Wie soll ich Ihnen bloß jemals danken, Andrea?"

„Du machst es schon ganz gut. Stürz dich einfach richtig rein in die Sache, Mädchen. Es wird kein Spaziergang werden, glaub mir! Und jetzt pack deine Sachen. Der schönste Mann von ganz Texas ist gerade zur Tür hereingekommen, und ich habe ihn noch nicht angemessen begrüßt."

Nicki lachte leise. „Grüßen Sie Patrick schön von mir!"

Andrea legte auf und lächelte Patrick an. „Schönen Gruß von Nicki."

Er stieß einen undefinierbaren Grunzlaut aus.

„Was ist denn?" fragte Andrea.

Er runzelte die Stirn und schaute an ihr vorbei in den Garten. „Ist Kyle eigentlich verheiratet?"

„Oh nein! Der Mann hat keine Zeit für so etwas. Er ist mit seinem Job verheiratet!"

„Aber du magst ihn sehr gern. Das dürfte auch nicht schwer sein, schätze ich, wenn er doch aussieht wie ein Filmstar, nicht wahr?"

Andreas Herz klopfte heftig vor Freude. Patrick war tatsächlich eifersüchtig! Sie drehte sich zu ihm hin und legte ihm die Hand auf den Arm. „Er sieht wirklich umwerfend aus, aber ich stehe nicht so besonders auf Männer in 500-Dollar-Maßanzügen."

„Ach ja?" Er klang nicht sehr überzeugt.

Andrea warf ihm einen Blick zu und nickte. „Wenn allerdings ein Mann in Jeans und Westernhemd daherkommt, bekomme ich schon eher Herzklopfen."

Ein kleiner Funke glomm in Patricks Augen, als er sie ansah. „Herzklopfen, ja?"

„Und wie! Schon eher Herzrasen!"

„Und dafür genügen Jeans und ein Westernhemd?"

„Nein, es muß schon der richtige Mann drinstecken. Einer mit hellbraunen Haaren und umwerfenden haselnußbraunen Augen. Und er muß genau in diesem Moment hier neben mir sitzen."

„Und wie war das eben mit der ‚angemessenen Begrüßung'?" murmelte er und beugte sich zu ihr hinüber, um sie hingebungsvoll zu küssen.

Als sie wieder Luft bekam, legte sie ihren Kopf an seine Brust und sagte: „Jetzt hätte ich nicht übel Lust, dich wieder hinauszuschicken, damit wir diese Begrüßung wiederholen können!"

Er legte die Arme um sie und meinte: „Wir können ja so tun als ob." Er hob ihr Kinn zärtlich an und küßte sie wieder – und wieder und wieder ... jedesmal wurden ihre Küsse leidenschaftlicher, bis er sich schließlich widerstrebend von ihr löste und etwas zittrig Luft holte. „Du solltest besser alle Türen und Fenster aufreißen und den Ventilator anstellen, Schatz, sonst schmelzen wir hier noch weg!“

Sie schaute ihm verträumt in die Augen. „Das wäre nicht die schlechteste Art, diese Erde zu verlassen.“

Er lachte. „Eigentlich bin ich ja vorbeigekommen, um –“

„Du meinst, du hattest noch einen *anderen* Grund herzukommen?“ fiel sie ihm lächelnd ins Wort und bemerkte nur allzu deutlich, wie sein Blick an ihren Grübchen hängenblieb.

„Jetzt wo du es ansprichst, bin ich mir da gar nicht mehr so sicher.“ Er hielt inne und tat so, als müßte er sich mühsam auf den Grund seines Kommens besinnen. „Ach, jetzt fällt's mir wieder ein! Ich wollte dich fragen, ob du Lust hast, am Donnerstag raus auf die Ranch zu kommen. Grant arbeitet dann mit ein paar von meinen Pferden, und ich dachte, daß du vielleicht zuschauen möchtest.“

„Ich würde lieber dir zuschauen!“

Ein breites Grinsen überzog sein Gesicht. „Das läßt sich machen. Allerdings muß ich am Donnerstag alle Ställe ausmisten.“

„Wenn ich's mir recht überlege, dann wollte ich schon immer mal sehen, wie Cutting-Pferde ausgebildet werden. Wann geht's denn los?“

„Er wollte so gegen halb eins kommen.“ Er grinste sie übermütig an. „Vielleicht kommst du ja ein bißchen früher! Wenn er nämlich da ist, werde ich sehr beschäftigt sein.“ Er warf einen Blick auf die Uhr. „Es paßt mir zwar gar nicht, aber ich muß mich jetzt beeilen und die Beine in die Hand nehmen.“

Andrea warf einen zweifelnden Blick auf seine schweren Cowboystiefel. „Das würde ich gern sehen!“

„Das hättest du wohl gern! Ich muß in fünf Minuten bei Clint auf der Matte stehen.“ Auf ihren fragenden Blick hin erklärte er: „Für Nichteingeweihte heißt er Pastor Marshall.“

„Ich bin doch eine Eingeweihte. Ich hab' nur seinen Vornamen vergessen. Rufst du mich nachher an?“ fragte Andrea, als sie ihn zur Tür begleitete.

„Wenn ich vor halb elf nach Hause komme. Falls es später wird, wirst du bis morgen warten müssen. Ich brauche nämlich meinen Schönheitsschlaf.“

„Scheint zu wirken“, lächelte Andrea.

Er lächelte zurück, küßte sie sanft auf den Mund und schaute sie dann ernsthaft an. „Diese Sache wird jedes Mal besser und interessanter.“

„Hast du etwa erwartet, daß sie immer schlechter und langweiliger wird?“

Jetzt grinste er. „Nein, aber ich dachte, daß sich die Wogen etwas glätten, wenn der Reiz des Neuen verblaßt.“

„Auf gar keinen Fall!“ sagte Andrea und legte ihm die Arme um den Hals. Sie legte all ihre Liebe in ihren Kuß, und als sie sich schließlich von ihm löste, mußte sie über seinen fassungslosen Gesichtsausdruck lachen. „Zwischen uns beiden werden sich die Wogen niemals glätten“, sagte sie leise.

„Andrea ...“ Er konnte nichts erwidern.

Sie legte ihm den Finger auf die Lippen. „Sag nichts! Du willst doch nicht zu spät kommen, oder? Los, fahr zu Clint, und grüß ihn schön von mir.“

Abwesend ergriff er seinen Hut und setzte ihn falsch herum auf.

„Ach übrigens, Patrick, ich glaube, du solltest deinen Hut umdrehen.“

Ohne Kommentar gehorchte er und bewegte sich auf die Tür zu.

„Bist du sicher, daß du noch Auto fahren kannst?“

„Na hör mal, ich fahre seit meinem elften Lebensjahr Auto!“ bemerkte er. Dann öffnete er betont schwungvoll die Tür und ging zu seinem Wagen. Am Bordstein hielt er noch einmal inne und starrte Andrea an.

Sie setzte ihren unschuldigsten Gesichtsausdruck auf. „Ciao, Liebling!“

*

Als das Telefon gegen halb zehn klingelte, nahm Dana ab. Eine Minute später legte sie den Hörer kopfschüttelnd wieder auf die Gabel. „Das war ja komisch!"

„War Patrick dran?" erkundigte sich Andrea, die aus dem Garten herbeigeeilt war, wo sie den Abend im Gebet verbracht hatte.

Dana nickte. „Aber er hat bloß gesagt, ich soll dir ausrichten, er sei gut nach Hause gekommen. Ich habe ihn gefragt, ob er dich sprechen will, aber er sagte nur: ‚Nicht heute abend'. Habt ihr euch gestritten?"

Ein Schauer lief Andrea über den Rücken, und sie schüttelte den Kopf. „Nein, aber ich glaube, ich habe einen großen Fehler gemacht!"

Kapitel Dreizehn

Am Donnerstag nachmittag saß Patrick auf der obersten Zaunstange und schaute Grant Adams beim Reiten zu. Normalerweise genoß er es, die Pferde bei der Rinderarbeit zu beobachten, aber diesmal war er nicht recht bei der Sache.

Grant und das Pferd bewegten sich wie eine Einheit. Er gab dem Tier nur ganz leichte, kaum sichtbare Hilfen durch Druck mit den Knien oder durch Gewichtsverlagerung, und bereitwillig warf sich das Pferd auf der Hinterhand herum, um die verzweifelten Ausbruchsversuche der Kuh zu vereiteln. Die Stute machte den größten Teil der Arbeit selbständig, doch irgend etwas an Grants Art der Hilfengebung schien das Beste aus ihr herauszukitzeln. Auch wenn Patrick sie ritt, machte sie ihre Sache gut, aber wie alle Pferde ging sie deutlich besser, wenn Grant auf ihr saß.

Grant brachte die Stute durch leichtes Einsitzen in den Sattel aus dem Galopp heraus zum Stehen und klopfte ihr lobend den Hals. Dann ritt er langsam zu Patrick hinüber, während die Kuh erleichtert zur Herde zurücktrabte. „Jedesmal, wenn ich herkomme, ist Sadie ein bißchen besser. Du arbeitest wohl viel mit ihr?"

„Ich versuche, sie und Joe ein paarmal in der Woche zu reiten. Aber sie regt sich immer noch ziemlich auf und verpatzt dann alles."

Grant lächelte und tätschelte das Pferd. „Sie ist eben jung und temperamentvoll. Das wird schon werden!" Er setzte sich aufrecht hin und nahm den Hut ab, um sich den Schweiß von der Stirn zu wischen. „Schade, daß deine Freundin es nicht geschafft hat, herzukommen. Ich war schon ziemlich gespannt auf sie! Verrätst du mir nun, wer sie ist, oder willst du mich noch länger auf die Folter spannen?"

Patrick sprang vom Zaun herunter und spürte dabei das Gewicht seiner Schuldgefühle beinahe körperlich. Er hatte seit Donnerstag nicht mit Andrea gesprochen, seit dem Abend, an dem sie sein Herz und seinen Verstand gebrandmarkt hatte. Sie hatte eine Nachricht auf seinem Anrufbeantworter hinterlassen, in der sie ihm mitteilte, daß sie nicht zur Ranch herauskommen konnte, weil ihr Arzttermin vorverlegt worden sei. Das stimmte vermutlich, doch Patrick war sich sicher, daß sie den Termin verschoben hätte, wenn er den Mut gehabt hätte, sie anzurufen. Doch das Problem war, daß er nicht wußte, was er sagen sollte.

Grant stieg ab und führte die Stute aus dem Corral heraus. „Du siehst aus, als ob du mit 13 Alligatoren in einer Badewanne stecken würdest und den Stöpsel nicht finden könntest."

„Andrea Carson."

„Wie bitte?" fragte Grant mit verblüfftem Gesicht.

„Es ist Andrea Carson. Die Country-Sängerin."

Grant pfiff leise durch die Zähne. „Und wie kommt ein verlotterter Kerl wie du an so eine Klassefrau?"

Patrick brachte ein halbherziges Lächeln zustande. „Wir kennen uns noch aus der Schule. Sie war krank und hat sich hier bei ihrer Cousine erholt." Er löste den Sattelgurt und nahm der Stute den Sattel ab.

Grant führte das Pferd hinüber zum Wassertrog und nahm ihm die Trense ab. Dann folgte er Patrick zur Sattelkammer. Während Patrick Sattel und Zaumzeug an seinen Platz hängte, meinte Grant: „Wenn ich dich auch nur ein bißchen kenne, dann empfindest du weit mehr als nur reine Freundschaft für sie, oder?"

Patrick schloß seufzend die Tür der Sattelkammer und schaute Sadie zu, wie sie sich genüßlich im Staub wälzte. Dann ging er zu Grants Pickup hinüber, und Grant folgte ihm mit einem leichten Hinken. „Macht dein Knie dir Schwierigkeiten?"

„Ja! Anscheinend gibt's kälteres Wetter." Grant schnallte sich die Sporen ab und warf sie in eine Kiste auf der Ladefläche des Pickups. „Also los, raus mit der Sprache! Wo liegt das Problem?" fragte er, als sie zum Wohnhaus hinüberschlenderten.

„Ich habe bisher noch mit keiner Menschenseele darüber gesprochen, Grant, und ich würde es sehr zu schätzen wissen, wenn du es für dich behältst." Als sein Freund nickte, fuhr Patrick fort: „Wie gesagt, wir kennen uns aus der Schule. Ich bin im letzten Jahr vor dem Abschluß hierher gezogen, und ich habe mich vom ersten Augenblick an in sie verliebt."

„Sie ist ja auch sehr hübsch, will ich meinen!"

„Ich habe aber nie jemandem verraten, was ich für sie empfand, schon gar nicht ihr selbst! Mir war damals schon klar, daß sie nicht in Buckley bleiben würde. Ich dachte, ich hätte es überwunden, aber als ich sie dann neulich wiedergesehen habe, wurde mir klar, daß das nicht stimmte. Wir sind sehr viel zusammen gewesen, seit sie hier ist, und ich weiß jetzt, daß ich sie liebe. Und daß ich nie eine andere Frau als sie lieben werde." Er holte etwas Knabberzeug und ein paar Dosen Bier aus der Küche, und sie setzten sich ins Wohnzimmer.

Grant ließ sich aufs Sofa fallen und legte mit einem Stoßseufzer die Füße auf den Couchtisch. „Ich werde für immer hier sitzen bleiben. Wenn ich schnarche, laß mich in Ruhe. Also, was ist denn nun das Problem? Liebt sie dich auch? Oder bist du nur einer von vielen?"

Patrick legte ebenfalls die Füße hoch. „Ich weiß nicht genau, aber es wäre möglich, daß ich mehr bin."

Grant hatte eben die Bierdose an die Lippen heben wollen und hielt nun inne. „Du meinst, sie ist in dich verliebt?"

„Ich glaube schon." Patrick legte den Kopf zurück und stöhnte leise. „Obwohl ... ich bin mir nicht sicher, ob sie wirklich in mich verliebt ist oder bloß denkt, sie ist es."

„So oder so hast du ein Problem."

„Ich weiß! Bald wird sie wieder losziehen. Vermutlich gibt ihr der Doktor gerade in diesem Moment grünes Licht. Und sie und ich, wir leben in zwei völlig verschiedenen Welten. Ich kann nicht in ihrer leben, aber ich kann auch nicht von ihr verlangen, daß sie ihre Karriere aufgibt und in meiner Welt lebt. Sie hat zu hart dafür gekämpft und liebt ihren Job viel zu sehr."

Grant schwieg ein paar Minuten. Dann sagte er langsam: „Ich kann mir absolut nicht vorstellen, wie du in einem Tourbus durchs Land tingelst und ‚den Mann von Andrea Carson' spielst."

„Nein, und das könnte ich auch nicht! Jedenfalls nicht auf die Dauer."

„Und ständig getrennt zu sein, kann die beste Ehe ruinieren", stellte Grant bitter fest.

Patrick wußte, daß sein Freund aus eigener Erfahrung sprach. Grants Leidenschaft fürs Rodeo hatte ihn mehr als nur seine Gesundheit gekostet.

„Ja, und ich könnte auch den Gedanken nicht ertragen, daß sie in der Weltgeschichte herumfährt, während ich hier auf der Ranch hocke. Ich würde mich zu Tode sorgen ... ich kann mir ganz gut vorstellen, was da so alles passieren kann."

„Einsamkeit und Versuchung! Beides sind ziemlich tödliche Fallen."

Sie saßen eine Weile schweigend da und hingen ihren Gedanken nach. Schließlich schaute Grant Patrick an. „Was wirst du also jetzt tun?"

„Wenn ich das wüßte! Ich habe gebetet und gebetet, aber ich bin bis jetzt noch nicht weitergekommen."

„Hast du denn wirklich eine Antwort erwartet? Ist dir bisher etwa noch nicht aufgefallen, daß der da oben – falls es ihn überhaupt gibt – nicht auf Gebete antwortet?"

Patricks Herz flog seinem Freund zu. Grant hatte Fehler gemacht, aber er war auch sehr tief verletzt worden. „Er ist da, und er beantwortet Gebete! Manchmal ist es nur nicht das, was wir hören wollen."

„Und warum soll man dann überhaupt beten?"

„Weil sein Weg letztlich immer der beste ist."

Grant arbeitete sich mit schmerzverzerrtem Gesicht aus den Tiefen des Sofas hervor. „Ich mache mich jetzt besser auf den Weg! Habe noch eine Menge zu tun."

Patrick versuchte nicht, ihn zum Bleiben zu bewegen oder das Thema weiter zu verfolgen. Solange Grant es nicht hören wollte, konnte Patrick nur beten und versuchen, ein paar Samenkörner auszustreuen. „Komm doch bald mal wieder vorbei! Es muß ja nicht nur wegen der Pferde sein."

Grant schnaubte. „Ich habe keine Zeit zum Plaudern, wenn du das meinst." Er schnappte sich seinen Hut und humpelte zur Tür.

Nachdem Grant gegangen war, streckte sich Patrick auf

dem Sofa aus und dachte daran, ein schönes Nickerchen zu halten. Er hatte seit Tagen nicht mehr richtig geschlafen. Gerade als er einschlummern wollte, klingelte es an der Tür. Die Haustür war offen, deshalb stand er nicht auf und war auch nicht überrascht, als die Flurtür quietschend aufging.

„Hallihallo! Patrick? Andrea? Jemand zu Hause?"

„Komm rein, Dana", rief Patrick und stand auf. „Andrea ist nicht hier."

„Was? Ich dachte, sie wollte heute nachmittag herkommen? Das hat sie jedenfalls heute früh noch gesagt."

„Sie hat auf meinen Anrufbeantworter gesprochen, daß sie einen Arzttermin hat und nicht kommen kann."

„Wenn du dich gemeldet hättest, wäre sie bestimmt nicht hingegangen!" schimpfte Dana.

„Ich mußte über ein paar Sachen nachdenken", murmelte Patrick.

„Und, hast du eine Lösung gefunden?"

„Nein. Wie geht es Andrea?"

„Sie fragt sich natürlich, was in deinem Erbsengehirn vorgeht. Also ruf sie gefälligst heute abend an!"

„Zu Befehl, Madam!" Patrick ließ den Blick langsam über Danas Erscheinung wandern. Er hatte sie schon in den verschiedensten Klamotten gesehen, vom Sonntagsstaat bis zur Gartenschürze, aber so verwüstet wie heute hatte sie noch nie ausgesehen. Sie trug ein grelloranges T-Shirt, das sie achtlos in ihre abgewetzten Jeans hineingestopft hatte. Beide Kleidungsstücke waren großzügig mit altrosa Farbspritzern übersät. Patrick kam einen Schritt näher und sah, daß sie auch auf den Armen und im Gesicht voller Farbe war. Rosa Tupfer zierten auch ihre Haare, aber sie sah trotzdem noch ausgesprochen hübsch aus.

„Es freut mich, daß du dich extra für mich so in Schale geworfen hast!" grinste Patrick.

Sie machte eine ungeduldige Handbewegung und eilte dann in die Küche, wobei sie in einer geradezu beängstigenden Geschwindigkeit auf Patrick einredete. „Puh, ich muß unbedingt was trinken, bin nahe am Verdursten! Am besten stecke ich gleich den Kopf in einen Eimer Wasser. Ich habe die Toilette im Laden gestrichen und den ganzen Tag diese widerlichen Dämpfe eingeatmet."

Ihre Jeans wiesen zwei perfekt geformte Handabdrücke auf den Gesäßtaschen auf. Patrick hätte beinahe laut aufgelacht. „Hast du eigentlich auch ein kleines bißchen Farbe an die Wände geschmiert?"

Plötzlich kam Grant überraschend durch die Verandatür herein, warf Patrick einen Blick zu und entdeckte dann Dana, die halb im Kühlschrank steckte und nach etwas zu trinken suchte.

„Ja, habe ich, du Blödmann!" erwiderte sie. „Wie du sicher weißt, kann man schlecht streichen, ohne selbst ein paar Spritzer abzubekommen!"

Grant schob sich den Hut aus dem Gesicht, um besser sehen zu können, dann schaute er Patrick an und formte lautlos mit den Lippen die Frage, ob das Andrea sei. Patrick schüttelte den Kopf, und Grant sah erst überrascht, dann neugierig drein. Unauffällig versuchte er einen Blick auf Dana zu erhaschen, die immer noch größtenteils vom Kühlschrank verborgen war.

„Sag mal, Patrick, hast du eigentlich überhaupt nichts außer Bier hier drin?" fragte sie mit gedämpfter Stimme aus den Tiefen des Kühlschranks. „Und machst du dieses Ding nie sauber?"

„Die Antwort lautet zweimal nein", rief Patrick.

„Ich kann bloß noch eine Packung Vanillemilch entdecken. Igitt! Ich hasse dieses Zeug! Und das Verfallsdatum ist wahrscheinlich schon Ende der 70er Jahre abgelaufen. Um Himmels willen, was ist denn das?" Sie tauchte aus dem Kühlschrank wieder auf und warf angewidert ein halb eingepacktes Stück schimmeligen Käse in den Abfalleimer. „Bist du inzwischen auf harte Drogen umgestiegen?" Erneut vertiefte sie sich in den Kühlschrank, und ein paar Sekunden später flog eine Plastiktüte durch den Raum. „Diese Gurke ist schon halb mumifiziert! Wann hast du die denn gekauft, vor einem Monat?“

„Vermutlich vor einem halben Jahr!“

Sie erhob sich, schloß die Kühlschranktür und begann die anderen Schränke zu durchstöbern. „Dann muß ich mich wohl mit Leitungswasser begnügen. Wo hast du denn die Gläser versteckt?“

„In der Spülmaschine!“

Sie zuckte die Schultern. „Ist ja auch einleuchtend. Warum erst die Spülmaschine ausräumen, wenn das Zeug doch darin so übersichtlich angeordnet ist?“ Während sie zur Spülmaschine ging und sich ein Glas holte, warf Patrick einen Blick auf Grant, den Dana noch immer nicht bemerkt hatte. Grant starrte Dana mit einer Mischung aus Bewunderung, Fassungslosigkeit und Belustigung an und war offensichtlich vollkommen von ihrem Anblick gebannt.

„Hattest du einen bestimmten Grund herzukommen, oder wolltest du nur mal meinen Kühlschrank aufräumen?“ fragte Patrick harmlos.

Sie leerte das Glas mit einem Zug und füllte es neu auf. „Kyle muß Andrea dringend sprechen. Ich habe ein paarmal hier angerufen, aber es ist keiner rangegangen, und ich wußte nicht, wann du deinen Anrufbeantworter abhörst. Übrigens, als ich das letzte Mal eine Nachricht auf dem Ding hinterlassen wollte, hat es mich einfach abgeschnitten, bevor ich auch nur meinen Namen sagen konnte! Tja, und da dachte ich, ich komme vorbei und sage ihr Bescheid. Aber das hat nun offensichtlich nicht geklappt, weil sie gar nicht hier ist. Gut, daß ich ihr zu Hause einen Zettel hinterlassen habe.“

Wieder schaute Patrick zu Grant herüber, der sich abwesend den Dreitagebart kraulte. „Warum hast du ihr einen Zettel hinterlassen, wenn du doch hergekommen bist, um mit ihr zu reden?“ wollte Patrick wissen.

„Na, nachdem ihr zwei in letzter Zeit anscheinend nicht mehr miteinander redet, war ich mir nicht so sicher, ob sie hier ist oder ob wir uns vielleicht gerade verpassen, oder was weiß ich. Jedenfalls dachte ich, falls sie doch zu mir fährt, weiß sie schon mal Bescheid."

Patrick grinste Grant an. Das war ein typischer Fall von Danas Logik, und Grant schien da nicht so ganz mitzukommen. Dana nahm einen weiteren tiefen Zug aus dem Glas und verschluckte sich fast, als sie einen Blick auf die Küchenuhr warf.

„Beim Barte meiner Großmama! Geht die Uhr etwa richtig?"

„Ja."

„Oh je, ich muß weg!" Sie knallte das Glas auf die Anrichte und warf es dabei vor lauter Hast um, so daß der Rest Wasser über den Schrank lief. „Mist!" Dana schnappte sich ein Tuch und wischte es notdürftig auf. „Ich muß in zwei Stunden bei der Stadtratsversammlung antanzen, und vorher muß ich noch Plätzchen backen für diesen Missionsbasar und sie dann noch zu Velma rüberbringen!" keuchte sie und eilte aus der Küche. Dabei durchbohrte sie Patrick förmlich mit ihren Blicken. „Wolltest du Andrea nicht nächsten Freitag zu unserem Benefiz-Ball ausführen? Seit das Gerücht im Umlauf ist, daß sie kommt und vielleicht ein paar Lieder singt, haben wir die Karten verkauft wie warme Semmeln. Aber wenn du nicht endlich zur Vernunft kommst, wird ihr nicht nach Singen zumute sein, fürchte ich! Ach ja, sie wird am Mittwoch nachmittag bei mir im Laden eine kleine Party schmeißen und Autogramme geben und so weiter. Da könnten wir ein paar Leibwächter gut gebrauchen, um die kreischenden Massen in Schach zu halten. Also ruf die arme Frau an und erlöse sie aus ihrem Elend. Oder noch besser, geh sie gleich besuchen!"

Dana stürmte in Richtung Tür und verfehlte dabei um Haaresbreite den immer noch schweigend dort stehenden Grant. Er konnte gerade noch zur Seite ausweichen. Sofort lief Dana purpurrot an, was zusammen mit dem grellen Orange ihres T-Shirts und den rosa Farbspritzern eine fröhliche Farbenvielfalt ergab. „Oh, entschuldigen Sie bitte vielmals! Ich wußte gar nicht, daß Patrick Besuch hat."

Patrick schaute den beiden amüsiert zu. Für eine Frau, die angeblich den Männern völlig abgeschworen hatte, und einen Mann, der Frauen in dieselbe Kategorie wie Klapperschlangen einstufte, warfen sie sich ziemlich eindringliche Blicke zu. Mit Erstaunen sah Patrick sogar ein kleines Lächeln auf Grants Lippen, als er Danas Arm losließ, den er vorsichtshalber ergriffen hatte, um Schlimmeres zu verhindern.

„Was für einen Wagen fahren Sie, Miss?" fragte Grant Dana.

„Einen blauen Ford Kombi, warum?"

„Hat er einen Autopilot?"

Dana schüttelte lachend den Kopf. „Nein, aber in die Stadt geht's ja immer geradeaus. Ich muß nur die grobe Richtung einhalten. Das schaffe ich!"

„Gut, daß ich in die andere Richtung muß!" bemerkte Grant, und das Lächeln wurde breiter. Höflich tippte er sich an die Hutkrempe. „Grant Adams. Sehr erfreut!"

„Dana Carson. Andreas Cousine und gelegentlich eine Freundin von Patrick." Der Blick, den sie Patrick zuwarf, sagte ihm deutlich, daß heute nicht „gelegentlich" war. „Es war sehr nett, Sie kennenzulernen, aber ich muß jetzt wirklich weg."

Grant trat zur Seite, um sie vorbeizulassen.

„Mach's gut, Patrick! Und ruf Andrea an, okay? Ich kann ihr langes Gesicht nicht mehr sehen." Sie eilte hinaus und ließ die Tür hinter sich zuknallen.

„Wow! Ist die immer so?" fragte Grant und starrte Dana hinterher.

Patrick lachte leise. „Meistens! Sie ist ein menschlicher Wirbelwind."

Grant drehte sich zu ihm um und schüttelte den Kopf, doch in seinen Augen sah Patrick noch einen Rest von Bewunderung für Dana. „Schon eher ein Hurrikan!“ stellte er fest.

„Aber ein sehr hübscher! Und sie ist noch zu haben. Übrigens kommt sie auch zu diesem Benefiz-Tanzfest am Freitag.“

„Aber ich nicht! Ich bin nicht interessiert, und wenn sie noch so hübsch ist.“

„Warum bist du eigentlich zurückgekommen?“

„Ich dachte, ich nehm' mir noch was zu trinken mit. Aber das war dann wohl eine Fehlanzeige.“

„Du kannst 'ne Vanillemilch haben“, bot Patrick ihm an.

„Igitt! Du willst mich wohl vergiften!“ grunzte Grant und schnitt eine Grimasse. Dann verabschiedete er sich und ließ die Tür ebenso laut hinter sich zuknallen wie Dana.

Kapitel Vierzehn

„Ja, Kyle, ich weiß, daß sie phantastisch ist“, sagte Andrea in den Telefonhörer, den sie zwischen Schulter und Kinn eingeklemmt hielt. Gleichzeitig telefonieren und Plätzchenteig kneten war gar nicht so einfach, stellte sie fest, während sie Mehl und Zucker vom Rezept für die Plätzchen herunterwischte und das Fett in einer Pfanne schmelzen ließ. „Aber gönn ihr erst mal eine Pause, ja? Sie hat vermutlich die ganze Nacht nicht geschlafen, und sie ist noch nie geflogen! Vermutlich ist sie mittlerweile ein nervöses Wrack.“

„Ja doch“, versicherte Kyle. „Trotzdem hat es mich fast umgehauen, als ich sie singen gehört habe. Dabei haben ihre Hände so gezittert, daß ich gedacht habe, sie kriegt die Griffe niemals richtig hin. Sie hat sich übrigens eben in meinem Büro ein bißchen hingelegt. Ich bin an Nadines Apparat, also keine Sorge wegen der Pause.“

„Aber Kyle, anscheinend hast du ja doch so etwas wie ein Herz!“

„Vielleicht.“ Seine Stimme hatte einen merkwürdigen Unterton. „Wenn sie sich ausgeruht hat, führe ich sie zum Essen aus, und dann fahren wir ins Hotel. Am Montag sollten wir loslegen können. Jake stellt gerade eine Band zusammen, den Drummer und den Bassisten hat er schon. Morgen läßt er ein paar Keyboarder vorspielen, und er hat auch einige Gitarristen an der Hand. Wann hast du den nächsten Arzttermin?“

Andrea maß den Zucker ab und kippte ihn in den Mixer. „Ich war heute da! Alles wieder okay. Er hat mich freigesprochen.“

„Kommst du morgen oder Samstag zurück?“

„Nicht so eilig, Junge! Ich brauche noch ein bißchen Zeit. Außerdem habe ich Dana versprochen, bei einer Benefizveranstaltung am nächsten Wochenende aufzutreten.“

„Damit kann ich leben. Aber danach brennt's dann wirklich. Ich muß die Termine für die Ersatzkonzerte endlich festmachen. Triffst du dich noch mit Patrick?“

„Ich habe ihn seit ein paar Tagen nicht gesehen.“

„Was verschweigst du mir, Schätzchen?“

„Ich bin bis über beide Ohren verliebt“, gab Andrea zu und lächelte, als Kyle verhalten grunzte. „Und wenn ich ehrlich bin, möchte ich eigentlich überhaupt nicht mehr von hier weg. Ich würde am liebsten für immer bleiben.“

„Du weißt, daß das nicht geht! Ich habe die Konzerttermine schon vormerken lassen, und ganz nebenbei bist du vertraglich verpflichtet, noch ein Album aufzunehmen.“

Sie sah es förmlich vor sich, wie er seine Taschen nach Beruhigungspillen durchwühlte. „Ich weiß, ich weiß, und ich werde alle meine Verpflichtungen wahrnehmen, keine Sorge! Es ist nur so, daß meine Karriere nicht mehr das Wichtigste in meinem Leben ist. Aber du brauchst noch kein Magengeschwür zu entwickeln, der Cowboy hat noch nicht vom Heiraten gesprochen."

„Aber er liebt dich?"

„Ich dachte, du glaubst nicht an die Liebe?"

„Wir sprechen ja auch nicht über mich, sondern über Patrick."

„Er hat es nicht gesagt, aber alles, was er tut, spricht dafür!"

Kyle grunzte wieder. „Warum sehe ich bloß meine Felle wegschwimmen?"

„Das ist einer der Gründe, warum ich dir Nicki geschickt habe", sagte Andrea ruhig und merkte erst in diesem Moment, daß das stimmte. „Du kannst sie ganz nach oben bringen, genau wie du es mit mir gemacht hast. Ich werde dich nicht feuern, und ich will auch nicht ganz aufhören. Ich möchte nur ein bißchen langsamer treten!"

„Wieviel langsamer?"

„Das weiß ich noch nicht genau. Im Augenblick habe ich sowieso den Eindruck, daß Patrick vor der ganzen Sache Angst bekommen hat, also kann es sein, daß sich überhaupt nichts verändert."

„Na, wie geht's?" sagte Kyle unvermittelt, und Andrea begriff nach einer kurzen Pause irritiert, daß er nicht mit ihr sprach. Sie stutzte, als sie seinen veränderten Tonfall bemerkte. Die einzige Gelegenheit, bei der sie ihn schon einmal so zärtlich sprechen gehört hatte, war damals im Krankenhaus gewesen, als sie aus dem Koma erwachte.

„Fühlst du dich jetzt besser? Wenn du etwas gegessen hast, bist du bestimmt wieder fit. Andrea ist am Telefon. Willst du sie sprechen?"

Andrea ließ sich auf einen Stuhl sinken und lauschte ungläubig seiner leisen Stimme und Nickis verschlafener Antwort. Sogar Kyles Lachen klang sanft. Was ging denn da vor?

Nach einigen Sekunden kam Nicki an den Apparat. „Hallo, Andrea!"

„Hey, Kleine! Wie geht's dir?"

„Müde, aber gut. Ich habe keine Flugangst entwickelt und mich in Dallas nicht verlaufen."

„Das ist gut! Klingt ja, als ob Kyle richtig nett zu dir wäre", sagte Andrea und schüttelte den Kopf. Das war die Untertreibung des Jahres!

„Oh ja, das ist er! Er hat mir schon einen Vertragsentwurf mitgegeben, den ich mir morgen genauer anschauen soll, wenn ich wieder fit bin. Er dachte, daß Dad ihn vielleicht sehen will, bevor ich unterschreibe."

„Das ist eine gute Idee", sagte Andrea und dachte für sich: *und ein äußerst unübliches Zeichen von Geduld und Rücksichtnahme von seiten Kyles!* „Du kannst mich jederzeit anrufen, wenn du Fragen dazu hast, obwohl ich annehme, daß es ein ganz normaler, fairer Vertrag ist. Aber fragen kostet ja bekanntlich nichts."

„Vielen Dank, das werde ich tun", sagte Nicki und gähnte. „Entschuldigung, ich bin wirklich völlig fertig! Ich werde jetzt am besten versuchen, mich mit einem Schwall kaltem Wasser aufzuwecken. Kyle möchte noch einmal mit Ihnen sprechen."

„Ruf mich morgen an, ja? Ich bezahle es." Als Kyle den Hörer nahm, beschloß sie, einen Frontalangriff zu wagen. „Also raus mit der Sprache, Kyle Wilson. Was hast du vor?"

„Gar nichts! Ich bin bloß sanft und nett, so wie du es mir befohlen hast", sagte Kyle harmlos. „Ich habe sie bis jetzt noch kein einziges Mal angebrüllt."

„Das scheint mir auch so! Du hast mir auch versprochen, sie nicht zu überfordern, weißt du noch?"

„Jawohl, und ich werde mich dran halten."

Andrea kannte Kyle nur allzu gut, deshalb bereute sie es

im Grunde bereits, daß sie Nicki allein nach Nashville hatte fliegen lassen. Das Mädchen war einfach zu unbedarft. „Kyle ...", begann sie.

„Mach dir keine Sorgen um sie, Andrea. Ich habe mein Sonntagsbenehmen angezogen, und ich werde sie nicht ausbeuten oder sonst was. Und das wird auch kein anderer versuchen, soweit es in meiner Macht steht, das zu verhindern." Seine Stimme klang fest und eindringlich. „Du hast mein Wort!"

Andrea begann sich zu entspannen. Wenn Kyle sein Wort gab, konnte man darauf bauen. Er brach niemals seine Versprechen. „Okay, aber verdreh ihr nicht den Kopf, ja?"

„Ich glaube, der umgekehrte Fall könnte eher eintreffen. Wir sprechen in ein paar Tagen nochmal darüber, ja? Wir müssen jetzt los. Ich habe ein besonders hübsches Mädchen zum Essen eingeladen ... Hamburger!"

Andrea legte lachend den Hörer auf und fragte sich, wann Kyle wohl das letzte Mal einen Fuß in ein Hamburgerrestaurant gesetzt hatte. Anstrengende Geschäftsessen in piekfeinen Nobelrestaurants waren sonst eher sein Fall.

„Oh Herr, damit habe ich nun wirklich nicht gerechnet! Bitte paß auf die beiden auf und laß nicht zu, daß einer von ihnen verletzt wird!"

„Führst du Selbstgespräche, oder betest du?" Dana stürmte zur Tür herein und knallte ihre Handtasche auf den Tisch.

„Beides! Kyle scheint von Nicki vollkommen begeistert zu sein, und zwar nicht nur von ihren gesanglichen Qualitäten."

Danas Augen wurden groß. „Was denn – das süße Mädel vom Lande und Mister Supermanager?"

„Scheint so. Er wirkt, als hätte sie ihn total vom Hocker gehauen. Heute abend gehen sie sogar zusammen Hamburger essen, das muß man sich mal vorstellen!"

Dana quietschte vor Vergnügen. „Oh, das würde ich ja zu gerne sehen! Meinst du, daß er einen seiner Designeranzüge trägt?"

„Vermutlich, obwohl sie ihn vielleicht dazu bringen kann, die Krawatte wegzulassen", lachte Andrea und kehrte zu ihrem Teig zurück. „Hast du Patrick getroffen?" Sie tat so, als würde sie sich voll und ganz aufs Teigkneten konzentrieren.

Dana schüttelte ein paar Schokokekse aus der Packung in ihre Hand und lehnte sich an die Arbeitsplatte. „Hey, toll, daß du dich um die Plätzchen kümmerst! – Ja, ich habe ihn getroffen. Er hat mir erzählt, daß du beim Arzt warst. Was hat er gesagt?"

„Daß ich wieder ganz die Alte bin. Alles wieder normal. Ich bin sozusagen wieder frei! Allerdings soll ich in einem Monat noch mal eine Blutuntersuchung machen lassen." Andrea kratzte den cremigen Teig von den Rändern der Schüssel. „Was hat Patrick denn sonst noch zu sagen gehabt?" Sie schlug zwei Eier in den Teig und warf die Schalen in den Mülleimer.

„Daß er nicht angerufen hat, weil er über einige Dinge nachdenken mußte. Vielleicht ruft er ja heute an. Er hatte übrigens dunkle Ringe unter den Augen. Sah aus, als ob er auch nicht sehr gut geschlafen hätte."

„Aber er ist doch nicht krank, oder?"

„Vielleicht im Kopf, aber nicht körperlich."

Andrea sah sich nach dem Mehl um und schaute dabei ihre Cousine zum ersten Mal richtig an. „Meine Güte! Hast du auch ein bißchen Farbe an die Wände geschmiert?"

Dana funkelte sie an. „Genau das hat ein gewisser gemeinsamer Bekannter von uns eben auch schon zu mir gesagt. Und zwar vor Grant Adams." Sie rollte mit den Augen. „Oh Andrea, es war so peinlich! Ich bin in sein Haus gestürmt und sah natürlich aus wie der letzte Ladenhüter – siehst du ja –, und dann habe ich in seinem Kühlschrank herumgewühlt und ihn dabei beschimpft wie ein altes Fischweib. Und als ich merkte, wie spät es schon ist, bin ich zur Tür rausgeschossen und habe ihn fast umgerannt!"

„Patrick?"

Dana schüttelte ungeduldig den Kopf. „Nein, Grant Adams. Sozusagen die Verkörperung des Cowboys schlechthin."

„Patrick ist die Verkörperung des Cowboys schlechthin!"

„Schon, aber auf eine Saubermann'sche Art und Weise."

„Ach, und Grant ist ein eher dreckiger Typ?" grinste Andrea und kreuzte die Arme vor der Brust. Normalerweise waren Danas Verabredungen immer höfliche, nette „Saubermänner" gewesen.

„Nun ja, ich meinte das natürlich im übertragenen Sinne, aber ein bißchen verwegen sieht er schon aus. Schwarze Haare, Dreitagebart, fabelhaft abgewetzte Jeans und ein verbeulter, staubiger Hut. Er sah aus, als würde er hart arbeiten, nicht wie ein Penner, keine Sorge! Er ist auf eine rauhe Art gutaussehend, und er hat die schönsten, lebendigsten blauen Augen, die ich je gesehen habe. Und er hat mich berührt", fügte sie mit funkelnden Augen hinzu.

„Wahrscheinlich, um sich dich vom Leibe zu halten!"

„Hey, hör auf, so gemein zu sein! Er hat mich angelächelt", protestierte Dana.

Andrea knetete den Teig. „Kein Wunder, so wie du heute aussiehst! Außerdem lächelt dich doch alle Welt immer an!"

„Ja, aber es war irgendwie komisch! Es wirkte so, als ob er eigentlich nicht lächeln wollte, aber nicht anders konnte. Dann hat er mit mir herumgealbert. Und Patrick stand daneben und hatte den Mund offenstehen. Total fassungslos!"

Andrea lachte. „Anscheinend steht dir die Farbe ziemlich gut! Hattest du nicht gesagt, du hättest den Männern abgeschworen?"

„Das war nur eine Phase", grinste Dana. „Ich meinte eigentlich nur, daß ich damit aufhören will, nach dem Richtigen Ausschau zu halten, und die ganze Sache einfach Gott überlasse. Vermutlich werde ich Grant Adams nie wiedersehen, aber es ist einfach schön, überhaupt mal wieder jemand Interessantem zu begegnen. So, und jetzt schrubbe ich besser mal diese Farbe von mir herunter! Wenn die alten Knaben vom Stadtrat mich mit rosa Haaren sehen, denken sie bestimmt, ich bin ausgeflippt, und dann geben sie mir keinen Pfennig. Gibt es noch was anderes als Plätzchenteig zum Abendessen?"

„Wie wär's mit meiner Spezialität ... Schnellmenüs aus der Mikrowelle?"

„Klingt köstlich! Ich nehme dieses Pappzeug, auch Chinapfanne genannt."

*

Als Dana sich mit einem Teil der Plätzchen auf den Weg zu ihrer Versammlung machte, begann Andrea sich einzureden, daß ihre Cousine unrecht hatte und Patrick niemals mehr anrufen würde. Eine geschlagene Stunde lang saß sie in Danas riesigem gelben Ohrensessel und schaltete nervös mit der Fernbedienung alle Fernsehkanäle durch. Schließlich blieb sie bei einem Dokumentarfilm über Pinguine hängen. Als das Telefon klingelte, verschluckte sie sich fast an einem Stück vom Plätzchen, das sie sich gerade in den Mund gesteckt hatte, und spülte es hektisch mit einem großen Schluck Milch herunter.

Patrick klang erleichtert, als sie sich meldete. „Ich dachte schon, du wärst nicht da!"

„Wo sollte ich denn sein? Bei der Stadtratsversammlung? Da schalte ich lieber im Fernsehen herum."

„Läuft was Interessantes?"

„Pinguine, die übers Eis rutschen wie Kinder auf einem verschneiten Hang. Sieht aus, als hätten die Tierchen auch mindestens genauso viel Spaß daran wie Kinder! Ach, und in der Werbung gibt's einen hocheleganten Überwurf fürs Sofa aus weißem Brokat für nur 300 Dollar!"

„Den muß ich haben! Jetzt erzähl mal, was hat denn der Onkel Doktor gesagt?"

„Alles wieder in Ordnung! Ich bin also ganz offiziell gesund.“

„Gut!“ Er räusperte sich. „Und wann wirst du zurück nach Nashville gehen?“

„Auf jeden Fall nicht vor dem Benefiz-Ball für das Museum. Ich habe Kyle gebeten, alle Termine so lange wie möglich aufzuschieben.“ *Bitte, bitte, versteh doch den Hinweis!* „Er weiß, daß ich Nicki mit auf Tour nehmen will, deshalb stellt er jetzt gerade eine Band für sie zusammen. Sie braucht dann aber sowieso noch ein bißchen Zeit, um ein Programm auszuarbeiten und mit den Musikern warmzuwerden.“

„Dana hat mir erzählt, daß du am Mittwoch eine Autogrammstunde abhältst?“

„Ja, ich möchte mich ein bißchen dafür erkenntlich zeigen, daß alle hier so nett zu mir waren und vor allem meine Privatsphäre respektiert haben! Ich schätze, daß jeder Einwohner von Buckley wußte, daß ich hier bin, aber nicht eine Menschenseele hat mich belästigt.“

„Dana hat etwas von Bodyguards geredet.“

„Der Sheriff und ein paar von seinen Leuten werden da sein, und ich denke, sie werden es schon hinkriegen. Aber ich würde mich viel besser fühlen, wenn du auch da wärst!“

„Wann soll die Sache denn steigen?“

„Von eins bis fünf. Ich weiß, das ist sehr viel Zeit, und wenn du noch was anderes zu tun hast ...“

„Du kannst mit mir rechnen. Wer weiß, vielleicht kommt Grant ja sogar mit“, sagte Patrick beiläufig.

„Wie hat ihm denn Dana gefallen?“ fragte Andrea, unfähig, ihre Neugierde im Zaum zu halten.

Patrick lachte sein vertrautes leises Lachen, und sofort fühlte sich Andrea warm und geborgen.

„Ich glaube, er wußte nicht so recht, wie er sie einschätzen sollte. Sie war in absoluter Bestform und hat sich schneller bewegt als ein Tausendfüßler – von ihrem Mundwerk ganz zu schweigen! Sie sah aber irgendwie süß aus mit den Farbspritzern überall. Er hat gesagt, daß er sie hübsch findet, aber nicht an ihr interessiert ist. Ich glaube allerdings, er ist's doch, aber ob er auch etwas in der Richtung unternimmt, weiß ich nicht. Er war schon mal verheiratet, weißt du, aber seine Frau ist nicht damit zurechtgekommen, daß er so viel wegen der Rodeos unterwegs war. Sie hat das aber nie offen gesagt, oder vielleicht hat er auch nicht genug auf sie geachtet, obwohl er sie wirklich sehr geliebt hat. Er hatte jedenfalls keine Ahnung, daß etwas nicht stimmte ... bis er eines Tages von einem Rodeo nach Hause kam und sie nicht mehr da war. Sie haben sich scheiden lassen, und kurz darauf hatte Grant den Unfall beim Bullenreiten. Etwa ein Jahr nach ihrer Trennung ist sie an einem Wespenstich gestorben, beziehungsweise an einer allergischen Reaktion darauf."

„Das ist ja schrecklich! Hatten sie Kinder?"

„Ja, ein kleines Mädchen! Sie ist jetzt neun oder zehn und lebt bei Grants Mutter. Er besucht sie, so oft es nur geht. Er hat einige Fehler in seinem Leben gemacht, aber er ist ein netter Kerl. Mehr als alles andere bräuchte er Gottes Liebe, bei all den Verletzungen, die er in seinem Leben schon abbekommen hat. Ich versuche ständig, mit ihm über Gott zu sprechen, aber er blockt meistens ab, und ich möchte ihm nicht damit in den Ohren liegen. – Was hat Dana denn über ihn gesagt?"

„Daß er verwegen aussieht! Auf eine rauhe Art gutaussehend, waren ihre Worte, glaube ich."

Patrick lachte. „Tja, heute sah er wirklich ein bißchen verwahrlost aus! Normalerweise rasiert er sich, zumindest ab und zu."

„Ihr schien der Dreitagebart ganz gut gefallen zu haben, aber sie macht sich keine Hoffnungen, daß er sich bei ihr meldet. Sie ist der Meinung, sie habe absolut abstoßend ausgesehen und sich unmöglich benommen, aber sie fand allein schon die Tatsache ermutigend, daß sie endlich einmal wieder einem interessanten Mann begegnet ist."

„Das ist gut!" Patrick schwieg einen Moment. „Andrea, es tut mir leid, daß ich dich so lange nicht angerufen habe. Ich möchte dich immer noch gern zum Ball begleiten."

„Und ich möchte immer noch mit dir hingehen."

„Ich habe dich vermißt", sagte er rauh.

„Ich dich auch! Wie wär's mit selbstgemachter Pizza morgen abend?"

„Das klingt verlockend, aber ich muß morgen am frühen Nachmittag nach Lubbock und werde wohl das ganze Wochenende weg sein. Mein Vater hat gestern abend angerufen und mich gebeten, ihm bei den Vorbereitungen zu einer Überraschungsparty für meinen Opa zu helfen. Er wird am Montag 81. Ich hatte überlegt, ihn am Sonntag zu besuchen, aber mein Vater und die anderen haben beschlossen, eine richtig große Fete für ihn zu schmeißen. Scheint die reinste Familienzusammenführung zu werden. Aus allen Teilen des Landes kommt die Sippschaft angereist."

Andrea konnte zu ihrem eigenen Erstaunen ganz gut mit der Enttäuschung leben, daß sie ihn vorerst nicht sehen würde. Mit der Tatsache, daß er sie nicht gefragt hatte, ob sie mitkommen wollte, war schon schwerer umzugehen. Die jahrelange Übung im Verbergen ihrer Gefühle half ihr dabei, den Schmerz in ihrer Stimme zu überspielen. „Das wird bestimmt eine gute Sache. Hoffentlich gibt es eine Riesentorte!"

Er lachte leise. „Ganz sicher, und tonnenweise andere Leckereien! Ich ruf' dich an, wenn ich wieder hier bin, okay?"

„Klar! Ich wünsch' dir viel Spaß."

Die nächste halbe Stunde brachte Andrea damit zu, sich den Kopf darüber zu zerbrechen, warum er sie nicht gebeten hatte, mitzukommen. Vielleicht hatten sie ja nur begrenzte Unterbringungsmöglichkeiten, oder Patrick fürchtete, daß ihre Anwesenheit die allgemeine Aufmerksamkeit vom Geburtstagskind ablenken könnte, was Andrea natürlich nicht wollte.

Doch so viele Gründe ihr auch einfielen, in ihrem Herzen wußte sie den wahren Grund, warum er sie nicht zum Mitkommen eingeladen hatte. Wenn er sie zu einem so großen Familientreffen mitgebracht hätte, dann wäre das ein offizielles Bekenntnis gewesen, daß ihre Beziehung „etwas Ernstes" war. Und das wollte Patrick offenbar nicht.

Kapitel Fünfzehn

Patrick stand allein im dunklen Garten und schaute auf das kahle Feld hinaus, das bald von frischen grünen Baumwollsetzlingen überdeckt sein würde. Sogar im schwachen Mondlicht schien es so, als könnte er von hier aus über die sanft gewellten Felder bis ganz nach Nebraska sehen. Die Uhr im Haus schlug halb elf, und Patrick hörte das Quietschen der Verandatür. Er drehte sich um und lächelte seinen Großvater an, der ihm entgegenkam.

„Ich dachte, du wärst schon ins Bett gegangen."

„Das wollte ich auch, aber ich brauche erst noch ein bißchen Zeit, um mich nach all der Aufregung heute zu beruhigen."

„Es war ein tolles Fest, aber ich bin froh, hier draußen ein bißchen Ruhe zu haben", seufzte Patrick.

Sein Großvater lachte herzlich. „Tja, da habe ich schon ein paar Klatschweiber in die Welt gesetzt, was? Aber es war schön, die ganze Familie mal wieder unter einem Dach zu haben!" Der alte Herr ließ sich in den Schaukelstuhl auf der Veranda sinken und seufzte zufrieden. „So, und jetzt erzähl mir mal von der Frau, wegen der du hier draußen stehst und den Mond anheulst!"

„Ich habe bloß nachgedacht", versuchte Patrick sich lahm herauszureden.

„Da hast du aber ganz schön geräuschvoll nachgedacht! Dein Seufzen hat man durchs ganze Haus gehört. Bei so etwas ist immer eine Frau im Spiel."

„Du hast ja recht!" gab Patrick zu. „Ich bin bis über beide Ohren verliebt, und ich weiß nicht, was ich tun soll."

„Also, normalerweise fragt ein Mann die Frau, die er liebt, ob sie ihn heiraten will. Falls sie nicht schon verheiratet ist. Dann hättest du allerdings ein Problem!"

„Sie ist nicht verheiratet, aber genausogut könnte sie es sein."

„Eine Karrierefrau also?" Als Patrick nickte, fuhr sein Großvater fort: „Es ist schon komisch mit der Liebe, mein Junge. Sie trifft dich, wenn du es am wenigsten erwartest, und meistens hast du überhaupt kein Mitspracherecht, schon gar nicht, wenn es darum geht, auf welche Weise die andere Person ihr Geld verdient. Aber das hast du sicher schon selbst gemerkt! Ich schätze, du machst dir Gedanken, ob ihr die Karriere wichtiger ist als ihr Mann und später vielleicht einmal ihre Kinder, nicht wahr?"

„Ja, zum Teil!" Widerstrebend schaute Patrick seinen Großvater an. „Zu einem großen Teil. Kennst du dich in der aktuellen Musikszene ein bißchen aus?"

„Doch, doch! Ich bin zwar alt, aber nicht taub, mein Sohn. Ich weiß eine schöne Melodie noch genauso zu schätzen wie eh und je. Allerdings spielen sie im Radio leider nicht mehr die Hits aus meiner Zeit. Wieso, ist deine neue Flamme eine Sängerin?"

„Jawohl. Ihr Name ist Andrea Carson."

„Ach du liebes bißchen! Die Hälfte aller männlichen Einwohner Amerikas ist in dieses Mädchen verliebt! Ich habe sie erst vor ein paar Wochen im Fernsehen gesehen. Ray hat mich angerufen und mir befohlen, die Sendung anzuschauen, weil das Mädchen aus Buckley kommt. Wenn ich mich recht entsinne, ist sie ein hübsches kleines Ding und kann singen wie eine Nachtigall."

„Du entsinnst dich recht! Sie ist in den letzten Wochen in Buckley gewesen, um sich von einer Lungenentzündung zu erholen, und wir sind ziemlich oft zusammengewesen."

Patrick lehnte den Kopf an einen Pfosten und schloß die Augen. „Ich liebe sie von ganzem Herzen, und ich habe sie schon geliebt, als wir noch in der High School waren! Ich glaube, sie empfindet das gleiche für mich, aber ich habe keine Ahnung, wie das klappen soll mit uns. Sie ist 200 Tage im Jahr auf Tour. Zwar hat sie gesagt, daß sie das etwas herunterschrauben will, aber ich könnte es nicht mal ertragen, wenn sie nur die Hälfte der Zeit unterwegs wäre. Und ich kann sie ja nicht bitten aufzuhören. Sie ist ein Star, und sie hat sehr hart dafür gearbeitet, einer zu werden. Es wäre einfach nicht richtig, ihr das zu nehmen."

„Und wenn du sie doch darum bitten würdest und sie würde tatsächlich aufhören, dann würdest du dich immer fragen, ob sie es nicht eines Tages bereuen wird ... Du hast Angst, daß sie dich dann hassen könnte und dich und eure Kinder verlassen würde, wie es deine Mutter damals getan hat. Das ist der Kern des Problems, nicht wahr?"

„Ja, das ist es wohl. Ich gebe nicht gerne zu, daß ich ein Feigling bin, aber ich bin anscheinend einer."

„Ich würde dich nicht als Feigling bezeichnen. Sie muß ein richtiges Arbeitstier und eine sehr zielbewußte junge Dame sein, wenn sie so weit gekommen ist. Talent allein bringt dich nicht ganz nach oben. Jetzt erzähl mir mal etwas über sie! Was denkt sie über die Situation? Ist der Ruhm ihr wichtiger als alles andere? Hat sie ein sprunghaftes, launisches Temperament? Muß die Welt sich immer um sie und nur um sie drehen? Mußt du dich immer fragen, ob sie die Wahrheit sagt oder dich anlügt?"

Patrick richtete sich auf. Sein Großvater gab zwar vor, ihn über Andrea auszufragen, aber in Wirklichkeit redete er über Patricks Mutter. Und indem er das tat, machte er Patrick klar, wie unterschiedlich die beiden Frauen waren.

„Ist sie wie deine Mutter, Patrick?"

„Absolut nicht! Gegen Mama ist sie der reinste Engel. Sie ist aufrichtig, liebevoll und warmherzig, und sie steht zu dem, was sie glaubt. Manchmal vertritt sie ihre Meinung sehr energisch, aber sie ist ganz sicher nicht launenhaft. Ich weiß nicht, wie wichtig Ruhm und Geld für sie sind, aber sie hat mir erzählt, daß die Musik für sie so wichtig ist wie die Luft zum Atmen."

„Dann ist also ihre Karriere das Hauptproblem und nicht die Frage, ob du ihr von ganzem Herzen vertrauen kannst."

„Ich weiß es nicht, Opa. Wenn man zu lange voneinander getrennt ist, kann das verflixt schiefgehen. Es gibt eine Menge Versuchungen da draußen, besonders wenn man so berühmt ist wie Andrea." Patrick seufzte schwer und bemerkte, wie ein leises Lächeln über das Gesicht seines Großvaters huschte. „Du hattest wohl doch recht mit dem Seufzen!" Er lächelte reuevoll und wurde dann wieder ernst. „Ich kann sie nicht bitten aufzuhören. Es ist zu wichtig für sie, und viel zu viele Menschen lieben sie und ihre Musik. Es wäre einfach nicht fair!"

„Entweder ist man empfänglich für Versuchungen, oder man ist es nicht. Wenn du anfällig dafür bist, wird dich die Versuchung erwischen und zu Fall bringen, ganz egal wo du bist. Und wenn nicht, dann hat sie keine Chance, ganz einfach. Außerdem ist es doch immer noch besser, 165 Tage im Jahr mit ihr zusammenzusein als überhaupt nicht, oder?"

„Da bin ich mir nicht so sicher! Manchmal denke ich, es wäre besser, es zu beenden, Lebwohl zu sagen und zu versuchen, sie zu vergessen. Sonst bricht es mir jedesmal das Herz, wenn sie weggeht."

„Es wird wehtun, das stimmt, aber es hat auch seine Vorteile! Manchmal weiß man den anderen viel mehr zu schätzen, wenn er nicht so oft da ist, und die Zeiten, wo ihr zusammen seid, werden dann um so schöner sein. Ich schätze, es geht einfach darum, ob ihre Liebe von der haltbaren Sorte ist oder nicht. Und das kann letzten Endes nur Gott wissen! Selbst die größte Liebe kann von den Umständen zerstört werden, unter denen sie steht, deshalb hat es gar keinen Zweck, sich darüber den Kopf zu zerbrechen, was alles sein könnte. Fährt sie bald wieder weg?"

„Ja, in ein oder zwei Wochen."

„Und warum sitzt du dann hier herum und redest mit mir?"

Patrick lachte. „Weil du Geburtstag hast und weil ich nicht viele alte Knaben kenne, mit denen man sich so gut unterhalten kann wie mit dir."

„Also, für heute habe ich genug geredet", sagte sein Großvater und stand mühsam auf. „Mach dich morgen früh gleich auf den Heimweg, Junge. Heu muß man einbringen, wenn die Sonne scheint!"

Patrick folgte dem alten Herrn nach drinnen. „Bist du sicher, daß dir das nichts ausmacht?"

„Wenn das so wäre, hätte ich es dir nicht vorgeschlagen! Morgen werden hier sowieso mehr Verwandte herumschwirren, als ich brauchen kann. Da mußt du nicht auch noch Platz wegnehmen." Er blinzelte Patrick zu. „Aber ich erwarte natürlich, daß du sie mir bald einmal vorstellst!"

„Das werde ich tun", versprach Patrick und umarmte ihn. „Ich hab' dich lieb, Opa!"

„Ich dich auch, mein Sohn! Du bist mein Lieblingsenkel, weißt du."

„Genau das hast du vorhin zu Sissy auch gesagt!" lachte Patrick und legte dem alten Mann den Arm um die Schultern, während sie die Treppen hinaufstiegen.

„Und ich habe es auch genau so gemeint! Jedes Enkelkind, mit dem ich gerade spreche, ist in dem Moment mein Lieblingsenkel. Das ist bei allen 23 von euch so!"

*

Patrick kam nicht so schnell los, wie er gehofft hatte, aber er schaffte es dennoch, sich schnell neben Andrea auf die Kirchenbank zu setzen, ehe die Gemeinde das erste Lied beendete. Als sie aufschaute und ihr Gesicht bei seinem Anblick zu strahlen begann, hätte er sie am liebsten in seine Arme gerissen und geküßt. Das Lied endete, und alle drehten sich herum, um ihre Nachbarn zu begrüßen, doch Patrick hatte nur Augen für Andrea.

„Ich dachte, du wolltest erst heute abend zurückkommen?" flüsterte sie.

„Ich habe mich einsam gefühlt", sagte Patrick.

„Ich bin froh, daß du da bist", lächelte sie.

Er ergriff ihre Hand und hielt sie fest, während er sich zu ihrem Ohr hinüberbeugte. „Jetzt in diesem Moment wünschte ich, wir wären mutterseelenallein unten am Bach."

Ein Hauch Rot flog über Andreas Gesicht, und sie drückte ihm die Hand, um ihm zu zeigen, daß sie sich das ebenfalls wünschte.

Die Gäste wurden vorgestellt, und der Pastor machte ein paar organisatorische Ankündigungen. Dann lächelte er strahlend. „Wie ihr alle vermutlich schon im Gemeindebrief gelesen habt, wollen wir heute ein kleines Kind unter den Segen Gottes stellen!" Er winkte einem jungen Paar, mit ihrem Baby nach vorne zu kommen. Es war ein kleiner Junge von vielleicht sechs Monaten.

„Ach, ist der süß!" flüsterte Andrea. „Schau doch mal, die klitzekleine Latzhose!" Sie lehnte sich zu Patrick hinüber, um den Kleinen besser sehen zu können. „Und die winzigen Turnschuhe! Einfach zum Küssen!"

Patrick beobachtete ihr Gesicht, als sie dem Baby zulächelte. Er hörte kaum, wie der Pastor die Eltern fragte, ob sie den Kleinen in Gottes Sinne erziehen und ihn über Jesus lehren wollten. Als der Pastor dann die Gemeinde fragte, ob sie bereit sei, für den Kleinen und seine Eltern zu beten und ihnen zu helfen, wann immer es nötig sein würde, murmelte Patrick zusammen mit den anderen seine Zustimmung, doch er löste sich keinen Augenblick von Andreas Gesicht, fasziniert von dem Glitzern in ihren Augen.

Der Pastor sagte etwas, und dann drang ein gutgelauntes Kreischen aus den Lautsprechern. Andrea lachte, ebenso wie der Rest der Gemeinde, und Patrick zwang sich, nach vorne zu schauen.

Der Pastor hielt das Baby auf dem Arm, und es hatte das Mikrophon fest gepackt und versuchte gerade, es sich in den Mund zu stopfen.

„Kann da irgend etwas passieren?" rief der Pastor dem Mann zu, der die Aussteuerung des Mikrophons regelte. Dieser schüttelte den Kopf, und der Pastor entspannte sich ein wenig. Das Baby kaute weiter an dem Mikrophon herum und krähte jedesmal vor Vergnügen, wenn es aus den Lautsprechern herauslärmte. „Anscheinend haben wir hier noch einen anderen hoffnungsvollen Gesangsstar!" stellte der Pastor lächelnd fest. Er ließ den Kleinen gewähren, nahm in aber in den anderen Arm. „Andrew, der Herr segne und behüte dich, er lasse sein Angesicht leuchten über dir –"

Er wurde von einem weiteren ohrenbetäubenden Kreischen und darauffolgendem begeisterten Quietschen unterbrochen.

Andrea lachte lauthals und schaute Patrick mit vor Vergnügen funkelnden Augen an. Er konnte nicht anders, als ihr den Arm um die Schultern zu legen.

„Und er gebe dir seinen Frieden, jetzt und immerdar", sagte der Pastor, entwand dem Kind das Mikrophon und reichte es der Mutter. Der Kleine verzog das Gesicht, und Clint sprach schneller, um fertig zu sein, ehe das Baby zu weinen begann. „Herr, wir danken dir für den kleinen Andrew. Wir bitten dich, ihm immer nahe zu sein, ihn mit deiner

Liebe zu überschütten und ihn vor allem Übel zu bewahren. Amen."

Er gab das Baby seiner Mutter zurück, und der Kleine ließ ein leises Wimmern hören. Als die Mutter dem Pastor das Mikrophon zurückgab und sich zum Gehen wandte, warf der Junge einen so sehnsüchtigen Blick darauf, daß die ganze Gemeinde in schallendes Gelächter ausbrach.

„Vielleicht bekommt er Zähne", mutmaßte Andrea.

„Oder er will mal öffentlicher Redner werden und übt schon mal", murmelte Patrick, während sie sich zum nächsten Lied erhoben.

Patrick bekam nicht viel von der Predigt mit. Zu viele Hoffnungen und Träume raubten ihm seine Konzentration. Andrea rutschte unruhig auf ihrem Sitz herum, und er vermutete, daß sie ebenfalls mit den Gedanken nicht bei der Predigt war. Sofort nach dem Schlußsegen fragte Patrick, ob er sie nach Hause bringen dürfte.

Sie nickte, und sie gingen auf den Ausgang zu, wobei sie höflich jedes längere Gespräch mit den anderen Gemeindemitgliedern vermieden.

Dana paßte sie vor Patricks Auto ab. „Ich fahre jetzt mal zum Laden und hole etwas Milch." Sie wußte genau, was mit den beiden los war. „Und wenn ich's mir recht überlege, wollte ich schon immer mal ganz genau wissen, was eigentlich alles in diesen verschiedenen Sorten von Frühstücksflocken drin ist. Ich werde also eine ganze Weile fort sein."

„Ja, schön", sagte Patrick abwesend.

In weniger als fünf Minuten hatten sie Danas Haus erreicht. Patrick stieß die Haustür mit dem Fuß zu und zog Andrea in seine Arme, um sie leidenschaftlich zu küssen. Dann vergrub er sein Gesicht in ihrem Haar. „Du riechst so gut!"

„Das will ich doch hoffen. Das Parfüm hat ein Vermögen gekostet! Du riechst übrigens auch gut."

„Ja? War ein Sonderangebot."

„So fruchtig!" Sie schaute ihm in die Augen. „Schön, daß du früher nach Hause gekommen bist."

„Mein Opa hat mich rausgeschmissen. Er sagte, er könne mein einsames Geseufze nicht mehr hören!"

„Du hast mich also vermißt?"

„Oh ja!" Er schloß seine Arme fester um sie und lehnte sich an die Wand.

„Also?" nuschelte sie, während sie ihr Gesicht an seine Brust kuschelte.

„Also was?"

„Wie sehr hast du mich vermißt?"

Mehr, als ich je für möglich gehalten hätte. Mehr, als ich zugeben möchte. „Ach, so etwa einen Fingerhut voll."

„Was?" Sie schubste ihn, doch er lockerte seinen Griff um sie nur ein bißchen, ohne sie loszulassen. Sie funkelte ihn an. „Das ist ja nicht sehr viel!"

Er schüttelte den Kopf. „Doch, denn es ist ja nicht irgendein Fingerhut! Er gehört der Lieblingsfrau des Riesen Timpetu, und er ist sehr wertvoll, besetzt mit Rubinen und Perlen, weißt du. Der Riese hat ihn von seiner Urgroßmutter geerbt, die ihn weiland vom König der Riesen bekommen hatte, weil sie so –"

„Patrick?"

„Ja, Schatz?"

„Hör auf und küß mich!"

„Sehr gern, Madam."

Kapitel Sechzehn

Am Mittwoch mittag um zwölf Uhr reichte die Schlange der Menschen, die wegen eines Autogramms von Andrea anstanden, bereits einmal um den gesamten Block. Der Sheriff beschloß, die Straße vor Danas Laden sperren zu lassen, um Unfälle zu vermeiden.

Da dies Andreas erster öffentlicher Auftritt seit ihrer Erkrankung war, hatte ihr Manager eine kurze Pressekonferenz vor der Autogrammstunde organisiert. Er hatte die lokale Presse, Pressevertreter aus Nashville und Dallas und verschiedene Musikmagazine benachrichtigt, und das Fernsehen war ebenfalls vertreten. Andrea sprach in Danas Laden mit ihnen und lächelte für die anwesenden Fotografen, während Patrick sie dabei beobachtete.

Die ersten Fragen drehten sich vor allem um ihre Krankheit.

„Haben Sie noch immer gesundheitliche Probleme, Miss Carson?"

Andrea grinste den jungen Reporter aus Sidell an. „Sehe ich so aus?"

Er errötete und lächelte unsicher zurück. „Nein, Madam, Sie sehen fantastisch aus!"

„Vielen Dank!" lachte Andrea und blinzelte ihm zu. „Hiermit ernenne ich Sie zu meinem Lieblingsjournalisten!" Der junge Mann und die anderen Presseleute lachten, und Andrea warf Patrick einen fragenden Blick zu. Er grinste sie kopfschüttelnd an, und sie wandte sich wieder den Reportern zu. „Ich fühle mich prächtig und bin voller Energie! Laut meinem Arzt bin ich wieder fit wie ein Turnschuh. Obwohl ich nicht so recht weiß, wie fit sich ein Turnschuh wirklich fühlt ..." Bühnenerfahren wie sie war, wartete Andrea genau so lange, wie ihre Zuhörer brauchten, um zu Ende zu lachen. „In meiner Lunge sind geringfügige Vernarbungen von der Lungenentzündung zurückgeblieben, aber das wird mich beim Singen nicht beeinträchtigen, und zum Glück haben meine Stimmbänder das ganze Gehuste ohne Schaden überstanden."

„Freuen Sie sich aufs Weitermachen? Und werden Sie die abgesagten Konzerte nachholen?"

„So viele wie möglich! Mein Manager ist gerade dabei, neue Termine zu vereinbaren. Sie wissen ja, wie das ist – der Künstler erfährt als letzter, wo die Reise hingeht, deshalb kann ich Ihnen jetzt nichts Näheres dazu sagen. Aber Kyle wird die Termine natürlich bekanntgeben, sobald alles endgültig feststeht." Sie konnte nicht anders, sie mußte Patrick einfach ab und zu einen Blick zuwerfen. Er war sichtlich bemüht, seine Mimik unter Kontrolle zu halten, aber sie konnte den Aufruhr in seinen Augen sehen. „Nun zu Ihrer anderen Frage. In vieler Hinsicht freue ich mich darauf, wieder an die Arbeit zu gehen, vor allem, um meinen Fans das zu geben, was sie sich wünschen. Die Leute waren alle so nett zu mir! Ich habe es schon lange aufgegeben, die Briefe und Karten und Geschenke zu zählen, die ich bekommen habe. Es war einfach überwältigend! Und außerdem liebe ich natürlich die Musik, also noch ein Grund zur Freude. Aber es war auch sehr gut für mich, einmal eine Zwangspause einzulegen und etwas zur Ruhe zu kommen. Die Zeit hier war etwas ganz Besonderes für mich, und ich bin nicht sehr begierig drauf, sie zu beenden."

„Denken Sie daran, nach Buckley umzusiedeln?" wollte der Herausgeber der Lokalzeitung wissen.

„Ich denke daran, ja!"

„Miss Carson, man munkelt, Sie seien im Einkaufszentrum von Sidell in Begleitung eines auffällig gutaussehenden Cowboys gewesen“, sagte die Reporterin eines bekannten Musikmagazins.

„Das stimmt.“

Die Reporterin folgte Andreas Blick und entdeckte Patrick. „Wir haben auch gehört, daß er beinahe in eine Schlägerei verwickelt worden wäre, als drei Autogrammjäger Sie in Schwierigkeiten bringen wollten.“

„Das Schlüsselwort hier ist *beinahe*. Er hat die Männer davon überzeugt, daß ich müde war und nach Hause mußte. Dazu hat er aber Worte benutzt, nicht Fäuste.“

„Aber er hätte vermutlich auch die Fäuste eingesetzt, oder?“

Andrea lächelte. „Die meisten Männer aus Texas würden das tun, um ihre Frau zu beschützen.“

Die Reporterin warf Patrick einen Seitenblick zu, dann wandte sie sich mit funkelnden Augen wieder zu Andrea um. „Dann sind Sie also seine Frau, Miss Carson?“

Hoppla! „Na, Sie sind aber ganz schön forsch!“ sagte Andrea mit einem etwas mühevollen Lächeln. „Das ist doch nur so eine Redensart.“ *Wohl eher eine Freud'sche Fehlleistung!* dachte sie. „Patrick ist ein alter Freund von mir. Wir kennen uns noch aus der Schule. Außerdem ist er ein hervorragender Leibwächter. So, Leute, ich muß jetzt endlich mit der Autogrammstunde anfangen, sonst sitzen wir noch bis morgen früh hier! Draußen gibt es einige Erfrischungen für Sie, bitte bedienen Sie sich. Und vielen Dank, daß Sie hergekommen sind!“

Patrick öffnete die Tür, und die Presseleute strömten hinaus, aber nicht ohne Patrick abschätzende Blicke zuzuwerfen. Als die Dame von der Musikzeitschrift an ihm vorbeiging, zwinkerte sie ihm zu. Patrick lächelte höflich zurück und schloß dann die Tür hinter ihr, um Andrea eine kleine Pause zu ermöglichen, bevor sie sich den Fans stellte.

„Tut mir leid!“ sagte sie. „Ich fürchte, du wirst demnächst deinen Namen in der einen oder anderen Zeitung lesen können.“

„So lange sie das mit dem ‚auffallend gutaussehenden Cowboy‘ dazuschreiben, will ich mich gar nicht beklagen.“ Sein Blick liebkoste ihr Gesicht, und ihr Pulsschlag beschleunigte sich. „Es war doch klar, daß so etwas früher oder später passiert! Es macht mir nichts aus, wenn mein Name mit deinem in Verbindung gebracht wird, solange sie nicht irgendeinen Quatsch über uns schreiben und dir damit schaden.“

Ihr Herz schlug einen dreifachen Salto, und sie ermahnte sich selbst, nicht zuviel Bedeutung in seine Worte hineinzulegen. „Das werden sie nicht tun! Sie gehören nicht zur Regenbogenpresse oder zu einem dieser gräßlichen Hollywood-Magazine. Vielleicht stellen sie ein paar Spekulationen an, aber nicht in verletzender Weise. So, jetzt gehe ich wohl besser hinaus und begrüße die ‚kreischenden Massen’, wie Dana sie nennt.“

„Sie wirken eigentlich ganz zahm“, erwiderte Patrick und legte ihr den Arm um die Taille. „Du hast übrigens eine Frage falsch beantwortet.“

Sie schaute auf und begegnete seinem warmen Blick. „Welche denn?“

„Die, ob du meine Frau bist!“

Diesmal wußte Andrea ganz sicher, daß er ihr Herz pochen hörte, aber bevor sie irgend etwas sagen konnte, löste er sich von ihr und öffnete die Tür.

„Eure Untertanen erwarten Euch, Mylady“, deklamierte er und schob sie sanft hinaus.

*

Der Tag war sonnig, aber nicht heiß, und Andrea setzte sich zum Autogramme schreiben an einen Tisch vor Danas Laden. Direkt hinter ihr hatte Dana ein gut sichtbares Schild angebracht, an dem zur offiziellen Eröffnung des Museums eingeladen wurde.

Patrick saß auf einem Stuhl schräg hinter Andrea, und zwei

Hilfssheriffs flankierten sie rechts und links. Der Sheriff wanderte durch die Menge und hielt nach potentiellen Problemen Ausschau, während er werbewirksam niedlichen Babys über den Kopf streichelte und für die nächste Wahl auf Stimmenfang ging.

An einem anderen Tisch gab es kostenlose Erfrischungen, und Dana verkaufte Karten für ihren Ball am Freitag. Viele Leute steckten auch etwas in die Spendendose für das Museum.

Andrea setzte ihre Unterschrift auf die verschiedensten Unterlagen, vom T-Shirt über eigens gedruckte Fan-Alben bis zu abgerissenen Papierfetzen. Sie unterschrieb sogar auf der Gitarre eines jungen Mannes. Im Laufe des Nachmittags bemerkte sie, daß einige der Presseleute noch da waren, die die Umstehenden interviewten und gelegentlich Fotos von Andrea und der Menschenmenge machten. Sie sah auch zwei Kamerateams, eines aus Sidell und eines vom Musiksender „Nashville Network".

Fast vier Stunden hatte sie damit zugebracht, Autogramme zu geben, mit den Fans zu sprechen und für Schnappschüsse zu posieren, als Patrick plötzlich von seinem Stuhl aufstand und sich neben sie stellte. An seiner angespannten Körperhaltung konnte sie ablesen, daß etwas nicht stimmte. Sie blickte auf und sah direkt vor sich einen der jungen Männer stehen, die damals im Einkaufszentrum beinahe die Schlägerei angefangen hätten.

„Schön, daß Sie da sind", sagte Andrea freundlich und lächelte den Mann an, in der Hoffnung, dadurch Schlimmeres zu verhindern. „Tut mir leid, daß ich neulich so schnell wegmußte."

Verlegene Röte überzog das Gesicht des jungen Mannes. „Das ist schon okay, Madam." Er reichte ihr einen kleinen Stoffhund mit Schlappohren, der ein weißes T-Shirt trug. „Wenn Sie hierdrauf vielleicht für Lacey unterschreiben könnten? Lacey ist mein Mädchen, wissen Sie? Sie konnte heute nicht kommen, aber sie ist ein großer Fan von Ihnen!" Dann holte er eine Musikzeitschrift hervor und öffnete sie in der Mitte, wo die aktuellen Hitlisten abgedruckt waren. Andreas letzte Single stand auf Platz Eins. „Und hier bitte für mich, Billy Bob."

„Das mache ich gerne! Wo sind denn Ihre Freunde?" fragte Andrea, als sie schwungvoll ihr Autogramm auf das Stofftier setzte.

„Bei der Arbeit. Ich habe ihnen nicht gesagt, daß ich herkomme, weil ich dachte, dann melden sie sich vielleicht krank und kommen auch. Ich möchte mich für das neulich im Einkaufszentrum entschuldigen, Madam. Ich dachte, vielleicht traue ich mich nicht, wenn die anderen dabei sind. Es tut mir leid, Madam!"

„Das ist aber süß von Ihnen, Billy Bob!" Sie reichte ihm die unterschriebenen Sachen zurück. „Und wissen Sie was, Sie wären bestimmt auch Manns genug gewesen, sich zu entschuldigen, wenn Ihre Freunde hier gewesen wären!"

Er grinste dankbar und trat zur Seite, wobei er Patrick respektvoll grüßte.

Patrick lehnte sich zu Andrea herunter und murmelte ihr ins Ohr: „Du bist hier diejenige, die süß ist." Er sog ihr Lächeln und die Freude in ihren Augen in sich auf. „Willst du etwas zu trinken?"

„Oh ja! Eine Cola vielleicht."

„Kommt sofort!"

Als sie gegen sechs endlich alle Autogrammwünsche erfüllt hatte, war Andrea kurz davor, einen Schreibkrampf in ihrer rechten Hand zu bekommen. Doch diesmal hatte sie niemanden weggeschickt. Sie gingen in Danas Laden und bestellten ein paar Pizzas beim Restaurant um die Ecke.

Patrick massierte Andreas schmerzende Hand, während sie ihn mit mundgerechten Pizzastücken fütterte. „Hast du ein paar Karten für den Ball verkauft?" fragte sie Dana.

„30 Stück!" murmelte Dana mit vollem Mund. Sie

schluckte den Bissen runter und fuhr dann fort: „Und an Spenden habe ich 50 Dollar eingenommen. Insgesamt haben wir jetzt 500 Karten verkauft. Ein Glück, daß das Ganze unter freiem Himmel stattfindet! Wir hätten niemals eine ausreichend große Halle bekommen. So kostet es auch weniger. Bis auf die Band arbeiten alle ohne Bezahlung mit, deshalb werden wir ganz schön verdienen. Einfach klasse!"

Ein paar der Ausschußmitglieder waren ebenfalls noch dageblieben und schlugen ein Dominospiel vor. Andrea erklärte, daß sie mit ihren überanstrengten Händen nichts mehr halten könne und bildete eine Mannschaft mit Patrick. Im Scherz diskutierten sie ausgiebig darüber, wann welcher Dominostein gesetzt werden sollte und hatten viel Spaß dabei.

Nachdem alle anderen gegangen waren, begleitete Andrea Patrick noch hinaus an seinen Wagen.

„War dein Freund Grant eigentlich heute da? Es waren so schrecklich viele Leute, daß ich gar nicht darauf geachtet habe."

„Nein, aber ich habe ihn auch nicht angerufen, weil wir ihn ja ohnehin nicht unbedingt als Bodyguard gebraucht haben. Ich dachte mir, daß es bestimmt schlecht für sein Bein ist, wenn er so lange herumsteht. Letzte Woche hat es ihm ganz schön zu schaffen gemacht. Aber vielleicht kommt er zum Ball! Ich habe ihm eine Karte geschickt."

„Spielst du den Kuppler?"

„Wer weiß! Dana wäre sicher gut für ihn. Vor allem fand ich aber, daß es ihm guttun würde, mal ein bißchen rauszukommen. Für ihn gibt es nur die Arbeit und die Sonntagsbesuche bei seiner Tochter. Er wird noch ein totaler Einsiedler, wenn er nicht ab und zu mal unter die Leute geht." Er lächelte. „Wenn ich so drüber nachdenke, war er noch nie besonders gesellig, jedenfalls nicht so richtig."

„Und diesen Kerl willst du mit unserer süßen kleinen Dana verkuppeln?"

„Ja, das würde ein bißchen Würze in ihr Leben bringen, findest du nicht?“ sagte er mit einem lausbübischen Grinsen.

„Na ja, aber muß es denn gleich Cheyennepfeffer sein?“

Er warf den Kopf zurück und lachte aus vollem Halse. „Sie ist selbstbewußt und cool genug, um ihn ein bißchen abzumildern.“ Sein Gesichtsausdruck wurde ernst. „Sag ihr nicht, daß er vielleicht zum Ball kommt, sonst ist sie noch enttäuscht, wenn er wegbleibt!“

„Sie wird so beschäftigt sein, daß sie es vermutlich sowieso nicht mitbekommen würde. Aber ich werde schweigen wie ein Grab.“

Der Wind blies ihr eine dunkle Haarsträhne ins Gesicht, und Patrick strich sie zärtlich beiseite. „Ich war heute sehr stolz auf dich! Du hattest für jeden ein nettes Wort übrig, und du hast die ganze Zeit gelächelt. Du hast all diesen Leuten das Gefühl gegeben, daß sie dir wichtig sind.“

„Das sind sie ja auch.“

„Und du bist mir wichtig.“ Er senkte den Kopf und küßte sie zärtlich. „Gute Nacht, Liebling.“

„Gute Nacht, mein Held.“

„Oh, das gefällt mir!“ Widerstrebend löste sich Patrick von ihr und stieg ins Auto. „Wir sehen uns dann am Freitag so gegen sechs.“

„Ich freue mich schon darauf. Und zieh bequeme Schuhe an, sonst qualmen dir nach einer Stunde die Socken!“

„Habe ich dir eigentlich schon mal gesagt, daß ich gar nicht tanzen kann?“

„Du mußt bloß einen Fuß vor den anderen setzen und aufpassen, daß du deiner Partnerin nicht auf die Füße trittst.“

„Wenn das alles ist und ich mich an dir festhalten kann, geht's vielleicht.“

„Na also! Bis Freitag dann.“

*

Am Donnerstag erschienen Berichte über die Autogrammstunde in den verschiedenen Zeitungen, jeder mit ein paar Fotos von Andrea, wie sie Autogramme gab und mit den Fans plauderte. Der lokale Fernsehsender von Sidell brachte über Andrea und den vergangenen Tag gleich einen ganzen Bericht nach den Mittags- und den Abendnachrichten.

Patrick machte es sich in seinem Fernsehsessel bequem und schaltete den Musiksender ein, auf dem gerade eine Sendung über das aktuelle Geschehen in der Musikszene lief. Gewohnheitsmäßig stellte er den Videorecorder auf Aufnahme für den Fall, daß etwas über Andrea darin vorkam.

Nachdem die Ansagerin erste begrüßende Worte an die Zuschauer gerichtet hatte, wandte sie sich gleich dem ersten Thema zu, dem Bericht über Andrea: „Wir freuen uns, Ihnen mitteilen zu können, daß die bekannte Sängerin Andrea Carson sich vollständig von der Lungenentzündung erholt hat, mit der sie vor einigen Wochen ins Krankenhaus gebracht wurde. Gestern hat sich Andrea das erste Mal wieder in der Öffentlichkeit gezeigt und hat für eine ansehnliche Menschenmenge in ihrer Heimatstadt Buckley in Texas eine Autogrammstunde gegeben."

Die Kamera zeigte Andrea, die mit einem ihrer Fans scherzte und auf seinem T-Shirt unterschrieb. „Andrea hat unserer Reporterin gesagt, daß es ihr ausgezeichnet geht und daß sie bald die abgebrochene Konzerttournee fortsetzen und so viele der ausgefallenen Konzerte nachholen wird wie möglich. Sie sagte, diese Autogrammstunde sei so etwas wie ein kleines Dankeschön an ihre Freunde und Nachbarn in Buckley gewesen, die es ihr ermöglicht hätten, sich ganz in Ruhe von ihrer Krankheit zu erholen."

Die Kamera wanderte über die Menschenmenge und zeigte einen Teil der vielen Anwesenden. „Am Freitag wird Andrea bei einer Wohltätigkeitsveranstaltung in Buckley ein paar Songs zum besten geben, um Geld für den Aufbau eines lokalen Museums zusammenzutragen."

Die Kamera schwenkte wieder auf Andrea, und Patrick sprang aus seinem Sessel hoch. Er war ebenfalls im Bild, breitbeinig neben ihr thronend wie ein Sheriff in einem billigen Western, der es gleich ganz allein mit einer Riesenbande von blutdurstigen Desperados aufnehmen wird. Billy Bob stand vor Andrea und grinste, während sie ihm die Zeitschrift zurückgab.

Als der junge Mann zur Seite trat, sah Patrick sich lächeln und ein wenig vorbeugen, um Andrea etwas ins Ohr zu flüstern. Sein Gesichtsausdruck zeigte überdeutlich, was er für sie empfand. Sie redeten kurz miteinander, dann richtete er sich wieder auf und ging zu seinem Stuhl. Sie schaute ihm nach und lächelte so, wie jeder Mann es sich von der Frau seines Herzens wünscht ... voller Liebe und Leidenschaft.

Die Sprecherin im Fernsehen lächelte wissend und hob eine makellose Augenbraue. „Aha! Es sieht also so aus, als ob Andrea noch ein bißchen mehr als nur Ruhe und Frieden in Buckley gefunden hätte! Nach Auskünften anwesender Personen heißt der gutaussehende Mann an Andreas Seite Patrick Jamison und ist ein alter Freund aus Highschooltagen sowie ein erfolgreicher Rancher."

Patrick schaltete den Videorecorder ab und sank wie vom Donner gerührt in seinen Sessel zurück. Heißer Ärger durchschoß ihn in dem Moment, als er sich wehrlos diesem Einbruch in seine Privatsphäre ausgesetzt sah, aber das Gefühl verlosch bald wieder. Schließlich hatte er sich mit einer sehr bekannten Sängerin in aller Öffentlichkeit sehen lassen, da mußte man mit so etwas rechnen. Er spulte die Kassette zurück und wollte sich die Sendung gerade noch einmal ansehen, als das Telefon klingelte. Patrick stellte den Ton leiser und nahm den Hörer ab.

„Na, mein Junge, das sah mir aber ganz so aus, als ob du schon dabei bist, das Heu einzufahren!"

Patrick lachte und sah sich gleichzeitig auf dem Bildschirm

agieren. „Hallo, Opa! Da habe ich ja einen schönen Narren aus mir gemacht, was?“

„Warum? Für echte, ehrliche Gefühle muß man sich doch nicht schämen! Es gibt einen Haufen Männer, die sonstwas dafür geben würden, wenn diese niedliche kleine Maus sie so ansehen würde, wie sie dich da angesehen hat. Sie liebt dich, mein Junge! Daran gibt's gar keinen Zweifel.“

Patrick hielt das Band an der Stelle an, wo Andrea ihm nachsah. Ihr liebevolles Lächeln erstarrte auf dem Bildschirm, und er holte tief Luft, bevor er antwortete. „Vielleicht hast du recht.“

„Natürlich habe ich recht! Ich habe immer recht!“ Der Tonfall des alten Herrn wurde ernst. „Das ist erst ein Vorgeschmack von dem, was noch auf dich zukommen wird, mein Junge. Wenn du damit nicht leben kannst, dann gesteh es dir jetzt ein, bevor du noch tiefer in die Sache hineingerätst. Und jetzt leg auf und ruf deine kleine Dame an! Sie sorgt sich vermutlich zu Tode, was du wohl über diese Sache denkst.“

„Ich weiß nicht, was ich darüber denke, Opa!“

„Dann werd dir schnell darüber klar!“ Er hängte ein, und Patrick blieb mit dem Hörer in der Hand sitzen. Dann legte er ebenfalls auf und ließ die vergangenen Wochen vor seinem inneren Auge Revue passieren. Ihm wurde klar, daß er nicht sehr gut darin gewesen war, seine Gefühle für Andrea verborgen zu halten, und zwar einfach deshalb, weil er das gar nicht gewollt hatte. „Sie gehört zu mir! Und es ist mir egal, wer das alles weiß. Nein, ich will sogar, daß jeder Mann da draußen weiß, daß wir zusammen sind und daß sie mir gehört! Und nur mir!“

Mit zitternden Händen griff er nach dem Telefon. Er würde ihr später alles sagen, wenn sie zusammen waren. Aber jetzt, am Telefon, wollte er sie schon einmal beruhigen. Nachdem er sich in der letzten Woche so bedeckt gehalten hatte, war sie vermutlich sowieso schon ziemlich besorgt.

Dana nahm ab und reichte das Telefon an Andrea weiter. Er hörte die Unsicherheit in ihrer Stimme.

„Hallo, Schatz!“ Er sprach in dem ruhigen Tonfall, den er auch bei nervösen Pferden anwendete, aber jetzt fügte er noch eine Extraportion Wärme hinzu. „Tja, nun weiß ich also, wie man sich als Fernsehstar fühlt.“

„Patrick, es tut mir leid! Ich hätte niemals –“

„Sei still, meine Süße!“ sagte er mit einer Stimme, die von einer ganzen Flut von Gefühlen plötzlich ziemlich rauh klang. „Du mußt dich nicht dafür entschuldigen, daß du mich zum stolzesten Mann von ganz Texas gemacht hast!“

Kapitel Siebzehn

Pfeifend steckte Patrick seine Brieftasche ein und schnappte sich die Schlüssel des Sportwagens.

Heute abend nach dem Ball würde er Andrea sein Herz und seine Seele zu Füßen legen. Er würde sie nach Hause fahren und sie in den Garten locken, um den Vollmond zu bewundern. Und dann würde er ihr sagen, daß er sie liebte, daß er ohne sie nicht leben konnte ... und sie fragen, ob sie ihn heiraten wolle. Es klang ganz einfach, aber er wußte, daß es alles andere als leicht werden würde.

Was, wenn sie nein sagt? Was, wenn sie die ganze Zeit nur an mir interessiert war, weil ich eben gerade zur Hand war? Patrick schaute in den Spiegel und zog eine Grimasse, als er den Zweifel und die Angst in seinen Augen sah. „Sie wird ja sagen!“ sagte er forsch, um die Unsicherheit zu vertreiben.

Er stützte sich mit beiden Händen auf die Kommode unter dem Spiegel und ließ den Kopf hängen. Auf das Gewirr von Kugelschreibern, Kleingeld, Schrauben, Zetteln und Gummibändern, das sich dort angesammelt hatte, starrend, sagte er: „Vielleicht sind das ja die Schrauben, die bei dir locker sind, Jamison! Wie kannst du auch nur daran denken, daß sie den Rest ihres Lebens ausgerechnet mit dir verbringen will!"

Er tat einen tiefen Atemzug und richtete sich auf. „Herr", betete er. „Sehe ich die Liebe in ihren Augen nur, weil ich es mir so sehr wünsche? Bitte gib mir Weisheit. Und wenn ich sie frage, ob sie meine Frau werden will, und sie sagt nein, dann hilf mir bitte, daß ich es akzeptieren kann."

*

Die Polizei hatte für das Tanzfest drei Straßenblocks entlang der Hauptstraße gesperrt. Die Bühne für die Band bestand aus einem großen, flachen Ernteanhänger, der ziemlich genau in der Mitte der Tanzfläche aufgestellt worden war. Der Museumsausschuß hatte alle Zugänge mit freiwilligen Helfern bestückt, die Karten verkauften und Kontrollstempel auf die Hände der Leute drückten, die bereits bezahlt hatten, damit sie nach Belieben kommen und gehen konnten.

Klappstühle, die man von den verschiedenen Kirchengemeinden der Gegend ausgeliehen hatte, säumten die Gehwege, und drinnen im zukünftigen Museum gab es Getränke und kleine Snacks. Patrick hatte den Eindruck, daß alle weiblichen Einwohner Buckleys Plätzchen gebacken hatten, die nun hier für einen Vierteldollar das Dutzend feilgeboten wurden. Dana hatte einen Getränkegroßhändler beschwatzt, ihnen einige Stiegen mit Cola- und Fantadosen zu spenden. Es gab keine alkoholischen Getränke, und auf allen Plakaten, Einladungen und Karten hatten die Veranstalter darum gebeten, daß auch niemand welche mitbrachte, weil dies ein Familienfest sei, zu dem alle Altersstufen eingeladen wären.

Um Punkt sieben Uhr stolperte Dana die Stufen zur Bühne hinauf und nahm das Mikrophon, um das Fest offiziell zu eröffnen. Sie begrüßte die anwesenden Gäste mit ein paar lockeren Worten und machte das Ganze recht professionell.

Patrick war erfreut zu sehen, daß Andrea die Weste trug, die er ihr geschenkt hatte. Zu der roten Seidenbluse und dem raffiniert geschnittenen Minirock sah sie besonders hübsch aus.

„Habe ich dir schon gesagt, daß du heute ganz bezaubernd aussiehst?“ fragte er sie.

„Höchstens vier- oder fünfmal“, grinste sie. „Aber du darfst es ruhig noch öfter tun. Muß wohl etwas mit der Weste zu tun haben.“

„Sie steht dir wirklich toll! Ich bin froh, daß sie dir gefällt.“ Im Rhythmus der Musik tanzten sie den langsamen Walzer die Straße entlang. „Aber du würdest vermutlich auch in einem Mehlsack toll aussehen!“

„Vor allem würde ich dann noch mehr auffallen!“ lachte sie, und ihre Grübchen vertieften sich. „Dein Hemd gefällt mir übrigens auch“, stellte sie fest und ließ ihre Finger über die grobe, aber doch sehr elegante Struktur des Stoffes fahren. „Dieses Grün unterstreicht die Farbe deiner Augen.“

„Danke, Madam!“ säuselte er und manövrierte sie geschickt an einem entgegenkommenden Pärchen vorbei, um einen Aufprall zu vermeiden.

„Übrigens, du hast mich angelogen!“ platzte es aus ihr heraus.

„Aber das würde ich doch niemals tun, Liebste!“ verteidigte Patrick sich.

„Nun ja, dann hast du die Wahrheit eben ein bißchen verdreht, als du mir sagtest, du könntest nicht tanzen.“

„Habe ich das?“ Er schwenkte sie herum und brachte sie damit zum Lachen. „Ach, da habe ich diese albernen Gruppentänze gemeint.“

„Magst du keinen Squaredance?"

Er schüttelte sich. „Ich weiß, ein richtiger Cowboy müßte das eigentlich lieben, dabei seinen Hut in die Luft werfen und ‚Yippieh!' rufen. Aber ich finde diese Tänze albern. Dieses ganze Rumgehopse, hoch das Bein und hierhin- und dorthinspringen ... nein, danke! Ich habe schon genug davon, wenn ich eine ausgebrochene Kuh einfangen muß!"

„Tja, ich denke auch, daß ein richtiger Cowboy Squaredance mögen muß, aber du gefällst mir trotzdem so, wie du bist."

Patrick hatte befürchtet, daß seine Zeit mit Andrea an diesem Abend ständig durch gaffende Fans und Autogrammwünsche gestört werden würde, doch er stellte bald fest, daß sie zwar von vielen Leuten erkannt wurde, sie jedoch niemand belästigte. Die Leute lächelten ihnen nur zu und ließen sie in Ruhe. Patrick war sich nicht sicher, ob das an den „Country News" lag, die vermutlich alle im Fernsehen gesehen hatten, oder ob die Leute einfach nur taktvoll waren. Im Grunde war es ihm auch egal.

Das Lied endete, aber Andrea und Patrick blieben auf der Tanzfläche und warteten das nächste Stück ab. Es war ein flotter Countrysong, und Andrea und Patrick begannen so etwas wie improvisierten Foxtrott zu tanzen. Zunächst blieben sie brav beieinander, doch bald wurden sie übermütig. Andrea wirbelte vor Patrick herum, und er drehte sie, zog sie zu sich heran und schubste sie sanft wieder fort. Darauf folgten ein paar normale Tanzschritte, bevor sie das Ganze noch einmal wiederholten.

„Ich hab' dir doch gesagt, daß dir die Socken qualmen werden!" keuchte Andrea glücklich.

„Noch schwelen sie bloß! Die Nacht ist noch jung."

„Und ich merke jetzt schon, wie sehr ich aus der Form gekommen bin!"

„Brauchst du eine Pause?" fragte er sofort besorgt. Er führte sie jetzt nur noch langsam vorwärts.

„Nein, nein, mir geht's gut! Und es macht viel zu viel Spaß für eine Pause."

Die Band war recht gut, und die fünf jungen Männer an den Instrumenten hatten sichtlich ihren Spaß beim Spielen. Der Sänger beendete den Countrysong mit einem lauten „Yiiiiehahh!" und verkündete, daß nun eine ruhige Nummer folgen würde. „Jetzt, wo wir euren Kreislauf ein bißchen in Schwung gebracht haben, bekommt ihr eine kleine Pause. Dieses Lied ist all denen unter euch gewidmet, die verliebt sind. Und vielleicht auch den armen Geschöpfen, die wünschten, sie wären es!"

„Sollen wir uns hinsetzen?" fragte Patrick und legte Andrea einen Arm um die Taille.

Andrea sah ihm gerade in die Augen und legte ihm die Hand auf die Schulter. „Nein! Diesen Tanz möchte ich um keinen Preis versäumen!"

Während er sie in den Armen hielt und langsam tanzte, begann die Menge vor seinen Augen zu verblassen. Sie lebten in einer Welt, die nur für sie beide gemacht war. Andrea berührte mit ihrer Schläfe seine Wange und seufzte glücklich, und Patrick fühlte die Liebe, die er empfand, wie eine warme Welle in sich aufsteigen. Viel zu schnell war das Lied zu Ende.

„Ich hole mir jetzt besser mal was zu trinken! In ein paar Minuten ist mein Auftritt", stellte Andrea fest.

Patrick ließ seine Hand auf ihrem Rücken ruhen, während sie sich in der Menge zum Museum durchschlängelten. Patrick erstand zwei Dosen Cola. „Willst du auch ein paar Plätzchen?" fragte er Andrea.

„Nein, nicht vor dem Auftritt. Aber nachher gerne!" Sie lächelte einem Bekannten zu, der die Plätzchen verkaufte. Er lächelte zurück und legte ihr eine Portion Plätzchen beiseite. „Ach, mach zwei Portionen draus, sonst futtert Patrick mir noch alles weg", lachte sie.

Sie fanden zwei freie Stühle am Fenster und setzten sich. „Wie hat denn die Probe mit der Band heute nachmittag geklappt?“ fragte Patrick und nahm einen tiefen Zug aus der Dose.

„Oh, gut! Sie kannten alle meine Songs in- und auswendig, deshalb war es ganz einfach.“ Sie nahm einen Schluck Cola und beobachtete die Menschenmenge.

„Wir gehen jetzt wohl besser langsam zur Bühne hinüber“, schlug Patrick vor.

„Ja.“ Sie holte tief Luft und stieß sie pfeifend wieder aus.

„Was ist denn?“

„Lampenfieber! Das kriege ich immer, kurz bevor es losgeht.“

Sie standen auf und bewegten sich langsam in Richtung Bühne. „Das wundert mich aber! Ich dachte, inzwischen müßtest du dich daran gewöhnt haben.“

„Jedesmal ist es wieder eine Premiere. Die Leute sind anders, und auch der Auftritt läuft nicht immer nach dem selben Schema ab.“ Als sie die Bühne erreicht hatten, ergriff sie seine Hand.

„Hey, du hast ja eiskalte Hände!“ Er umschloß ihre Hände fest mit seinen und blieb stehen. Als er ihr ins Gesicht sah, stellte er fest: „Du bist ja das reinste Nervenbündel!“

„Ja, es ist schlimmer als sonst! Ich bin eine ganze Weile nicht mehr aufgetreten. Was, wenn meine Stimme versagt, oder ich vergesse einen Text?“

Er legte die Arme um sie und hielt sie zärtlich fest. „Nichts davon wird passieren! Und selbst wenn, hätten sicher alle dafür Verständnis. Die Leute hier lieben dich, Andrea. Sie sind ganz begeistert, daß sie dich hier singen hören können, und es wird ihnen gar nichts ausmachen, wenn du ein bißchen eingerostet bist.“ Die Band beendete das letzte Lied, und der Sänger schaute fragend auf Andrea hinunter. Patrick gab ihr einen sanften Schubs in Richtung der Stufen und flüsterte: „Sing ihnen die Sterne vom Himmel, Liebste!“

Dana eilte herbei und umarmte Andrea schnell. „Danke, Cousinchen! Das werde ich dir nie vergessen!“

„Nun verzieht euch aber, sonst verpaßt ihr noch die Hälfte!“ befahl Andrea, holte noch einmal tief Luft und stieg dann die Stufen zur Bühne hoch.

Patrick und Dana bahnten sich einen Weg zum vorderen Teil der Zuschauermenge, wo sie gut sehen konnten und Patrick dennoch nahe genug an den Bühnenstufen war, um Andrea zu eskortieren, wenn sie fertig war.

Irgend jemand entdeckte Andrea an den Stufen, und ein Murmeln erhob sich in der Menge, das rasch zu einem lauten Rufen anschwoll. Alle strömten zur Bühne hin, und die Tanzfläche war vergessen. Dana wurde von der Masse fast umgerissen, und Patrick legte den Arm um sie, um sie schützend vor sich zu ziehen. Er ließ sie aber sofort wieder los, als Grant Adams neben ihr auftauchte. Dana schaute sich fragend um, und Grant berührte grüßend seine Hutkrempe, bevor er sich hinüberbeugte und ihr, um den Lärm zu übertönen, ins Ohr rief: „Wenn Sie ein Stück nach vorn gehen, können Patrick und ich Sie vor den Leuten abschirmen. Ein zierliches Ding wie Sie wird sonst mir nichts dir nichts zertrampelt!“

Dana gehorchte kommentarlos und wollte sich gerade bei ihm bedanken, als der Sänger der Band das Mikrophon nahm, um eine Ansage zu machen. Also lächelte Dana Grant nur dankbar zu und erntete ein verhaltenes Grinsen von ihm. Als Dana sich wieder zur Bühne wandte, durchfuhr sie ein kleiner Schauder der Erregung. Ein rasierter und in Schale geworfener Grant Adams gefiel ihr sogar noch besser als der hart arbeitende Cowboy von letzter Woche, obwohl er sie immer noch an einen Seeräuber erinnerte.

„Leute, wir freuen uns, daß euch unsere Musik gefällt, aber wir sind schlau genug, um zu wissen, daß ihr nicht gekommen seid, um uns zu hören. Eure Geduld wird nun belohnt.“ Er wendete sich der Treppe zu und streckte die Hand in Andreas Richtung aus. „Meine Damen und Herren, der Stolz Buckleys, die Lady, wegen der ihr alle heute abend hier seid: Andrea Carson!“

Die Menge johlte, pfiff und klatschte wie verrückt, und der Geräuschpegel stieg sogar noch an, als Andrea mit einem strahlenden Lächeln die Bühne betrat. Der Sänger reichte ihr das Mikrophon, und sie begrüßte das Publikum: „Hallo! Gefällt es euch allen hier auf dem Tanzfest?"

Die Fenster der umliegenden Gebäude klapperten bedenklich bei dem antwortenden Getöse.

„Mir gefällt's auch! Die Band ist klasse, oder?"

Wieder dröhnender Applaus.

„Ich möchte allen danken, die hergekommen sind und damit das neue Museum finanziell unterstützen. Ich hoffe, Sie bekommen auch etwas für Ihr Geld geboten!"

„Es ist jeden Penny wert, Sie da oben gesund stehen zu sehen!" rief eine Stimme aus dem Publikum, und die Umstehenden pfiffen und applaudierten zustimmend. Patrick hörte mehr als ein herzliches „Amen!"

Andrea blinzelte die Tränen der Rührung weg und schloß für einen Moment die Augen. Dann räusperte sie sich, lächelte das Publikum an und bat um Ruhe, die auch sofort einkehrte. „Ich danke Ihnen allen für Ihre guten Wünsche und besonders für Ihre Gebete. Ohne diese Gebete und ohne Gottes Gnade würde ich heute nicht hier stehen." Sie holte tief Luft und schmunzelte dann schelmisch. „So, bevor ich hier noch in Tränen ausbreche, fangen wir lieber schnell an!"

Sie nickte den Musikern zu, und sie begannen einen flotten Song zu spielen, der stilistisch zwischen Country und Pop lag. Andrea rannte die Bühne entlang und schmetterte die erste Textzeile, und wieder pfiffen, schrien und applaudierten die Leute so laut, daß man Andrea kaum noch hörte.

Patrick erwartete mehr oder weniger, daß einige der betagten Gebäude um die Bühne herum einstürzen würden, doch er schaute nicht auf, um zu sehen, ob sie bereits schwankten. Er war zu sehr von Andreas Anblick gefesselt. Sie hatte sich direkt vor seinen Augen aus einem unsicheren

Nervenbündel in eine Frau verwandelt, die sich selbst, die Musik und das Publikum vollkommen im Griff hatte und den Auftritt von ganzem Herzen genoß. Sie riß die Zuschauer mit ihrer ganzen Begeisterung mit und brachte sie mit dem Text des Liedes, in dem es um typisch männliche Angewohnheiten und Marotten ging, zum Lachen. Obwohl sie die Männer mit dem Lied etwas hochnahm, war es nicht verletzend, und die Frauen kreischten vor Vergnügen. Wie eine professionelle Schauspielerin unterstrich Andrea mit jeder Bewegung und jeder Veränderung ihres Gesichtsausdrucks die Bedeutung des Textes. Ihre wunderschöne Stimme jonglierte mit atemberaubender Sicherheit hohe und tiefe Tönen, ohne je zu schwanken oder an Klarheit zu verlieren.

Als Patrick sie damals bei dem Konzert in Boulder gesehen hatte, war er begeistert und hingerissen von ihr gewesen, aber trotz der beeindruckenden Licht- und Bühnenshow dort hatte sie längst nicht so ... lebendig, so glücklich gewirkt wie jetzt. So voller Freude. Das Lied endete in einem tosenden Applaus, und Andreas Lächeln wurde so breit, daß es beinahe von einem Ohr zum anderen reichte. *Kein Mann kann ihr die Anerkennung und Bewunderung geben oder ersetzen, die sie von ihrem Publikum bekommt*, dachte Patrick.

„Hey!“ schrie Grant Patrick begeistert ins Ohr. „Deine Frau ist aber ein echter Knüller!“

Meine Frau. Patrick klammerte sich an diesen Gedanken wie an einen Rettungsanker.

Das nächste Stück war ein temporeicher Boogie-Woogie, zu dem Andrea und bald auch der vordere Teil des Publikums ausgelassen im Takt mittanzte. Beim dritten Lied wechselte das Tempo wieder, diesmal eher im Stil von fröhlichem Swing.

Und mit jedem Lied spürte Patrick deutlicher, wie ihm seine Träume entglitten.

*

Andrea legte eine kleine Pause ein, um wieder zu Atem zu kommen. Sie nahm ihre Gitarre von dem Ständer in einer Ecke der Bühne, legte sich den Halteriemen um die Schulter und kehrte ans Mikrophon zurück. „Jetzt brauche ich mal ein langsameres Lied, sonst breche ich noch zusammen."

Sie spielte die langsame Einleitung eines Liedes, das Patrick und wahrscheinlich so ziemlich jeder der Umstehenden als ihre aktuelle Single erkannte: Eine melancholische Geschichte über eine unmögliche Liebe, die sofort die Hitlisten erobert hatte. Patrick hatte erwartet, daß sie dieses Lied spielen würde, und er hatte sich gegen die Gefühle gewappnet, die es in ihm wachrufen würde.

Andrea schloß die Augen, und ihre Stimme klang ein bißchen gepreßt, so als ob sie Tränen zurückhalten würde. Patrick preßte die Fäuste zusammen, bis sie wehtaten und zwang sich, von der Bühne wegzuschauen, um ihr Gesicht nicht sehen zu müssen. Spielte sie die Gefühle nur, um die es in dem Lied ging, oder durchlebte sie sie wirklich? Sang sie nur, um eben die anzusprechen, die ihr zuhörten, oder sagte sie Patrick mit diesem Lied Lebewohl? Irgendwie schaffte Patrick es, das Lied bis zum Ende durchzustehen, ohne wegzurennen. Er klatschte sogar Beifall, als es vorüber war.

Grant sah ihn mit besorgtem Blick an. „Es ist nur ein Lied, Kumpel!"

Dana hörte es und warf Patrick einen Blick zu. Dann stellte sie sich auf die Zehenspitzen, um ihm etwas ins Ohr zu sagen. „Schau nicht so verzweifelt! Sie singt das Lied nur, weil die Leute es von ihr erwarten!"

Er zwang sich zu einem Lächeln. Dana meinte es gut, aber er glaubte ihr nicht.

Andrea drehte sich zu der Band um. „So, es sieht so aus, als hätten wir jetzt eine richtig miese Stimmung verbreitet." Die Bandmitglieder nickten bedächtig und setzten alle ihre traurigsten Gesichter auf. Eine Welle von Heiterkeit durchlief das Publikum. „Sollen wir sie wieder ein bißchen aufmuntern?"

Alle johlten begeistert, und der Schlagzeuger gab einen schnellen Rhythmus vor. Der Rest der Band fiel ein, und Andrea drehte sich wieder zum Publikum um, suchte Patricks Blick und flirtete ganz offen mit ihm.

Gib mir einen Mann, den ich mein eigen nennen kann
so einen habe ich immer schon gewollt
der Typ Mann, mit dem ich lachen und weinen kann
und der mir die Sterne vom Himmel holt

Das war ein Lied von ihrer ersten Platte, und sie hatte einmal in einem Interview gesagt, daß es zwar ein bißchen albern, dafür aber fröhlich war. Vielleicht gab es ja doch noch Hoffnung.

Als ein Teil der Fans den Refrain mitzugrölen begann, blinzelte Andrea Patrick zu und lief dann über die Bühne, um den Rest des Publikums ebenfalls zum Mitsingen zu animieren.

„Danke, ihr wart einfach toll!" rief sie dann, winkte den Leuten und warf ihnen Kußhändchen zu. Sie machte Anstalten, die Bühne zu verlassen, aber das Publikum rief sie mit Sprechchören zurück und verlangte nach einer Zugabe. Sie schaute die Band fragend an, und der Gitarrist grinste und zeigte auf die Mitte der Bühne. Andrea hob gespielt resigniert die Schultern und ging dann lächelnd wieder ans Mikrophon. Der Applaus war ohrenbetäubend. Nach einer ganzen Weile hob Andrea die Hände, um die Menge zur Ruhe zu bringen. „Vielen Dank." Sie lächelte breit. „Wie kann ich da widerstehen, wenn ihr so nett bittet? Ich möchte euch allen ein neues Lied vorstellen, das ich vor kurzem geschrieben habe", erklärte sie dann und schlug abwesend ein paar Akkorde an. „Als ich noch ein kleines Mädchen war, hat mir meine Urgroßmutter erzählt, wie mein Urgroßvater einmal monatelang versucht hat, ein wunderschönes Wildpferd einzufangen. Dieses Lied erzählt die Geschichte von meinem Urgroßvater Buck, und ich glaube, das wird nicht das letzte Lied sein, das ich über ihn schreibe, obwohl ich ihn nie kennengelernt habe. Ich möchte diesen Song allen Cowboys widmen, die heute abend hier sind ... für eure Arbeit, für eure Liebe zu eurem Land und für eure Sehnsucht nach Freiheit." Ihr Blick begegnete dem von Patrick. „Und für eure weichen Herzen unter der rauhen Schale."

Das Lied war eine hinreißende Ballade, und Andrea sang sie voller Leidenschaft. In ausdrucksstarken Bildern schilderte sie, wie ein Mann ein Wildpferd jagt, wie beide entschlossen sind, ihr Ziel zu erreichen, wie wilde Verfolgungsjagden mit Zeiten des Anpirschens wechseln, bis die Geschichte schließlich darin gipfelt, daß der Mann das Pferd einfängt, es dann jedoch wieder laufen läßt, weil er begreift, daß das Tier seine Freiheit braucht.

Patrick war sich ganz sicher, daß dies das schönste Lied war, das sie je geschrieben hatte. Um ihn herum wischten die Leute verlegen Tränen der Rührung aus den Augen, und sogar Grant mußte sich ein paarmal räuspern. Dana liefen Tränen die Wangen hinunter und ruinierten ihr Make-up, und sie nahm dankbar das Taschentuch an, das Grant ihr hinhielt.

Auch Andrea mußte sich erst einmal die Augen wischen und ein paar Sekunden innehalten, ehe sie wieder sprechen konnte.

„Ich habe neulich einen alten Freund wiedergetroffen. Wegen ihm stehe ich heute hier auf der Bühne. Wegen ihm werde ich einmal in Ewigkeit im Himmel leben dürfen, und ihr dürft das auch. Er ist die Liebe selbst und voller Gnade und Vergebung. Falls ihr ihn noch nicht kennt, hoffe ich, daß ihr ihm eines Tages begegnet. Sein Name ist Jesus." Sie spielte einen weichen Akkord, und als sie zu singen begann, hörte das Publikum in beinahe ehrfürchtigem Schweigen zu.

Patricks Augen wurden feucht, und in seinem Hals brannten die Tränen, als er Andrea von der Liebe Gottes singen hörte, von seiner heilenden Berührung und seiner überwältigenden Gnade. Ihre Stimme nahm dabei einen fast übernatürlichen Klang an, und eine Verehrung und Liebe lagen darin, die selbst einen Stein erweicht hätten. Die Schönheit dieses Liedes überzeugte Patrick mehr als je zuvor davon, daß Gott mit Andrea noch Großes vorhatte. Obwohl er sich von ihrer Musik beschenkt fühlte, spürte er, wie sein Traum von einem Leben mit ihr langsam in ihm verkümmerte und starb.

Wie konnte er auch nur daran denken, um ihre Hand anzuhalten, wenn Gott mit ihr andere Pläne hatte?

Kapitel Achtzehn

Gleich nach dem Auftritt bat Andrea Patrick, sie nach Hause zu fahren. Das Tanzen und auch das Konzert hatten ihr sehr viel Spaß gemacht, doch nun fühlte sie sich vollkommen ausgelaugt. Das Lied über ihren Urgroßvater hatte sie tiefer berührt als angenommen. Es hatte nicht nur den Wunsch in ihr neu belebt, diesen Mann kennengelernt zu haben, es sprach auch von einer verlorenen Zeit der Freiheit und des Friedens, nach der sich viele zurücksehnten, der Mann ihres Herzens eingeschlossen.

Es hatte sie einiges an Mut, Überwindung und Nerven gekostet, auf der Bühne von ihrem Glauben an Jesus Christus zu sprechen. Als sie erst einmal mit dem Lied begonnen hatte, waren ihre Ängste allerdings verflogen. Gottes Liebe hatte sie mit einem so tiefen Frieden und mit solcher Freude erfüllt, daß sie ganz sicher gewesen war, das Richtige zu tun. Auch wußte sie, daß sie nie besser gesungen hatte als heute.

Patrick hatte sie für ihren Auftritt sehr gelobt und ihr gesagt, wie sehr ihm besonders die beiden letzten Lieder gefallen hatten. Ansonsten war er auf dem Heimweg bemerkenswert still gewesen. Andrea vermutete, daß das mit ihrer bevorstehenden Abreise zu tun hatte. Der heutige Abend hatte ihr bewiesen, daß sie körperlich wieder voll da war. Eine Woche, vielleicht zwei, das war das Allerhöchste, was sie sich noch einräumen konnte, bevor sie und Patrick sich voneinander verabschieden mußten.

Sie beobachtete ihn durch die Windschutzscheibe, wie er um den Wagen herumging, um ihr die Tür aufzuhalten. Nach der Art, wie er sich in der vergangenen Woche und vor allem am heutigen Abend verhalten hatte, hatte sie fest damit gerechnet, daß er ihr heute seine Liebe gestehen und sie bitten würde, seine Frau zu werden. Doch jetzt war er so still, daß sie sich da gar nicht mehr so sicher war. Aber er hatte schlimme Erfahrungen mit seiner Mutter hinter sich, und vielleicht war er einfach noch nicht soweit, sich für ein ganzes Leben zu binden. *Sicher weiß er doch, daß es nicht gleich für immer sein muß* ... Aber das war seine Entscheidung. Andrea wußte, daß sie ihn auf keinen Fall zu irgend etwas drängen durfte.

Während sie auf die Haustür zugingen, hakte sie sich bei ihm unter. „War das Grant, der da vorhin bei dir und Dana stand?"

Patrick nickte grinsend. „Sie wurde von der Menschenmenge herumgeschubst, doch ehe ich sie retten konnte, tauchte er plötzlich aus dem Nichts auf und schirmte sie ab. Guter Einsatz!"

„Wie süß! Haben sie sich auch unterhalten? Ich habe Dana im Museum gesehen, als wir gingen, aber Grant konnte ich nirgendwo entdecken."

„Ich glaube kaum, daß sie mehr als ein paar Worte miteinander gewechselt haben." Patrick nahm ihr die Schlüssel aus der Hand und öffnete die Tür. „Die Musik war so laut, daß man sich praktisch anschreien mußte und trotzdem sein eigenes Wort nicht verstanden hat.“ Sie gingen hinein. „Als du fertig warst, hat Dana auf einmal ganz hektisch auf ihre Uhr geschaut und etwas zu Grant gesagt. Ich nehme an, sie hatte noch irgendwelche Verpflichtungen.“

„Sie hat vorhin so etwas gesagt wie, daß sie die letzten beiden Stunden Getränke verkaufen müßte. Eine Schande ist das!“ Andrea knipste die Tischlampe an und ließ sich auf dem Sofa nieder. Sie schlüpfte aus ihren Schuhen, legte die Füße auf den Tisch und wackelte mit den Zehen. „Ah, das ist schon viel besser!“ Patrick setzte sich neben sie, aber nicht so dicht, wie sie es sich gewünscht hätte. Sie warf ihm einen intensiven Blick zu. „Na, du?“

„Hallo.“ Ein Lächeln erhellte sein Gesicht, und er legte ihr den Arm um die Schultern.

„Es hat mir sehr gefallen, mit dir zu tanzen. Für einen Burschen vom Lande machst du das ziemlich gut.“

„Ich habe ja nicht immer nur mit Kühen Umgang.“

„Jetzt werde ich aber eifersüchtig!“

„Dazu gibt es gar keinen Grund.“

Sie schaute ihn an, und in Andreas Augen spiegelte sich ihr grenzenloses Verlangen wider, in diesem Moment geküßt zu werden. Patrick zögerte, und bei Andrea schrillten die Alarmglocken. Sie konnte spüren, wie er sich von ihr zurückzog, eine unsichtbare Mauer zwischen ihnen errichtete. „Patrick?“

Er schaute ihr in die Augen und hielt ihrem Blick stand, dann beugte er sich vor und küßte sie mit kaum verhohlener Leidenschaft. Die Welt um ihn herum verblaßte, und mit ihr alle seine Ängste und Sorgen. Als sie seinen Kuß mit all ihrer Liebe erwiderte, existierte nichts mehr außer ihnen beiden ... bis das laute Klingeln des Telefons den Augenblick zerstörte.

Andrea seufzte, und Patrick zog sich widerstrebend zurück. „Tut mir leid, ich werde wohl rangehen müssen“, sagte Andrea bedauernd. „Meine Leute wollten heute oder morgen anrufen, um mir zu sagen, wann es wieder losgeht." Sie nahm den Hörer ab. „Oh, hallo, Kyle!"

„Na, wie war's heute abend?" fragte Kyle sofort.

„Toll! Es hat alles prima geklappt, ich habe alle Töne getroffen, und es hat mir wieder richtig Spaß gemacht." Sie schaute Patrick an und schmolz fast, als sie die Traurigkeit in seinen Augen sah. „Ich habe ein paar neue Stücke gesungen, die ich in den letzten Wochen geschrieben habe, und sie haben den Leuten gefallen, glaube ich."

„Toll, dann sollten wir die mit der nächsten Platte herausbringen. Du klingst irgendwie abgelenkt! Patrick ist wohl da?"

„Ja, also mach es kurz!"

„Hab' ich euch! Also, ich habe vier weitere Konzerttermine festgelegt, auch das in Tucson. Das heißt, daß zwölf der 14 ausgefallenen Konzerte nachgeholt werden."

„Das ist toll!" Sie lächelte und sagte es Patrick, der mit einem müden Lächeln antwortete. „Damit sollten wir wohl die Lohntüten der Musiker vollbekommen."

„Ja! Das einzige Problem ist, daß ich sie vor die eigentliche Tournee legen mußte, und das heißt, daß du in einer Woche loslegen mußt."

Andrea sank das Herz. „So bald?"

„Es kommt noch schlimmer, Schätzchen!" sagte er mitleidig. „Ich habe einen Anruf von Lorianne Crook bekommen. Sie möchte dich in ihrer Sendung ‚Musik heute' haben, und zwar am Montag. Das ist die ideale Gelegenheit, alle wissen zu lassen, daß du wieder im Geschäft bist, und auch die neuen Konzerttermine bekanntzugeben. Die dürfen wir uns nicht entgehen lassen! Außerdem hast du gesagt, daß du noch ein paar Änderungen am Bühnenbild und in der Choreographie vornehmen willst. Und mit der Band mußt du auch noch üben, vor allem, wenn du neue Songs vorstellen willst. Es tut mir wirklich leid, Andrea, aber es wäre am besten, wenn du morgen nach Nashville kommen würdest."

In Andreas Kopf drehte sich alles. Sie konnte nicht so schnell von hier wegfahren. Da gab es noch zuviel, was ungesagt war, zuviel, was sie noch tun mußte. Doch sie hatte wohl keine Wahl. Sie hatte Verpflichtungen zu erfüllen, bevor sie ein ganz neues Leben anfangen konnte. Menschen waren von ihr abhängig und verließen sich auf sie, und sie konnte sie nicht im Stich lassen. Nicht schon wieder. Sie schaute in Patricks Augen, aber sie konnte nicht sagen, was er dachte.

„Betrachte es doch mal so", durchbrach Kyle das Schweigen. „Je schneller du das hier hinter dich bringst, desto eher kannst du neue Welten erforschen und Regionen entdecken, die noch kein Mensch gesehen hat."

Sie zwang sich ein Lachen ab, obwohl die Verzweiflung wie eine dunkle Wolke über ihr hing. „Jetzt klingst du wie der Typ im Vorspann vom Raumschiff Enterprise ... Also gut, ich fliege morgen nachmittag zu euch rüber!"

Patrick sah schockiert aus, und wieder spürte Andrea, wie sich die Mauer zwischen ihnen hochzog. Diesmal bezweifelte sie, daß sie sie wieder würde einreißen können.

„Braves Mädchen", sagte Kyle. „Ich soll dir übrigens schöne Grüße und alles Liebe von Nicki ausrichten."

„Wie geht es ihr?"

„Wunderbar", erwiderte er so weich, daß Andrea überrascht die Augenbrauen hob. War Nicki wohl bei ihm? „Sie rauft sich gerade ganz gut mit der Band zusammen. Sie hat viele gute Ideen, aber sie nimmt auch den Rat anderer an. Am Montag wollen wir ein Demoband aufnehmen, und es würde mich gar nicht überraschen, wenn sie einen Plattenvertrag in der Tasche hat, bevor du mit ihr auf Tour gehst. Sie ist ein solches Naturtalent, daß es mich jedesmal wieder neu vom Stuhl haut, wenn ich sie höre. Irgendwie erinnert sie mich an eine andere junge Dame, die ich kenne ..."

„Danke! Wie war das Hamburgeressen?"

Er lachte. „Welches? Wir werden langsam Stammgäste bei McDonald's! Aber ich habe sie auch schon in ein paar richtig noble Restaurants ausgeführt. Letzte Woche habe ich sie zu dieser Party mitgenommen, wo all die Plattenbosse und sonstigen wichtigen Leute waren, und sie ist ausgesprochen gut angekommen. Ich mußte die ganze Zeit an ihrer Seite bleiben, damit sie mir nicht abhanden kommt!" Andrea hörte ein leises Lachen im Hintergrund und wußte, daß sie mit ihrer Vermutung richtig gelegen hatte. „Wir haben eine nette kleine Wohnung für sie gefunden, und morgen gehen wir ein paar Möbel kaufen."

„Ich traue meinen Ohren nicht, Kyle! Hamburger, Wohnungssuche und Möbel kaufen? Hältst du dich auch an dein Versprechen?"

„Ja, obwohl es nicht einfach ist! Aber dieses eine Mal werde ich nichts überstürzen. Dafür ist es mir zu wichtig."

„Ich bin stolz auf dich, mein Junge. Ich ruf dich an, wenn ich da bin, okay?" Sie legte auf und sah Patrick an, der sich vom Sofa erhob. „Geh nicht weg!"

„Aber du hast doch jetzt sicher einen Haufen Sachen zu erledigen, wenn du morgen nach Nashville zurückfliegen willst." Er klang distanziert, und sein Gesichtsausdruck war wie eingefroren.

Sie sprang auf. „Das kann ich alles morgen vormittag machen! Ich muß doch bloß ein paar Sachen in den Koffer schmeißen."

Er ging zur Tür, als hätte er sie gar nicht gehört. „Ich wünsche dir einen guten Flug. Wann geht die Tour los?"

„Nächste Woche. Ich muß aber morgen schon weg, weil ich in der ‚Musik heute'- Sendung auftreten soll."

Er nickte. „Das ist natürlich eine tolle Gelegenheit."

„Patrick ..."

Endlich sah er sie an, und einen Herzschlag lang sah sie abgrundtiefe Verzweiflung in seinem Blick. Dann verschwand dieser Ausdruck, und sein Gesicht schien wieder wie aus Stein gemeißelt. „Mach's gut, Schatz. Es hat mir sehr viel Spaß gemacht mit dir."

Sie flüsterte seinen Namen, aber er hörte es nicht, als er zur Tür hinaus ging. Andrea ließ sich aufs Sofa zurücksinken und starrte die geschlossene Tür an, während draußen der Motor seines Wagens aufheulte. *Es hat mir sehr viel Spaß gemacht.* War das alles, was ihm die Zeit mit ihr bedeutet hatte? Spaß?!

Sie ergriff ein Kissen und preßte es sich an die Brust, während sie weinend rief: „Bitte, Gott, laß ihn nur Angst haben. Bitte mach, daß er mich liebt!"

*

Am Montag abend saß Patrick in seinem Fernsehsessel und starrte die Uhr an, als wäre sie sein Erzfeind. Die „Musik heute"-Sendung würde in zwei Minuten beginnen, und nervös schaltete er im Fernsehen herum, um diese unendlich lange Zeitspanne zu überbrücken. Ein Mikrowellenmenü stand unangetastet vor ihm auf dem Tisch. Müde rieb er sich die Augen. Seit Freitag abend hatte er nicht richtig geschlafen, war Schlaf für ihn ein Fremdwort geworden.

Sein Bein tat ihm an der Stelle weh, an die ihn am Nachmittag eine widerspenstige Kuh getreten hatte. Eigentlich kannte er die Tücken dieses Tieres und hätte wissen müssen, daß Vorsicht geboten war, aber er war mit den Gedanken anderswo gewesen ... nämlich genau da, wo er jede Sekunde seit Freitag gewesen war: bei Andrea. Bei dem schmerzvollen Ausdruck ihrer Augen, als er sich abgewendet hatte und gegangen war. Bei der schrecklichen Sehnsucht in seinem eigenen Herzen, dem bohrenden Schmerz, der nicht nachlassen wollte, sondern jede einzelne Minute, die verstrich, erfüllte und seine Seele langsam zu vertilgen schien.

Er war ein Feigling. Das hatte er bisher nicht von sich gedacht, aber jetzt wußte er Bescheid. Er hatte die Frau verlassen, die er liebte, er hatte sie sehr verletzt und sich selbst damit vermutlich auf lange Sicht noch mehr. Er hatte sich gedrückt, und er war völlig verwirrt. Einerseits hatte er Angst, sie für immer verloren zu haben, und andererseits fragte er sich, wie er je darauf gekommen war, sie für sich haben zu wollen.

Er wußte, daß Gott etwas ganz Besonderes mit ihr vorhatte; das war ihm am Sonntag noch einmal ganz deutlich zu Bewußtsein gekommen. Patrick war nicht in die Kirche gegangen, aber Onkel Ray hatte ihm erzählt, daß drei Besucher im Gottesdienst gewesen waren und nachher noch mit dem Pastor geredet hatten. Keiner dieser drei Leute hatte je einen Fuß in eine Kirche gesetzt, und sie waren gekommen, weil Andrea bei ihrem Auftritt auf dem Benefiz-Ball von ihrem Glauben an Jesus und von ihrer Beziehung zu ihm gesprochen hatte und weil das letzte Lied eine Sehnsucht in ihnen geweckt hatte, die sie nicht verstehen oder erklären konnten.

Und Patrick hatte dieses Werkzeug Gottes für sich selbst haben wollen. Er wollte sie mit niemandem teilen, nicht einmal mit Gott. Und doch wußte er, daß er sie nicht halten konnte, nicht halten wollte. Er schüttelte den Kopf und fragte sich, ob er wohl dabei war, den Verstand zu verlieren.

Die Sendung begann, und er starrte wie hypnotisiert auf den Bildschirm, während eine Frau ein Lied sang, das er nicht kannte. Es folgte ein Werbespot für Hundefutter, und Patrick überlegte sich, daß es ein guter Gedanke wäre, sich einen Hund anzuschaffen. Vielleicht so einen schönen Golden Retriever wie der in der Werbung. *Ein Hund würde immer an meiner Seite sein. Dem würde es nicht einfallen, ohne mich durch die Lande zu ziehen …*

Die Sendung ging weiter, und die Moderatorin stellte Andrea kurz vor. Dann erschien Andrea auf der Studiobühne und sang einen ihrer bekanntesten Songs. Patrick hörte die Musik kaum, er bemerkte nur, daß ihre Stimme klar und kräftig klang. In dem edlen blutroten Kleid sah sie wunderschön aus … sie hatte es damals im Einkaufszentrum in Sidell gekauft. Es war das, von dem sie gesagt hatte, daß sie es tragen würde, wenn sie sich frei wie der Wind fühlte. Patricks Magen rebellierte bei ihrem Anblick, und er war froh, daß er nur ein paar Bissen gegessen hatte.

Andrea beendete das Lied und ging dann lächelnd zu der Moderatorin hinüber. Als die Kamera ganz nah an ihr Gesicht heranfuhr, fand Patrick, daß sie ein bißchen müde aussah, und ihren Augen fehlte etwas von dem sonst so strahlenden Glanz. Die Moderatorin fragte Andrea nach ihrer Gesundheit, sie unterhielten sich über die bevorstehende Konzerttournee, und dann sagte Lorianne Andrea, wie gut sie in dem Kleid aussehe.

„Danke! Ich habe es zu Hause in Texas gekauft. Heute habe ich mich ein wenig schlapp gefühlt, weil ich die viele Arbeit nicht mehr gewohnt bin, und da dachte ich, vielleicht heitert mich die Farbe ein bißchen auf." Sie lächelte in die Kamera.

„Fahren Sie öfters in Ihre Heimatstadt Buckley?" fragte Lorianne.

„Ich bin erst vier- oder fünfmal wieder dort gewesen, seit ich nach Nashville gekommen bin. Meine Familie ist dort weggezogen, deshalb hatte ich nicht allzu viele Anlässe, nach Buckley zu fahren, außer um meine Cousine dort zu besuchen."

„Und wie war es denn diesmal dort, wo Sie so lange dageblieben sind? Ich meine, am Anfang waren Sie sicher zu schwach, um das Haus zu verlassen, aber danach? Hat Buckley sich sehr verändert seit Ihrem Weggehen?"

„Einiges hat sich verändert, aber vieles ist noch genauso wie früher. Die Kids hängen immer noch in demselben Hamburgerrestaurant herum, und der alte Tante-Emma-Laden ist auch noch da. Aber eine Menge Geschäfte haben zugemacht. Ich habe viele alte Freunde wiedergetroffen und neue kennengelernt. Aber im großen und ganzen haben die Leute mich rücksichtsvoll behandelt und in Ruhe gelassen."

Die beiden plauderten noch ein Weilchen miteinander, sprachen über die neuen Tourneedaten und das Programm. Patrick war gleichzeitig erleichtert und enttäuscht, daß weder sein Name noch irgendeine Anspielung auf ihn zur Sprache gekommen waren. Andrea sang noch ein Lied, dann war die Sendung vorbei.

Patrick schaltete den Fernseher aus und stellte den Videorecorder auf Aufnahme, um die „Country News" aufzuzeichnen. Auf dem Weg zur Küche sah er sich selbst im Spiegel und erschrak ein bißchen. Er hatte sich seit Freitag nicht mehr rasiert und auch schon längere Zeit nicht mehr geduscht. Sein T-Shirt und die Jeans sahen aus, als hätte er sie seit Tagen ohne Unterlaß getragen, und vielleicht stimmte das auch. Er hatte dunkle Ringe unter den Augen, und er sah genauso abgezehrt und schlecht aus, wie er sich fühlte.

Andrea hatte wunderschön ausgesehen. Sie hatte gewirkt, als ob sie sich wohlfühlte. Ihr Auftritt war gut gewesen, und sie hatte gelächelt und fröhlich dreingeschaut. Sie konnte also offensichtlich ohne ihn leben, und das nicht schlecht.

Kapitel Neunzehn

„Hör dir bloß das Publikum an! Nicki ist ein voller Erfolg! Habe ich es dir nicht gleich gesagt?"

Das Bild von Patricks lächelndem Gesicht verblaßte vor Andreas innerem Auge, und sie schaute Kyle an und fragte sich, warum er vor Aufregung förmlich im Dreieck sprang.

Langsam tauchte sie aus ihrem süßen Tagtraum wieder auf und kehrte in die Wirklichkeit zurück.

„Noch vier Minuten bis zu deinem Auftritt, Andrea", sagte Kyle jetzt und trat näher an sie heran. „Bist du in Ordnung?"

Sie nickte. „War nur ein bißchen in Gedanken."

„Na, dann bring dich jetzt mal wieder auf Kurs, okay? In dreieinhalb Minuten stehst du auf der Bühne."

„Ja, ja, ich bin soweit!" *Oh Herr, bitte laß mich nicht dauernd an Patrick denken. Ich möchte die Leute da draußen nicht enttäuschen.* Zu ihrem Mißfallen stellte sie fest, daß sie mehr als die Hälfte von Nickis allererstem Auftritt überhaupt nicht mitbekommen hatte. Wenn sie sich nicht endlich zusammenriß, würde sie noch die ganze Tournee ruinieren. Sie war während der Proben unaufmerksam gewesen und hatte alles unnötig hinausgezögert. Als sie Anfang der Woche mit Nicki einkaufen gegangen war, hatte Nicki es übernommen, nahezu alle neuen Klamotten für Andrea auszusuchen, weil sie an nichts anderes hatte denken können als an den einen Tag mit Patrick im Einkaufszentrum in Sidell. Schließlich hatte sie in der Umkleidekabine in einer der teuersten Boutiquen von ganz Nashville einen Weinkrampf bekommen.

Andrea holte ein paarmal tief Luft und ging dann zu dem Mikrophon hinter dem seitlichen Vorhang hinüber. Nicki beendete soeben unter tosendem Beifall ihren letzten Song. Kyle hatte recht gehabt: Das Publikum liebte sie!

Es war Zeit für ihr Duett, das zu Andreas Auftritt überleiten sollte, obwohl das Publikum sie noch gar nicht sehen konnte. Es kündigte sie auch niemand an, so daß alle dachten, Nicki würde allein noch eine Zugabe singen. Patrick hatte ihr damals vorgeschlagen, dieses Lied als Duett mit Nicki zu singen, aber sie hatte ihm nie erzählt, daß sie es auch tun würde. *Ich wünschte, du wärst hier, mein Geliebter. Ich brauche dich so sehr.* Mit klopfendem Herzen nahm sie das kabellose Mikrophon aus der Halterung und konzentrierte sich ganz auf die Musiker draußen auf der Bühne.

Der Keyboarder spielte die ersten Takte, und Nicki begann zu singen:

Großvaters Uhr liegt auf dem Tisch
die Zeiger stehen für immer still

Hinter dem Vorhang setzte Andrea eine Oktave höher mit der nächsten Textzeile ein:

Aber seine Liebe lebt in Großmutters Blick
weiter, so lange sie will

Ein Raunen ging durch die Menge, als die Leute Andreas klare Stimme erkannten und die Hälse reckten, um sie zu erspähen. Jetzt sang wieder Nicki:

Sie schaut zurück in die Vergangenheit
und all die Jahre werden eins

Andrea setzte ein:

Denn in ihren Gedanken ist er immer noch da
und ihr Herz umfängt zärtlich seins

Ihre Stimmen klangen zusammen in perfekter Harmonie, als Andrea für den gemeinsamen Refrain langsam ins Rampenlicht hinaustrat.

Die Liebe ist wie ein langer Fluß
der fließt und fließt bis ins Meer
ein unendlicher, warmer Strom
für die Ewigkeit bestimmt

Jeder Zuhörer in der riesigen Halle erhob sich klatschend aus seinem Sitz, und die Band spielte allein weiter, während Andrea das Publikum begrüßte und den Leuten für das herzliche Willkommen dankte. Langsam beruhigten sich die Menschen wieder, aber kaum jemand setzte sich hin, als Andrea und Nicki das Lied unter donnerndem Applaus beendeten.

„Meine Damen und Herren, ich bin stolz, Ihnen meine Freundin Nicki Alexander vorzustellen", rief Andrea und trat einen Schritt zurück, um Nicki einen weiteren Augenblick im Rausch des Beifalls zu gönnen. Als die junge Frau dann von der Bühne eilte, sah Andrea aus dem Augenwinkel, wie Kyle sie mit einer zärtlichen Umarmung auffing. Andrea wandte sich lächelnd dem Publikum zu. „Vielen Dank für die wundervolle Begrüßung! Ich bin sehr froh, daß ich dieses Konzert heute nachholen kann, und ich freue mich wirklich, daß Sie alle heute hier sind. Ich denke, wir werden eine tolle Zeit zusammen haben!"

Das Konzert verlief reibungslos, und das Publikum schien Andreas neue Songs begeistert aufzunehmen. Nach dem Konzert verbrachte Andrea noch über eine Stunde damit, Autogramme zu verteilen und mit den Leuten zu sprechen.

Als die Crew die Anlage und die Instrumente abgebaut und in die Laster verstaut hatte, fuhren sie alle zusammen noch zum Essen. Danach machten sie sich gleich auf den Weg zum nächsten Konzertort, müde, aber glücklich, daß alles so gut geklappt hatte. Diesmal war Andrea mit zwei Bussen unterwegs, einen für sich und den Tourmanager, der andere für die Band und die Helfer. Der Rest der Mannschaft folgte in den Lastern mit dem gesamten Equipment.

Kyle hatte für Nickis Band einen weiteren Bus gemietet. Normalerweise wäre der Künstler, der das Vorprogramm gestaltete, mit seiner Band zusammen gefahren, aber Andrea hatte darauf bestanden, daß Nicki das kleine Extra-Abteil in ihrem Bus bekam. Mit der Band zu reisen konnte ein Riesenspaß sein, aber manchmal war es auch grauenhaft. Andrea wußte das aus eigener Erfahrung. Die Jungs hätten Nicki soviel Privatsphäre eingeräumt wie nur möglich, aber es wäre trotzdem sehr schwierig für sie geworden, ein bißchen Schlaf zu finden, denn die Bandmitglieder hatten ständig nur Unsinn im Kopf.

Kyle hatte sich ungefähr ein dutzendmal bei Andrea bedankt, daß Nicki in ihrem Bus übernachten konnte. Er wollte am nächsten Morgen nach Nashville zurückfliegen, um Nickis Plattenvertrag unter Dach und Fach zu bringen. Er hatte sich bis zur letzten Minute in Andreas Bus herumgedrückt und sich mit einem auffällig zärtlichen Kuß von Nicki verabschiedet.

Nicki und Andrea schlüpften in ihre Pyjamas und entfernten als erstes das aufwendige Bühnen-Make-up von ihren Gesichtern. Nicki war viel zu aufgeregt, um schlafen gehen zu können, und rief zuerst einmal ihre Eltern an, um ihnen zu erzählen, wie der erste Auftritt gelaufen war.

Auch Andrea war froh, daß alles glattgegangen war, doch vor allem war sie schrecklich müde. Und einsam. Der Schmerz schien überhaupt nicht vergehen zu wollen, und die meiste Zeit war es so schlimm, daß sie es kaum ertragen konnte. Sie zog sich in ihre Schlafkabine zurück, kroch ins Bett und drückte den Teddybär an ihre Brust, den Patrick ihr geschenkt hatte. „Ich kann nicht glauben, daß er mich nicht liebt. Er hat bloß Angst, daß ich ihm dasselbe antun könnte wie seine Mutter. Aber verflixt nochmal, kapiert er denn nicht, daß ich ganz anders bin als sie?"

*

Andrea rief Dana vom Autotelefon des Busses aus an, während sie die Straße entlangbrausten.

„Hey, wo bist du denn gerade?" fragte Dana.

„Ich weiß es nicht genau! Irgendwo zwischen Tucson und Boise. Ich wüßte gar nicht, was ich machen sollte, wenn mir Tony nicht jeden Morgen eine Karte mit dem Zielort und einer Wegbeschreibung hinlegen würde. Das Konzert in Boise ist erst am Dienstag, also werden wir alle ein paar Tage dort im Hotel verbringen. Ich werde die üblichen Interviews mit den örtlichen Radiosendern machen, und das Fernsehen will einen Teil des Konzerts aufzeichnen. Es wird wahrscheinlich am Freitag gesendet."

„Mal sehen, ob ich es aufnehmen kann. Wie geht es dir denn? Nimmst du auch brav deine Vitaminpillen?"

„Ja, ich bin ganz artig! Ich achte auch auf ausgewogene Ernährung und versuche, viel Schlaf zu bekommen. Bei letzterem bin ich allerdings nicht sehr erfolgreich."

„Vermißt du Patrick?"

„Reiten Cowboys auf Pferden?"

„Ja, das tun sie, und vielleicht ist es dir eine Hilfe zu erfahren, daß dein Cowboy in den letzten zwei Wochen mindestens zehn Pfund abgenommen hat, und er sieht ebenfalls nicht so aus, als hätte er besonders gut geschlafen. Ray sagt, er wäre mehrmals von einer Kuh getreten worden, seit du weg bist, und daß er so launisch ist, daß einer der Angestellten beinahe gekündigt hätte. Ich habe am Sonntag nach der Kirche ein paar Minuten mit Patrick geredet, und er hat gefragt, ob ich etwas von dir gehört hätte."

„Und was hast du ihm gesagt?"

„Daß ich am Freitag mit dir gesprochen habe, daß die Konzerte gut laufen und daß Nicki eine echte Sensation ist. Ich habe ihm auch erzählt, daß du sehr traurig seinetwegen wärst, aber das hat er mir nicht abgenommen. Er meinte nur, du hättest in der ‚Musik heute'-Sendung kein bißchen traurig ausgesehen."

„Ja, was erwartet er denn? Daß ich in einer landesweit ausgestrahlten Sendung auftrete und alle wissen lasse, daß ich innerlich an gebrochenem Herzen sterbe?"

„Vielleicht wäre das gar keine so schlechte Idee."

„Dana, ich werde doch nicht im Fernsehen einen Seelenstriptease abziehen!"

„Das mußt du ja auch gar nicht, aber vielleicht könntest du

beim nächsten Mal ein paar kleine, unauffällige Andeutungen machen, solche, die nur Patrick versteht. Ich weiß nämlich zufällig, daß er alle Musiksendungen aufnimmt für den Fall, daß etwas über dich darin vorkommt."

„Okay, ich überleg's mir! Könntest du vielleicht noch einmal mit ihm reden und herausfinden, warum er neulich einfach weggegangen ist? Ich weiß, daß er etwas für mich empfindet. Ich habe schon überlegt, ihn anzurufen und ihm zu sagen, wie ich mich fühle. Inzwischen bin ich soweit, daß ich mit Freuden meine Karriere wegen ihm aufgeben würde, wenn dies das Problem ist. Aber ich bin mir nicht mal sicher, ob er mir das glauben würde."

„Wahrscheinlich würde er es nicht glauben, aber ich werde sehen, was ich tun kann."

„Hast du inzwischen mal etwas von Grant gehört?"

„Nein! Es wäre zwar nett gewesen, aber ich sitze auch nicht jede freie Minute am Telefon und hoffe, daß er anruft. Ich habe auch gar keine Zeit gehabt, darüber nachzudenken, weil ich soviel im Laden zu tun hatte."

„Und du hast jede Sekunde davon genossen, gib's zu! Ach, ich habe vorhin mit meinen Eltern gesprochen. Sie werden rechtzeitig zum Konzert in Fort Worth wieder im Lande sein. Das wird mein letztes Konzert werden, also komm bitte hin! Ich werde einen Platz in der ersten Reihe für dich reservieren lassen, gleich neben meinen Eltern."

„Reservier auch einen für Patrick! Ich werde probieren, ihn auch dorthin mitzuschleppen."

„Das wäre toll! Ich muß jetzt aufhören, Dana. Rufst du mich an, wenn du etwas rausgefunden hast?"

⋆

Dana rief am Dienstag morgen im Hotel in Boise an. „Ich war gestern abend mit Patrick essen und habe ihn ein bißchen abgeklopft. Zuerst habe ich versucht, vorsichtig und unauffällig vorzugehen, aber auf die Art und Weise war nichts zu erreichen. Also habe ich ihn geradeheraus gefragt, ob er dich heiraten will oder nicht."

Andrea stöhnte auf. „Das hast du nicht wirklich getan!"

„Doch, aber jetzt geh nicht gleich in die Luft! Patrick und ich sind gute Freunde, weißt du, und wir unterhalten uns öfters über ernsthafte Dinge. Er hat ein bißchen um den heißen Brei herumgeredet, aber es lief letzten Endes darauf hinaus, daß er dich liebt und dich nur zu gern heiraten würde. Dummerweise besitzt er ein paar geringfügige Gründe, die ihn daran hindern. Er könnte es zum Beispiel nicht ertragen, wenn du wochenlang auf Konzerttourneen bist und er allein zu Hause hockt. Andererseits weiß er aber auch, daß er verrückt würde, wenn er mitfahren würde. Er meint, daß er nicht das Recht hat, dich zu bitten, deine Karriere aufzugeben oder ein bißchen kürzer zu treten. Ich glaube aber, daß ich ihn davon überzeugt habe, daß ihr gemeinsam in irgendeiner Form einen brauchbaren Kompromiß erarbeiten könntet."

„Natürlich könnten wir das!" Andreas Herz klopfte wild vor Aufregung und neu erwachter Hoffnung.

„Paß auf, es kommt noch mehr! Patrick glaubt, daß Gott deine Musik und deine Erfahrungen nutzen will, um viele Menschen anzusprechen, und er fürchtet, daß er Gottes Plan durchkreuzt, wenn er dich heiratet und ihr euch niederlaßt und Kinder in die Welt setzt."

„Er hat sich das alles zurechtgesponnen, ohne auch nur einmal mit mir darüber zu sprechen? Ich hätte ihn nie als Märtyrer eingeschätzt!"

„Das ist er auch nicht! Ich persönlich glaube ja, daß das alles doch irgendwie mit seiner Mutter zu tun hat, aber das will er nicht einsehen oder nicht zugeben. Aber ich bin mir ziemlich sicher, daß er befürchtet, du könntest irgendwann die Nase voll von ihm haben und abhauen. Vor dieser fixen Idee hat er viel mehr Angst als davor, in Gottes Pläne einzugreifen. Heute früh war ich bei Tante Della und habe sie ein bißchen über Patricks Mutter befragt. Anscheinend hatte sie zu dem Zeitpunkt, als sie Patricks Vater heiratete, eine vielversprechende Karriere als Staatsanwältin vor sich. Und als sie mit Patrick schwanger wurde, bestand sein Vater darauf, daß sie ihren Beruf aufgab, um sich ganz dem Kind widmen zu können. Sie hat sehr darunter gelitten, nicht mehr im beruflichen Rampenlicht zu stehen, aber sie hat zugestimmt, weil eine Scheidung ihrem Ruf mehr geschadet hätte als ein Mutterschaftsurlaub. Als Patrick in die Schule kam, fing sie auf Teilzeitbasis wieder an zu arbeiten, und als er auf die Highschool ging, war sie auf der Karriereleiter schon wieder ziemlich weit oben. Ihr Job wurde ihr immer wichtiger, bis er schließlich ihr ganzes Leben bedeutete. Sie hat Patrick immer die Schuld an allem gegeben, was sie wegen ihm angeblich alles verpaßt hätte, und ironischerweise wurde das schlimmer, je erfolgreicher sie wurde. Sie hat ihm ständig vorgehalten, wo sie jetzt schon stehen könnte, wenn er nicht gewesen wäre."

Andrea seufzte mitleidig. „Irgendwie kann ich mir jetzt gar nicht mehr vorstellen, daß er mir glauben könnte, wenn ich ihn anrufen und ihm sagen würde, daß ich aus der Musikszene aussteigen will, weil ich ihn liebe und weil es Gottes Wille ist." Verzweifelt starrte Andrea aus dem Hotelfenster und beobachtete abwesend die Autos, die auf dem Parkplatz standen.

„Vielleicht würde er es dir abnehmen, aber ich bezweifle es. Ich glaube, daß es besser ist, wenn du es ihm schonend und ein bißchen vollendeter beizubringen versuchst."

„Offensichtlich hast du auch schon eine Idee, wie ich das anstellen könnte, was?"

„Offensichtlich!" lachte Dana. „Liefere ich dir nicht meistens gute Ideen?"

Andrea konnte das nur bestätigen.

*

Am Freitag abend streckte sich Patrick mit einem qualvollen Stöhnen auf seinem Sofa aus und nahm einen großen Bissen von dem Schokoladenkuchen, den Tante Della ihm mitgegeben hatte. Zwei der Bullen waren heute nachmittag aneinandergeraten, und obwohl keins der Tiere ernsthaft verletzt worden war, hatten sie fast 100 Meter Zaun niedergerissen. Patrick hatte den ganzen Nachmittag damit verbracht, Löcher für die Pfosten zu graben und neuen Stacheldraht zu spannen. Jetzt war er erschöpft bis auf die Knochen und überlegte, ob er die „Country News" ansehen oder nur aufnehmen sollte. Dana hatte angerufen und eine Nachricht auf seinem Anrufbeantworter hinterlassen. Patrick hatte nur etwas von einem Interview mit Andrea verstanden, dann hatte der Recorder Bandsalat produziert.

Patrick war sich nicht sicher, ob er irgend etwas sehen wollte, das mit Andrea zu tun hatte. Seufzend schaltete er den Fernseher ein und stellte gleichzeitig automatisch den Videorecorder an. *Ich kann es mir ja anschauen, dann habe ich es hinter mir,* dachte Patrick.

Der Beitrag über Andrea kam gleich am Anfang der Sendung: „Die Sängerin Andrea Carson begeistert ihr Publikum auf ihrer nachgeholten Tournee, die vor einigen Monaten wegen einer Erkrankung der Künstlerin abgebrochen werden mußte. Andrea hat eine hoffnungsvolle Nachwuchskünstlerin unter ihre Fittiche genommen, eine junge Dame, die sie während ihrer Genesung in ihrem Heimatort in Texas entdeckt hat. Die junge Nicki Alexander trat im Vorprogramm von Andrea Carson auf und hat stürmische Kritiken und einen enormen Erfolg beim Publikum geerntet. So wunderbar wie die beiden Sängerinnen einzeln sind – wenn sie sich zum Duett zusammentun, sind sie geradezu fantastisch! Und die Tatsache, daß Andrea Carson ihre ersten Bühnenmomente mit der jungen Sängerin teilt, verrät eine Menge über die nachahmenswerte Einstellung der bekannten Künstlerin!" sagte die Moderatorin. Das Bild wechselte, und man sah Nicki auf der Bühne. Als sie die ersten Töne sang, erkannte Patrick das Lied als dasjenige, das Andrea hier in Buckley geschrieben hatte. Andreas wunderschöne Stimme erklang, und Patrick stellte den Kuchen hin und schaute gebannt zu, wie Andrea die Bühne betrat. Jetzt sang wieder Nicki, dann Andrea, und als ihre Stimmen sich im Refrain zu dieser fast überirdischen Harmonie vereinten, schnürte es ihm regelrecht die Kehle zu.

„Andrea hat auf der Bühne schon immer sehr energiegeladen gewirkt", fuhr die Stimme der Moderatorin fort, „doch jetzt scheint sie von einer noch stärkeren Lebensfreude erfüllt zu sein. Selbst bei den ruhigeren Stücken wirkt sie, als würde sie von innen her erleuchtet. Dies wird besonders deutlich, wenn sie Lieder mit geistlichem Inhalt singt, die ein neues Element ihrer Konzerte bilden."

Sie zeigten einen kurzen Ausschnitt, in dem Andrea ein altes Kirchenlied sang, und sie schien wirklich von innen heraus zu leuchten, was Patrick in seiner Ansicht bestätigte, daß Gott sie und ihre Musik noch auf wunderbare Weise gebrauchen wollte. Patrick schoß die Erkenntnis durch den Kopf, daß die einzigen Male, wo sie noch schöner und glücklicher ausgesehen hatte, immer die Augenblicke waren, kurz nachdem er sie innig geküßt hatte – ein ebenso schöner wie verwirrender Gedanke.

„Heute nachmittag haben wir vor dem Konzert mit Andrea und Nicki in ihrem Hotel gesprochen. Nach der Werbeunterbrechung hören Sie, was die beiden zu sagen hatten." Eine Liste der noch ausstehenden Konzerte folgte, dann ein Reklameblock.

Als die Sendung weiterging, sah man Andrea und Nicki nebeneinander auf einem Sofa sitzen. Die Reporterin stellte einige Fragen über die Konzerte, ihre Zusammenarbeit und ihr Kennenlernen. Sie sprachen auch über Nickis frisch unterzeichneten Plattenvertrag, und Nicki erzählte voller Stolz, daß einige Songs auf ihrem ersten Album von Andrea geschrieben worden seien.

„Und Sie, Andrea?“ fragte die Reporterin dann. „Was kommt für Sie nach dieser Tour?“

„Ich werde eine Erholungspause einlegen und dann ein neues Album aufnehmen. Im Moment arbeite ich bereits an den Liedern dafür, und ich habe noch weitere Pläne, die ich im Moment noch nicht weiter verfolgen konnte. Und außerdem würde ich gern umziehen.“

„Haben Sie etwas in der Nähe von Nashville im Auge?“

Andrea lächelte sanft. „Nein, ich habe das perfekte Haus gefunden, als ich zu Hause in Texas war.“

Patrick lehnte sich nach vorne, um den zärtlichen Ausdruck auf ihrem Gesicht besser sehen zu können, und lauschte gebannt.

„Es ist ein sehr schönes Ranchhaus auf einem recht großen Stück Land. Es hat sogar eine altmodische weiße Hollywoodschaukel auf der Veranda, und der Ausblick ist einfach überwältigend!“

Patrick mußte die Lautstärke aufdrehen, um Andrea über seinen donnernden Herzschlag hinweg hören zu können.

„Es ist einfach der schönste Platz auf der Welt! Ich wäre vollkommen zufrieden, wenn ich den Rest meines Lebens dort verbringen könnte.“

„Also keine Konzerttourneen mehr?“ fragte die Reporterin verblüfft.

„Mein Vertrag läuft nach dem nächsten Album aus, also muß ich erst einmal sehen, was danach sein wird. Ich kann dazu noch nichts Genaues sagen!“

„Haben Sie denn das Anwesen schon gekauft?“

Andreas Lächeln wurde noch weicher. „Nein, es ist nicht verkäuflich. Aber ich werde versuchen, einen Mietvertrag auf Lebenszeit mit dem Besitzer auszuhandeln. Er ist ein wunderbarer Mann, obwohl er ein bißchen schwer von Begriff sein kann. Aber ich denke, er wird meinen schlagenden Argumenten nichts entgegenzusetzen haben!"

„Ich bin nicht schwer von Begriff!" murmelte Patrick. Dann mußte er lachen, denn genau das war er gewesen.

★

Als Patrick am Montag nachmittag von der Arbeit nach Hause kam, war ein Umschlag in den Türspalt neben dem Schloß geklemmt. Er öffnete ihn und fand eine Eintrittskarte für das Konzert in Fort Worth. Ein Zettel war beigefügt, den offensichtlich ein Angestellter der Kartenvorverkaufsstelle geschrieben hatte: „Erste Reihe, Mitte. Von Andrea, bester Platz des Saales."

Er warf einen Blick auf den Anrufbeantworter. Das Lämpchen, das anzeigte, ob jemand angerufen hatte, blinkte, und Unruhe durchfuhr ihn, als er durch den Raum auf den Apparat zuging. Nach Danas Anruf neulich hatte sein alter Anrufbeantworter endgültig den Geist aufgegeben, und er mußte an dem neuen Gerät erst den Knopf zum Abspielen der Nachricht suchen. Aufgeregt drückte er die Taste und erwartete Andreas Stimme zu hören.

„Es wurden drei Nachrichten hinterlassen", bellte eine Computerstimme mechanisch, und Patrick schrak zusammen. Er starrte das Gerät böse an und wartete. Nach diesem Schrecken war er halbwegs darauf eingestellt, eine Nachricht vom Sheriff zu hören, daß seine Kühe ausgebrochen waren und jetzt die Landstraßen unsicher machten.

Aber dann erklang doch Andreas weiche Stimme und hüllte ihn ein wie ein zartes Seidentuch. „Hallo, Cowboy! Hier ist Andrea. Ich wollte dir nur sagen, daß ich dir eine Karte für das Konzert in Fort Worth besorgt habe, die heute bei dir ankommen müßte. Falls du sie nicht vor Mittwoch bekommst, ruf bitte Dana an, sie wird sich darum kümmern. Ich hoffe, du kommst! Es ist mir sehr wichtig. Und wenn du laut genug klatschst, lade ich dich hinterher zum Essen ein. Bis dann."

Patrick grinste bis über beide Ohren und hob erstaunt die Augenbrauen, daß die zweite Nachricht wieder von Andrea war.

„Ich hoffe, du hast am Freitag die ‚Country News' angeschaut. Wenn nicht, sie werden gerade noch mal wiederholt. Übrigens, Gott und ich haben alles durchgesprochen, du kannst also aufhören, dir Sorgen zu machen! Du bist nicht der einzige mit einem direkten Draht zum Himmel, weißt du?"

Die dritte Nachricht kam, und Patrick schüttelte lachend den Kopf, als wieder Andreas Stimme ertönte.

„So ganz nebenbei, falls du es noch nicht bemerkt haben solltest: Ich liebe dich, und ich drehe durch ohne dich!"

„Ich liebe dich auch!" flüsterte Patrick und drückte die „Safe"-Taste, die die Anrufe speicherte, die man aufbewahren wollte.

„Die gewünschten Nachrichten wurden gespeichert", schnarrte die Computerstimme.

„Halt den Mund, sonst erschieß' ich dich!" drohte Patrick.

„Sie können sie bei Bedarf erneut abhören", verkündete der Apparat pflichtschuldigst und spulte das Band von selbst wieder in die Startposition. Patrick starrte das Gerät an und hatte den Eindruck, daß es zurückstarrte. Kopfschüttelnd drehte er sich um und ging in die Küche. „Höchste Zeit, daß Andrea und ich zusammenkommen, bevor wir beide noch verrückt werden!"

Kapitel Zwanzig

Andrea lugte durch den noch geschlossenen Vorhang ins Publikum, den Blick auf den leeren Sitz gerichtet, auf dem eigentlich längst Patrick sitzen sollte.

„Er kommt nicht!" jammerte sie.

Kyle tätschelte ihre Schulter, war mit seinen Gedanken jedoch ganz bei Nicki, die gerade ihren vierten Song beendete. „Natürlich kommt er! Er steckt vermutlich bloß irgendwo im Stau oder so was. Oh, hast du gesehen? Der Diamant hat eben gefunkelt."

„Hörst du wohl damit auf? Nur weil das dumme Ding gesagt hat, daß sie dich heiraten will, mußt du ja nicht gleich völlig abheben! Kümmere dich jetzt gefälligst um mich, oder ich verrate ihr alle deine finstersten Geheimnisse!"

Kyle zog eine Grimasse. „Das traust du dich nicht", sagte er.

„Nein, natürlich nicht, aber ich könnte im Moment wirklich deinen seelischen Beistand brauchen. Er kneift, das spüre ich einfach!" Wieder lugte sie durch den Vorhang.

„Jetzt schreib ihn nicht gleich ganz ab, Süße!" Kyle warf ebenfalls einen Blick durch den Vorhang. „Ist er das nicht? Da vorne, der Typ, der sich gerade hinsetzt?"

Andrea fiel fast auf die Bühne bei dem Versuch, einen Blick auf Patrick zu erhaschen. Dann ergriff sie Kyles Arm und drückte ihn vor Erleichterung so fest, daß Kyle aufschrie. „Er ist da! Er ist gekommen! Er liebt mich!"

„Aua! Natürlich ist er da, und natürlich liebt er dich, Dummchen! Und jetzt laß meinen Arm los, du schnürst mir ja das Blut ab." Kyle grinste Andrea breit an. „Bloß nicht ohnmächtig werden, meine Dame! Sie haben ein Konzert zu geben!"

„Ja, ja, du Sklaventreiber!"

„Entschuldigen Sie, Miss Carson! Aber ein Mr. Jamison bat mich, Ihnen dies hier zu bringen. Er sagte, es sei sehr wichtig."

Andrea drehte sich zu dem Angestellten der Saalverwaltung um und wäre fast in Tränen ausgebrochen. Der Mann hielt ein längliches grünes Sitzpolster in Händen, das von der Hollywoodschaukel in Patricks Garten stammte. Ein Zettel war darangeheftet, auf dem stand: „Erste Reihe, Mitte. Der beste Platz in deinem Heim!"

„Oh, Patrick, du alter Romantiker!" flüsterte Andrea gerührt.

„Er bat mich auch, Ihnen dies hier zu überreichen", sagte der Angestellte und holte hinter der Tür einen großen Korb mit roten Rosen hervor, den größten, den Andrea je gesehen hatte.

Das grüne Kissen an die Brust gepreßt, streichelte Andrea ehrfürchtig und tief bewegt die Köpfe der Rosen. „Sind die schön!" Sie öffnete das beigefügte Briefchen und las: „Tut mir leid, daß ich so spät komme. Kühe ausgebrochen. Ich liebe dich. Patrick."

„Du mußt gleich raus, Andrea!" sagte Kyle. „Ich kümmere mich um die Blumen." Er nahm ihr das Kärtchen aus der Hand und steckte es sorgfältig wieder zwischen die Rosen.

„Wenn sie mir nachher den Hocker rausbringen, sollen sie das Kissen drauflegen, ja?" bat Andrea.

Kyle lächelte. „Das läßt sich machen!"

Andrea zog vorsichtig eine Rose aus dem Korb und nahm dann das Mikrophon aus seiner Halterung. Nicki sang soeben die ersten Zeilen ihres Duetts, und Andrea konnte ihren Einsatz kaum erwarten. Ihr Herz floß über vor Freude, und als sie ins Rampenlicht hinaustrat, stand das Publikum auf wie ein Mann. Andreas Blick schweifte über Nickis Familie, ihre eigenen Eltern und Dana und blieb dann an Patricks wunderbarem, lächelndem Gesicht hängen, das im Licht der Bühnenscheinwerfer klar zu erkennen war. Er klatschte wie verrückt und stieß dazu einen schrillen Pfiff aus.

Andrea lachte und ging auf ihn zu, während die Band weiterspielte, und Nicki wartete geduldig ab. Vor Patrick angekommen, ging sie in die Hocke, küßte die Rose und warf sie ihm zu. Er fing sie mit einem freudestrahlenden Lächeln auf und hob sie an die Lippen, und das Publikum quittierte diese Begegnung mit einem herzlichen Applaus.

Andrea, die das Gefühl hatte, vor Freude gleich zu zerbersten, trat an Nickis Seite, damit sie gemeinsam den Song zu Ende singen konnten. Danach verließ Nicki unter rauschendem Beifall die Bühne, und Andrea stürzte sich in das wichtigste Konzert ihres Lebens – für Patrick, für ihre Familie und für ihre Fans, denn sie wußte, daß dies vermutlich der letzte große Auftritt für sie sein würde. In ihre große Freude war auch ein Quentchen Bedauern gemischt, aber darauf wollte sie sich nicht einlassen. Sie war klug genug, um zu wissen, daß sie das Rampenlicht zwar von Zeit zu Zeit vermissen würde, doch daß Gott etwas weit Besseres für sie vorgesehen hatte, und zwar sowohl für ihr Privatleben als auch für ihre Karriere.

Patrick beobachtete sie, wie sie sang und durch das Programm führte – besser als je zuvor –, und sein Herz hob sich vor Glück. Ihre Fröhlichkeit und Freude berührte ihn auch deshalb so tief, weil er wußte, daß er einen nicht zu kleinen Anteil daran hatte. Es machte ihn fast ehrfürchtig.

In der zweiten Hälfte des Konzerts ließ das Tempo der Songs nach, und Andrea erzählte zwischendurch ein wenig von ihrer Krankheit und ihrer neu gefundenen Beziehung zu Gott. „Das nächste Lied werden vermutlich einige von euch kennen", kündigte sie es an. „Singt einfach mit, wenn euch danach ist."

Der Keyboarder stimmte die ersten Takte von „Amazing

Grace" an und hörte dann wieder auf zu spielen, um Andrea die berühmte Hymne allein und ohne musikalische Begleitung singen zu lassen.

Patrick mußte sich verstohlen einige Tränen wegtrocknen, als sich ihre wunderschöne, klare Stimme zum Himmel aufschwang. Niemand wagte es mitzusingen, und es schien fast, als ob auch niemand atmete. Patrick sah sich um und schaute die Menschen in den Reihen hinter sich an. Manche hatten die Hände in einer anbetenden Geste erhoben, andere standen mit gesenkten Köpfen da, und Patrick sah so manche Träne glitzern. Die meisten saßen einfach da, die Augen auf Andrea fixiert, als ob sie die Worte des alten Kirchenliedes zum ersten Mal wirklich hören würden.

Herr, betete Patrick, *wenn du möchtest, daß Andrea damit weitermacht, dann will ich nicht im Weg stehen. Ich werde mit ihr zusammenarbeiten, und wir werden alles menschenmögliche tun, um dir in dieser Art und Weise zu dienen.*

Als das Lied endete, herrschte andächtige Stille in dem großen Saal.

„Amen!" rief Patrick mit seiner tiefen Stimme. Ein paar hundert andere stimmten mit ein, und dann füllte donnernder Applaus den Saal.

Andrea hob die Hand zum Himmel und gab Gott so die Ehre weiter.

Einige Augenblicke später brachte ein Bühnenarbeiter den Barhocker und das grüne Sitzkissen von Patricks Hollywoodschaukel auf die Bühne. Patrick hätte beinahe laut losgelacht, als er das sah. Dana runzelte die Stirn und lehnte sich dann zu Patrick hinüber, um zu fragen, ob das nicht das Kissen von seiner Schaukel sei. Als er nickte, kicherte sie leise und wendete sich dann Andreas Eltern zu, um es ihnen zu erzählen.

Der Helfer drapierte das große Kissen Andreas Anweisungen gemäß auf den Hocker und half ihr dann, auf den nun ziemlich unförmigen Polsterberg hinaufzuklettern. Sie stellte das Mikrophon ein und spielte einen Akkord auf der Gitarre. „So, und jetzt stellt euch bitte alle vor, ihr würdet mit ein paar hundert eurer allerbesten Freunde um ein Lagerfeuer irgendwo draußen in der Prärie sitzen."

Der Gitarrist ahmte das Geheul eines einsamen Koyoten nach, und das Publikum lachte. Andrea drehte sich zu ihrer Band um und sagte trocken: „Aber bitte nicht während des Liedes sabbern, ja? Reich dem Mann doch mal jemand einen Knochen!"

Der Schlagzeuger zauberte von irgendwoher einen riesigen Schaumgummiknochen hervor und warf ihn dem Gitarristen an den Kopf, was noch mehr Gelächter zur Folge hatte.

Andrea spielte ein paar alte und beliebte Cowboy-Balladen und auch das Lied, das sie über ihren Urgroßvater und das Wildpferd geschrieben hatte. Dann saß sie eine Weile einfach nur still da, und Patrick spürte, wie sich sein Pulsschlag beschleunigte. Etwas Wichtiges würde nun kommen, das wußte er.

„Seit ich die Konzerttournee wieder aufgenommen habe, bin ich oft gefragt worden, was mich so verändert hätte. Niemand kann so recht sagen, inwiefern ich mich eigentlich verändert habe, aber jeder merkt, daß etwas an mir anders geworden ist, und zwar zum Besseren hin. Dafür gibt es verschiedene Gründe. Zum einen bin ich gesünder, als ich es in den letzten Jahren jemals gewesen bin. Außerdem habe ich meine lange vernachlässigte Beziehung zu meinem Herrn und Vater, zu Gott, wieder in Ordnung gebracht. Und dann ist da noch etwas, was ich euch allen bisher vorenthalten habe. In den letzten Wochen habe ich festgestellt, daß ich euch alle belogen habe. Ich habe jahrelang Liebeslieder geschrieben und gesungen, und sogar einige, die als ziemlich gelungen gelten. Und dabei habe ich gar nicht gewußt, wovon ich rede! Jetzt weiß ich es. Während ich mich zu Hause von meiner Krankheit erholt habe, bin ich einem Freund aus alten Kindertagen wieder nähergekommen. Aus Freundschaft erwuchs Liebe. Schon bevor ich krank wurde, habe ich eine schreckliche Leere in meinem Leben gefühlt, eine Einsamkeit, die ich einfach nicht in den Griff bekommen konnte. Als ich mein Leben wieder neu Gott gegeben habe, ist ein Teil dieser furchtbaren Leere von seiner Liebe gefüllt worden, aber nicht alles. Doch durch die Liebe eines ganz besonderen Menschen ist dieses Gefühl nun vollkommen verschwunden, und ich bin einfach unaussprechlich glücklich. Das ist es, was ihr seht und hört, wenn ich hier vor euch stehe: Seine Liebe zu mir, meine zu ihm. Ich möchte seine Frau werden und die Mutter seiner Kinder, aber ich kann nicht das Leben führen, das ich will, wenn ich mit der Musik so weitermache wie bisher! Ich habe auch den Eindruck, daß Gott mich zu etwas anderem berufen hat, obwohl ich noch nicht genau weiß, was das sein könnte. Ich bin vertraglich verpflichtet, ein weiteres Album aufzunehmen, aber dies hier ist meine letzte Konzerttournee gewesen."

Sie wartete eine Weile, während die Zuhörer murmelnd diese Neuigkeit verarbeiteten.

„Ich möchte euch allen aus tiefstem Herzen für eure großartige Unterstützung danken! Ich weiß das wirklich zu schätzen, und ich hoffe, daß ihr auch weiterhin meine Musik mögt – und kauft!" sagte sie und schmunzelte schelmisch. „Und ich hoffe, daß ihr ein bißchen Verständnis aufbringen könnt."

Sie warf Patrick einen langen Blick zu und lächelte, dann schaute sie wieder ins Publikum. „Tja, der Mann meines Herzens und ich haben ein kleines Kommunikationsproblem gehabt, und ich hoffe, ihr nehmt es mir nicht übel, wenn ich jetzt ein paar Dinge klarstelle. Während einer Fernsehsendung letzte Woche habe ich ihm einen Wink mit dem Zaunpfahl gegeben, daß ich willens wäre, ihn zu heiraten. Natürlich konnte ich das nicht so direkt sagen, deshalb habe ich angedeutet, daß ich an einem Mietvertrag auf Lebenszeit für sein Haus interessiert wäre." Das Publikum lachte amüsiert. „Dann habe ich ihm eine Karte für heute abend geschickt, mit einem kleinen Zettel, auf dem stand, daß dies der beste Platz im Saal wäre. Ich schätze, daß er den Wink richtig verstanden hat, denn heute hat er mir dieses Kissen hier zukommen lassen. Es stammt von seiner Hollywoodschaukel, und hier ist ein kleiner Zettel dran, auf dem steht: ‚Erste Reihe, Mitte. Der beste Platz in deinem Heim'."

Die Frauen im Publikum seufzten, und die Männer grinsten.

„Er ist heute erst sehr spät gekommen, und ich hatte ihn schon aufgegeben. Dann ließ er mir diesen wundervollen Korb mit Rosen bringen –" Ein Bühnenhelfer hob den Korb hoch „– und dabei war auch ein kleiner Zettel, auf dem er sich für die Verspätung entschuldigt." Sie machte eine kleine Kunstpause. „Die Kühe waren ausgebrochen."

Amüsierte Heiterkeit füllte den Saal.

„Ihr müßt wissen, daß wir seit ungefähr einem Monat nicht miteinander geredet haben, deshalb bin ich jetzt gleich vielleicht ein bißchen wackelig." Sie schaute Patrick tief in die Augen, und er hatte das Gefühl, daß ihm jeden Moment das Herz aus der Brust springen würde. „Patrick, mein Liebster, wenn du mir einen Heiratsantrag machen würdest, würde ich sofort ja sagen!"

Er wußte, daß er jetzt aufstehen und auf die Bühne gehen mußte. Es war die einzige Möglichkeit, diesen Abend so schön zu beenden, wie er begonnen hatte. Aber seine Beine waren plötzlich zu Gelatine geworden.

Dana stieß ihn unsanft mit dem Ellenbogen an. „Na los, hoch mit dir!"

Patrick stemmte sich mühsam aus dem Sitz hoch und wankte auf die Stufen zur Bühne zu. Vermutlich grinste er wie ein Vollidiot. Er begegnete Andreas liebevollem Blick, und – unglaublich, aber wahr – das Grinsen wurde noch breiter. Als er die Stufen hochstolperte, kam plötzlich ein Ausdruck von Panik in ihr Gesicht, und sie sprang von dem Hocker herunter.

Ein Mann hastete vom anderen Ende der Bühne her auf sie zu, und Patrick roch eine intensive Alkoholfahne.

„Andi-Baby, du kannst nicht aufhören! Du darfst uns nicht ver-verlassen!" dröhnte der Kerl.

Ein Ruck durchfuhr Patrick. Er sprang den Mann von hinten an und zerrte ihn von Andrea weg. Dann drehte er ihm den Arm auf den Rücken und kniete sich auf ihn. „Rühr dich nicht, oder ich breche dir den Arm!" zischte Patrick.

Zwei Sicherheitsbeamte, die hinter dem Vorhang gestanden hatten, eilten herbei, und Patrick funkelte sie wütend an. „Was ist los mit Ihnen? Haben Sie geschlafen oder was?"

Die beiden schauten betreten zu Boden. „Äh ... wir ... wir haben Sie und Miss Carson beobachtet", stotterte der eine und brachte den Eindringling, der nun etwas von „keine schönen Liedchen mehr" murmelte, wieder auf die Beine.

Patrick erhob sich und eilte dann zu Andrea, um sie in die Arme zu nehmen. „Sieht aus, als ob ich dich schon allein aus dem Grund heiraten müßte, um dich von solchen Typen fernzuhalten!" stellte er fest, ohne daran zu denken, daß er ins Mikrophon sprach, bis das Publikum auflachte.

Sie schaute zu ihm hoch und säuselte: „Aber du machst dich so gut als Retter in der Not!" Sie tippte ihm an die Brust. „Ich hatte schon gedacht, du hättest Angst bekommen und würdest nie mehr hier auftauchen! Konnten denn deine Angestellten nicht die Kühe einfangen? Wenigstens dieses eine Mal?"

„Es waren gar nicht meine Kühe", sagte Patrick, und als sie verwundert die Augenbrauen hob, erklärte er: „Ich lag ganz gut in der Zeit, aber dann geriet ich in einen riesigen Stau. Ein Viehtransporter war auf der Autobahn umgekippt, und überall liefen Kühe herum. Na ja, ich hatte ein Lasso dabei, und –"

„Für alle Fälle, was?"

„Ja, genau. Und weil ich ein Lasso dabeihatte und auch wußte, wie man damit umgeht, mußte ich helfen! Die armen

Viecher waren völlig verängstigt, und ich wollte schließlich nicht, daß sie überfahren werden."

„Nein, das wollten wir alle nicht! Das hast du gut gemacht!"

„Das tue ich manchmal", sagte er und beugte sich zu ihr herunter, um sie zu küssen, wobei er die anfeuernden Zurufe und Pfiffe aus dem Publikum einfach ignorierte. Als er den Kuß schließlich beendet hatte, öffnete er die Brusttasche seines Hemdes, ohne den Blick von ihr zu wenden. „Andrea Carson, ich liebe dich, seitdem ich dich zum ersten Mal gesehen habe, und zwar als du in der zehnten Klasse in den Englischunterricht kamst und mich angelächelt hast!"

„Ich habe es gewußt!" rief laut eine Stimme in der ersten Reihe.

Patrick runzelte die Stirn und beschattete seine Augen mit der Hand, um gegen das grelle Scheinwerferlicht ins Publikum sehen zu können. Andrea tat es ihm nach. „Sind Sie das, Miss Atkins?" sagte Patrick.

„Ja, aber ich heiße seit gestern Mrs. Garner!" rief ihre ehemalige Englischlehrerin zurück.

„Herzlichen Glückwunsch!" sagten Andrea und Patrick im Chor.

„Danke! Ich habe doch gewußt, daß du in sie verliebt bist, Patrick Jamison. Du hast sie so oft angestarrt, daß du fast in Englisch durchgefallen wärst. Es wurde auch höchste Zeit, daß du etwas deswegen unternimmst, nicht wahr?"

„Jawohl, Madam, ich versuch's!" sagte Patrick gehorsam.

Zu diesem Zeitpunkt war das Publikum bereits nahe an der Grenze zur Hysterie, so begeistert war es. Als Andrea und Patrick sich nur still ansahen, wurden auch die Zuhörer langsam wieder ruhiger und verfielen schließlich in erwartungsvolles Schweigen.

„Wie ich bereits sagte, ich liebe dich mehr als alles andere auf der Welt, und ich möchte den Rest meines Lebens mit dir verbringen", fuhr Patrick fort. „Mit oder ohne deine Gesangskarriere. Ich weiß, daß Gott uns zusammengeführt hat, und ich weiß, daß er will, daß wir zusammenbleiben!" Er zog einen wunderbaren Diamantring aus seiner Hemdtasche. „Andrea, meine große Liebe, willst du mich bis in alle Ewigkeit glücklich machen und mich heiraten?"

„Oh ja!" Sie lächelte geblendet, als er ihr den Ring über den Finger streifte. Dann beugte er sich zu ihr hinunter und küßte sie leidenschaftlich.

Das Publikum erhob sich klatschend, und viele Leute weinten vor Rührung oder umarmten einander. Patrick und Andrea bemerkten es kaum. Auch daß sich der Vorhang senkte, bekamen sie nicht mit. Erst als Patrick aufsah und direkt in eine auf sie gerichtete Kamera blickte, mußte er lachen.

„Was ist denn daran so lustig?" fragte Andrea mit leuchtenden Augen.

Er nickte in Richtung Kamera und sagte: „Sieht aus, als käme ich schon wieder ins Fernsehen."

„Aber es macht dir nichts aus?"

„Nein, meine Dame", sagte er weich. „Ich bin genau da, wo ich hingehöre!"